AYSUUN

Ian Manook

AYSUUN

ROMAN

Albin Michel

À tous ceux qui,
de près ou de loin,
ont inspiré ce livre
ou ont contribué
à faire qu'il existe.

À ceux que j'aime,
que j'ai aimés
ou qui m'ont aimé.

À moi !

« Il faut être nomade, traverser les idées
comme on traverse un pays. »

D'après Francis Picabia

2023

Ne fais pas semblant, petit frère, ne retiens pas ta surprise, je sais l'âge que j'ai et le visage qui va avec. Cent six ans et la peau ridée comme une risée sur la rivière. Pas de quoi jouer au bâton blanc dans la nuit, je te l'accorde. Mais j'ai encore tout mon entendement pour te raconter chaque partie que j'ai disputée dans ma vie. Parce que la vie, petit frère, ce n'est que ça. On jette le bâton blanc dans la nuit et tout le monde court après, à l'aveugle. Quelques-uns ne cherchent qu'à le gagner aux dépens des autres, et d'autres juste à s'amuser. Certains se battent à mort pour ce bout de bois, ou s'en moquent et en profitent pour frôler l'amour. Se voler un baiser. Disparaître un instant, main dans la main, le souffle court et les joues pourpres. Ce n'est rien d'autre que ça, la vie, petit frère. Je veux dire que c'était la nôtre. Je ne suis pas bien certaine qu'aujourd'hui, à l'université d'Oulan-Bator, la nuit venue, vous jouiez encore au bâton blanc des nomades. D'ailleurs, avez-vous encore de vraies nuits en ville, assez noires pour pouvoir vous y perdre si le désir vous prenait d'essayer ? De ces nuits profondes, le ciel invisible tendu de velours noir. Des nuits de loups. Des nuits d'ours. N'as-tu jamais galopé dans une nuit sans lune, petit frère ? C'est comme chevaucher le vide. S'enivrer d'une course éperdue dans l'infini. Parcourir l'univers immense au-dessus de tout ce qui existe…

Bon, ma légende, tu veux la connaître, c'est bien ça ? Pour ton mémoire d'ethnologie ? Je veux bien, mais es-tu prêt à croire ce que je vais te raconter ? Ce n'est pas seulement mon histoire, petit frère, c'est aussi celle d'époques passées, de peuples perdus, de traditions oubliées. De steppes meurtries. Il faut, pour que tu la comprennes, accepter de croire aux esprits-maîtres, à la puissance des *èèren* en plumes de paon ou en rameaux d'*haragan*, aux quarante et un cailloux du *khuvaanak*, aux *vajra* qui dissipent les obstacles, aux bienfaits sacrés de la cuillère à neuf trous, au Ciel Blanc contre le Ciel Noir…

Mais je vais t'expliquer tout ça, petit frère. Ma vie, je vais te la raconter comme je l'ai vécue, mais ma légende n'existera que si tu acceptes d'y croire. Alors laisse-moi parler, petit frère. Pas seulement parce que je suis ton ancienne, ton aînée, et que tu me dois déférence et écoute, mais surtout parce que je suis si vieille qu'à n'importe quel moment je peux tomber en poussière sous tes yeux et disparaître pour l'éternité, emportée par l'esprit-maître du vent qui passe.

1

... c'est une légende, il faut y croire.

Je n'étais pas avec Chechek ce jour-là, mais je l'ai été si souvent que je sais ce qui s'est passé. C'est une journée d'été, jaune sous un ciel laqué de bleu. Ma petite sœur s'occupe des chèvres. Une bête s'est enfoncée dans un buisson de sorbier. Seule sa tête dépasse. Chechek s'amuse de son regard d'ambre. À six ans, Chechek s'amuse de tout. C'est un lutin aux yeux verts dans son petit *deel* rouge brodé de bleu.

– C'est vrai alors ?

La chèvre la regarde, puis, indifférente, broute de nouveau les feuilles pennées des petits poiriers. Chechek se tourne vers une autre des cinq bêtes. Dressée sur ses pattes arrière, la chèvre mâche de ses lèvres rugueuses le feuillage tendre d'un bouleau nain.

– Viens, montre-moi, toi !

Elle tend un éclat de sel dans sa main au poignet noué de trois rubans jaune, blanc et bleu. Gourmande, la chèvre abandonne aussitôt son arbre. Mais quand elle va pour lui lécher la paume, Chechek baisse sa main et la tête de l'animal suit le mouvement.

– C'est vrai ! jubile Chechek. C'est vrai ! Grand-père avait raison ! Grand-père avait raison !

Elle en danserait sur place si elle n'avait pas peur d'effrayer l'animal. Chaque fois que la chèvre baisse la tête, Chechek exulte de voir ses pupilles horizontales rester parallèles au sol quelle que soit l'inclinaison de sa tête.

– Mais comment tu fais ?

C'est en mimant la chèvre qu'elle les aperçoit. Des véhicules avec des soldats, au pied de la colline. Chechek retourne à sa pierre plate et fait mine de jouer avec ses *gashyk*. Elle lance les osselets de mouton pour se donner contenance sans quitter du coin de l'œil la petite voiture sans toit qui rebondit dans les ornières. Avec trois soldats dedans. Une autre, plus grosse, la suit, équipée de drôles de rubans qui s'enroulent comme des serpents autour des roues. Et un camion aussi, avec des soldats assis dans la benne. Quand ils arrivent à sa hauteur, un homme, pas celui qui conduit la jeep, l'autre à côté, avec des médailles sur sa vareuse, descend et s'approche d'elle.

– Qu'est-ce que tu fais là, petite ?

– Je garde mes chèvres.

– Tu n'es pas trop jeune pour garder des chèvres ?

– J'ai six ans !

– Et ces chèvres sont à toi ?

– Oui, c'est les chèvres de ma famille.

– Tu as une famille ?

– Bien sûr que j'ai une famille. Tout le monde a une famille. T'as pas de famille, toi ?

– Bien sûr que si. Et elle est où, ta famille ?

– Notre *aal* est en haut de la colline.

– Et ils sont nombreux dans ton campement ?

Chechek est innocente, elle ne connaît rien à la ruse des hommes, ni à la perversité des Soviétiques. Elle lui explique qui est là-haut : maman et papa, grand-père, grande sœur Aysuun, et un tonton.

Le soldat avec les médailles écoute en lançant les osselets qu'il a pris des mains de Chechek. Elle est trop jeune pour comprendre qu'il est fourbe. Qu'il est pire qu'un communiste mongol. Que c'est un Russe. Un Soviétique. Il a déjà dû lui demander s'il n'y a pas d'autres hommes dans son *aal*. Des frères par exemple.

– Si, mais ils sont soldats par là-bas, répond Chechek en désignant l'horizon.

L'homme réfléchit un instant.

– Tu es déjà montée dans une jeep ?

– Non.

– Tu veux essayer ?

– Je ne sais pas si j'ai le droit.

– Allons, je suis soldat comme tes frères, tu peux avoir confiance.

– Et mes chèvres ?

– Un de mes hommes va s'en occuper. Allez, monte !

Il l'aide à monter dans la jeep en la chatouillant et Chechek se tortille de rire.

Tsuyann, notre mère, notre douce et courageuse maman, a entendu le bruit des moteurs et sort de la yourte. Par réflexe, elle baratte le lait de jument dans l'outre en peau de yack accrochée à gauche de la porte. Un gros bâton y reste en permanence, pour que chaque personne qui entre ou qui sort de la yourte participe à la fermentation du lait. Quand elle voit la jeep se hisser jusqu'à la clairière et qu'elle aperçoit Chechek debout sur les genoux d'un officier, elle resserre sa prise sur le gourdin. Elle n'a rien le temps de faire. Une autochenille et un camion surgissent à la suite de la jeep et aussitôt, sur ordre de l'officier qui jette Chechek au sol, les soldats bondissent et la fusillade éclate.

Moi, ce jour-là, à cet instant-là, je range les *dshagy* que nous avons utilisés comme couvertures pour la nuit. Affolée par les cris et la fureur de la mitraille, je laisse tomber les manteaux de fourrure et me précipite jusqu'à l'*örege* en feutre qui sert de porte dans la journée. Grand-père est devant sa yourte. Il sculpte un panache de renne pour refaire un manche à son couteau de chasse. Une salve lui déchire la poitrine. Une autre crible de balles l'oncle qui venait à son secours et le désarticule dans son mouvement. Je garde aujourd'hui encore l'image de son corps qui gesticule dans les airs, suspendu par les impacts, et retombe comme une chiffe.

Quelques secondes plus tôt, notre *aal* sentait le lait, les résineux et le thé. La bonne odeur des animaux. L'air acidulé d'un matin d'été. Il n'empeste plus maintenant que le gasoil, la poudre et le sang. Je rabats l'*örege* et me cache derrière pour regarder par-dessous. Maman est au milieu de la mitraille, sidérée, incapable du moindre mouvement. Mon père, mon bon papa, se précipite pour la protéger mais l'officier lui hurle de ne pas bouger. Il crie qu'il les abat si mon père fait un pas de plus. Ils se figent là, mes pauvres parents, impuissants, à deux pas l'un de l'autre. Je devine leurs yeux qui me cherchent et me supplient de ne pas me montrer. L'officier s'avance, pistolet au poing, bras tendu. Chechek surgit alors, une badine à la main, et se précipite sur lui pour défendre nos parents. Ce cri de ma mère, petit frère ! À cent six ans, il me glace encore. Elle hurle à s'en déchirer la gorge, son poing crispé sur le bâton à baratter, mais l'officier, ce communiste, ce Soviétique, ce Russe, sans quitter papa des yeux, sans cligner d'un cil, d'un simple écart du bras, abat Chechek d'une balle dans la tête. Ma petite sœur roule sans vie dans son élan et je meurs aussi, petit frère. Je crois mourir. Je veux mourir. L'horreur autant que la terreur me paralysent.

Dehors, l'officier marche maintenant vers papa et, d'une balle à chaque pas qu'il fait, il lui fracasse les épaules et les genoux. Quand maman crie et brandit son bâton, l'officier est déjà sur elle et l'assomme d'un coup de crosse au visage.

J'espère qu'on vous apprend ça à l'école ou à l'université, petit frère. Ce qu'ils nous ont fait. Moi, je l'ai vécu sans le comprendre à l'époque, dans la chair et le sang, la mienne et le mien, comme ceux de ma famille et de notre peuple. Cette haine contre les koulaks, ces paysans qu'on disait trop riches pour être de bons Soviétiques. Dans leur propre Russie, ils en ont déporté deux millions. Femmes et enfants abandonnés sans vivres et sans outils, sans abri, dans la taïga sibérienne, et les hommes asservis dans des chantiers de bagnards. Dis-moi qu'on vous l'apprend, petit frère. Et comment nos communistes à nous, imitant leurs sectaires grands frères, mais dans un pays sans paysans, s'en sont pris à nous, les nomades. Cette fureur criminelle. Cette haine de notre liberté pacifique. Et toutes ces rancœurs tribales. Les soi-disant camarades de ce pays, ivres d'un nouvel ordre, nous ont massacrés. Leurs propres frères nomades, et les nomades de tous les peuples, les Touvans en premier, au cours de ce qu'ils ont appelé une « campagne de pacification ». Cent six ans, petit frère, tu penses bien que j'ai eu le temps d'en lire, des livres. Cette révolution devait exploser en Allemagne, pays d'ouvriers et de prolétaires, pas en Russie, et encore moins chez nous. Et pourtant ils ont décidé de faire de nous des *purultaar*, comme ils disent. Des prolétaires. Par la force. Dans nos steppes !

– Elle est à vous, hurle l'officier à ses hommes en parlant de maman. L'autre fille est à moi, trouvez-la-moi !

Des soldats tirent maman par les pieds vers la yourte où je me cache. Le premier défait déjà son ceinturon quand je jaillis de la tente entre ses jambes et tente de leur échapper. Celui qui suit me taloche d'un coup de crosse et m'envoie rouler au milieu du campement.

– La grande sœur, major !

– Quoi, ça, une grande sœur ? Je suis sûr qu'elle n'a même pas quinze ans !

– Pour ce que ça change, grogne le soldat.

– Ça ne change pas l'humiliation, s'amuse l'officier, mais ça change le plaisir, abruti !

Il s'approche de mon corps inerte, m'empoigne par les cheveux et me tire vers le corps pantelant de mon père qui vit encore un peu.

– Regarde bien, Touvan de merde, dit-il à mon pauvre papa pantelant de douleur, nos bâtards seront les derniers qu'enfanteront tes putains de femmes.

Puis, chacun de leur côté, le major et ses hommes nous violent, maman et moi, avec la sauvagerie immonde des bandes en uniforme. Une heure entière. Pour salir nos corps et nos âmes, je l'ai compris depuis, pour avilir notre descendance, pour nous ramener à ce que nous sommes pour eux : des femelles, des ventres, des sexes, des putains. Des choses immondes et obscènes. Des tentatrices, des salopes, des sorcières qui enfantent les hommes qui osent les combattre. Aucun ne jouit vraiment de ce qu'il éjacule en nous. Juste des coups qu'il nous porte, de nos seins qu'il écorche, et de nos sexes qu'il s'enivre à faire saigner. C'est ça. C'est ce qu'ils sont. Des saigneurs ! Saigneurs de la révolution. Saigneurs de la guerre. Saigneurs du peuple pour son propre bien. Les soldats s'en disculpent à bon compte, au prétexte qu'ils obéissent à l'ordre d'un officier. L'officier assume. Lui aussi obéit à un ordre supérieur. Il est russe, et l'armée russe a toujours usé du viol comme d'une arme de guerre. Une arme de vengeance contre tout ce qui n'est pas russe. Contre tout ce qui ose se dresser contre la Russie, impériale ou soviétique, peu importe. Contre tous ces peuples mineurs qui n'ont rien compris à la grandeur héréditaire de la Russie. Lui, il est d'un peuple élu, par Dieu ou par Staline, peu importe, mais élu. Supérieur. Il est russe, et que ces petits peuples merdiques qui refusent de l'admettre en crèvent, dans le sang du ventre de leurs femmes et de leurs filles.

Aucun de ces misérables culs-terreux de nomades, Mongols, Touvans, Kazakhs ou n'importe quoi, ne doit se mettre en travers des jours glorieux qu'ont décidés pour eux les pères de la révolution. Lui, il est fier et sans honte aucune de participer à la campagne de pacification ordonnée par le camarade Staline contre ces peuplades sauvages. Contre tous ceux qui se refusent à vivre en kolkhoze ou en sovkhoze selon la loi soviétique, tous ceux qui prétendent à une liberté autre que celle décrétée par l'État au nom du Peuple. Tous ceux qui croient en des dieux, des esprits ou en n'importe quelle autre « supercherie » au lieu de ne croire qu'au Parti et aux lendemains glorieux de la révolution. Ceux-là doivent être éliminés. Eux et leur passé lamentable, leur culture de breloques et de chimères. Et toute leur descendance avec.

Ce jour-là, la fureur s'achève avec la débandade des soldats. Malgré le chaos, malgré les corps ensanglantés, malgré les gémissements, par la porte de la yourte, je devine la clairière inondée de soleil et bordée de mélèzes aux troncs bleu-noir, malgré la brume d'essence et de poudre. Un bruant s'accroche à une branche. Deux parulines et un bec-croisé reprennent leurs chants dans les arbres. Un aigle doré, haut dans le ciel, tourne pour comprendre ce qui se joue sur terre. Un écureuil, curieux lui aussi, passe une tête à l'envers derrière un tronc. Au pied de l'arbre, un buisson s'agite.

Les hommes se renfouraillent et l'officier s'avance vers le corps fracassé de mon père qui respire encore. En se rebraguettant d'une main, il dégaine son arme de l'autre, et achève mon bon papa. Puis il se dirige vers la jeep en appelant son aide de camp. Ça, je l'imagine, petit frère, parce qu'à ce moment-là je suis encore morte dans la yourte, c'est après, que j'ai retrouvé son pauvre corps désarticulé et sa tête en bouillie. Le reste, je l'ai entendu dans ma presque mort.

– Tue les femmes. On y va. On récupérera les chèvres au passage.

– Mais tu as dit que…

– Obéis. Ces putains ne méritent même pas d'enfanter nos bâtards. Tue-les.

Il se penche dans la jeep et saisit un flacon. Il s'asperge le cou et la nuque de cette eau odorante, puis en verse quelques gouttes sur un carré de sucre qu'il sort de sa poche de poitrine et qu'il laisse fondre dans sa bouche.

L'aide de camp, sidéré, n'a pas bougé.

– C'est un ordre, soldat !

L'autre semble encore réticent. Il sort son Tokarev de son étui et se dirige vers la yourte où maman gémit. Debout devant la porte, bras tendu, il hésite.

Le coup claque et l'aide de camp se dirige d'un pas décidé vers la yourte où je meurs et, sans hésiter, tire deux fois.

Puis il rengaine son arme et rejoint la jeep.

– Des états d'âme, camarade ?

– Non.

– Parfait. Alors on y va.

La jeep démarre et l'autochenille n'évite pas le corps de papa pour faire demi-tour. Elle l'écrase. L'officier a dû donner des ordres aux soldats du camion. Ils jettent une torche sur chaque yourte avant de sauter dans la benne et de disparaître à leur tour. Le chemin rocailleux les ramène vers la steppe bleue à l'ombre des montages aux neiges éternelles. Ils laissent, dans l'air, cette fragrance de mélisse, d'absinthe, de cardamome, d'anis et de bergamote. D'eau-de-vie qui pue la mort. Un jour elle a failli me tuer encore. La première fois que j'ai pris l'avion, dans le hall, là où ils vendent des parfums. Une petite sœur maquillée comme un oiseau bariolé m'a tendu un échantillon. « Eau de Cologne, authentique *Kölnish Wasser*, a-t-elle dit. *4711*. Mélisse, absinthe, cardamome, anis et bergamote… »

Tu te demandes sans doute comme je sais ça, puisque j'étais morte. Souviens-toi que je t'ai prévenu, petit frère : c'est une légende, il faut y croire.

2

... où il va et par quels chemins.

Je lance ma longe autour de l'encolure de l'étalon et il bondit aussitôt vers la pente herbeuse. Je cours pour le retenir de toutes mes forces, les talons plantés dans l'herbe, mais le cheval, jeune et vif, m'entraîne derrière lui. Le chien jaune jappe et cabriole. Il croit à un jeu et nous poursuit. C'est un chien qui m'aime bien. Il est né tout jaune, seule sa truffe est restée noire. Avec l'âge, il n'a plus de jaune que les reflets de sa robe grise. Mais pour tous, il reste le chien jaune.

La colline dévale jusqu'à la plaine immense, et je me laisse un instant distraire par la beauté de ce monde où je vis. Tu ne peux pas savoir à quel point ce pays était beau à l'époque, petit frère. La steppe qui ondule sous la houle irisée du vent. Les montagnes rouges et bleues, striées du fusain noir des mélèzes. Les sommets moirés de neiges éternelles et sacrées. De loin en loin, pâquerettes rondes et blanches dispersées dans la vallée, des *aal* de deux ou trois yourtes. Et la fraîcheur d'une rivière tortueuse, couleuvre aux écailles d'argent, repue et paresseuse. Quand je reviens à mon étalon furieux, c'est trop tard. Une de mes bottes se bloque dans un trou de marmotte et je tombe cul par-dessus tête, en pirouette, le nez dans l'herbe. Je m'agrippe et me cramponne à la longe et me laisse traîner sur le ventre. Derrière moi, Olygbay, ma petite sœur de cœur, ma sœur des steppes, trottine sur son renne, tenant en longe mon cheval rouan. Elle rit et me hurle de lâcher prise.

– Jamais de la vie, je dis, de l'herbe et de la poussière plein la bouche.

L'étalon repart de plus belle et je glisse sur le ventre, cambrée en soubresauts comme un poisson au bout d'un hameçon. Le cheval m'entraîne jusqu'au pied de la colline, vers la vallée sans fin. Il ne faudrait pas qu'il aille me fracasser contre une roche ou un talus. Mais je suis encore forte et agile à cette époque, petit frère, ne t'en fais pas pour moi. Je vrille mes épaules et me retourne sur le dos, pivote sur mes fesses pour me retrouver les pieds devant, comme quand nous glissions sur une luge en peau séchée, Chechek et moi, derrière le cheval au galop de notre père.

En bas, une piste de terre coupe la vallée et j'y devine, loin sur la droite, un panache de poussière. Chahutée, ballottée, bondissant par-dessus les touffes d'herbe, j'essaye de comprendre ce qui s'approche et dont ma course folle va croiser le chemin. Une voiture, petit frère. Une jeep, si je vois bien malgré les cahots qui me secouent l'intérieur des yeux. Une jeep suivie d'un vieux camion avec une benne à ridelles d'où dépasse la tête d'un cheval blanc.

Le conducteur m'aperçoit et klaxonne plusieurs fois. À côté de lui, un homme s'est levé. C'est un militaire, un gradé, arrogant comme un général. D'une main, il se tient au pare-brise de la jeep, et de l'autre, je crois bien qu'il m'observe à travers des jumelles. Je dois avoir fière allure et cet imbécile est sans doute en train de se moquer de moi. Le chauffeur klaxonne encore.

Mais que croit-il, ce général, qu'on arrête un étalon au grand galop comme on freine un camion ?

Le convoi ralentit à peine, et je dévale toujours droit sur eux, le chien jaune, joyeux, à mes côtés, suivie loin derrière par Olygbay dont le rire tressaute sur son renne qui trotte. Nous déboulons en travers de la piste. Le jeune chauffeur m'adresse un signe désespéré. À l'arrière, un vieux soldat se prépare au pire. je comprends que le gradé, debout dans sa jeep comme à la parade, ne donnera pas l'ordre de s'arrêter. Une fraction de seconde, nos regards se croisent et la terreur me tétanise. Je lâche la corde et mon élan m'envoie rouler et me cogner à la steppe. Je rebondis, me rétame, culbute et finis par valdinguer dans la poussière.

Hébétée, je reste immobile pendant que le convoi s'éloigne, le chien jaune à ses trousses pour les chasser. Seul le cheval blanc, à travers les ridelles, a tourné la tête de mon côté, étonné. Est-ce moi qu'il regarde, petit frère, ou l'étalon que je voulais dresser et qui m'échappe ? Le camion disparaît dans le nuage de terre ocre qu'il arrache à la piste, et qui avale à son tour le chien jaune.

Quand Olygbay me rejoint, je n'ai pas bougé.

– Tu en fais une tête, grande sœur, on croirait que tu viens de voir l'ombre d'un fantôme.

Je ne réponds pas, encore sous le choc.

– C'est cet homme debout dans sa voiture, c'est ça ? insiste-t-elle.

– Ça se pourrait bien, petite sœur…

– Tu le connais ?

– Depuis mon enfance, si c'est bien lui. C'est l'homme dont j'attends de recroiser la route depuis plus de vingt ans.

– Oh, un amour de jeunesse ! exulte Olygbay en claquant des mains. Aysuun est amoureuse !

Tu dois savoir, petit frère, qu'Olygbay est un esprit encore enfant dans un corps de presque femme, et je n'ai jamais compris si cette innocence était pour elle une bénédiction ou une punition. Mais le premier qui se moque, je le jette à la bête. Olygbay a juste l'esprit plus vagabond que toi et moi, à la marge de notre monde. C'est tout.

Je me relève et époussette mon *deel* de satin bleu. J'ajuste ma ceinture jaune et vérifie l'état de mes bottes. Le chien revient, fier d'avoir chassé le convoi et rassuré de me voir debout. Du haut de son renne, Olygbay me regarde et se moque à travers les bois de velours rouge de sa monture. C'est une petite femme joviale, aux joues tannées par les blizzards et les chaleurs, aussi rouges que son *deel* croisé. Elle est coiffée du traditionnel bonnet de feutre noir surmonté d'une pointe brodée aux couleurs de sa robe-manteau. Dans sa ceinture de satin orange, elle a glissé une dague à la poignée de corne dans un étui en cuir de yack. Olygbay est une fille des steppes, comme je le suis moi-même. Mais sais-tu au moins ce que cela veut dire, petit frère ?

En ce temps-là, les Soviétiques avaient interdit les noms de clan et les noms de famille. Nous ne nous nommions plus que par nos prénoms. Mais la tradition voulait, malgré tout, que nous appelions grande sœur ou grand-mère toute femme plus âgée, ne serait-ce que d'un seul jour. Selon cet usage, Olygbay était ma petite sœur, même si nous n'avions jamais appartenu à la même famille ni au même clan. Seuls le destin et ses chemins sombres ont fait que nos vies se sont croisées et que nous avons partagé la même yourte, loin du kolkhoze, de la garnison et des autres nomades. Triste destin puisque Olygbay est bien plus qu'une petite sœur. Ce qui a fait d'elle une fille des steppes, c'est-à-dire une fille-mère, a emporté à jamais son désir de grandir. Son âme a dû se protéger en redevenant celle d'une enfant. Un peu trop naïve. Un peu trop innocente. Un peu trop joyeuse. Je te raconterai comment plus tard.

Ce jour-là, donc, je saute sur le cheval rouan que m'a amené Olygbay et je me lance à la poursuite des militaires. Je veux savoir où va cet officier.

– C'est ça, m'encourage Olygbay, si c'était ton amoureux, rattrape-le, rattrape-le !

C'est un fortin de parpaings adossé à la colline, minuscule dans la vallée immense. Un bastion improbable et inutile, sinon à faire peser sur nous, Mongols et Touvans nomades, le poids immobile et oppressant de l'Empire soviétique. Tous ceux de la vallée connaissent l'endroit, qui dépend du district militaire de Transbaïkalie. La garnison, c'est le fortin, et tout autour s'étale un groupement d'*aal* et le cantonnement de baraques de ceux qui viennent mendier leur survie auprès de l'Empire. Il s'agit d'une zone de non-droit qui vit en contravention des consignes de collectivisation, mais que le Parti tolère, faute de pouvoir produire lui-même ce qui s'y vend. Les Soviétiques se contentent d'en confisquer une lourde part en impôts, en prélèvements arbitraires et en détournements illicites. Artisans, commerçants, négociants, cuisinières, lavandières, employés des gargotes et des bouis-bouis, des échoppes et des ateliers, tout ce petit monde œuvre et travaille. Tous triment et peinent et suent tout au long du jour, l'échine courbée et le regard bas. Le soir, quand l'ombre des ombres vacille à la lueur des torches et des feux de bois, ils maudissent en silence ces Soviétiques d'ici et d'ailleurs qui se sont arrogé le droit d'être leurs maîtres. Je te prie de croire, petit frère, qu'il flottait à l'époque, dans ces faubourgs de garnison, des relents de haine. Bruyante et arrogante du côté des communistes, silencieuse et résignée du nôtre.

Les lieux sont placés sous l'autorité du commandant Sergueï Ibramovitch Bolchakov. Dans cette garnison russe située en territoire mongol, à la frontière du pays Touva, tout le monde en principe est soviétique. Les Républiques mongole et touvane ont embrassé la foi révolutionnaire aussitôt après la Russie. Selon la théorie, il y a le grand frère protecteur et les petits frères obéissants. Mais en fait, les bolcheviks sont chez eux chez nous. Ils y font la loi et tiennent les garnisons.

Bolchakov, je le connais. Il est russe. Il est le camarade soviétique, le grand frère des petits peuples, supérieur à n'importe quel gradé mongol de l'état-major de cette garnison. Représentant, jusque dans cette vallée perdue de la région de Dahalat, de l'Empire soviétique et de son irrésistible puissance, de son armée tout entière, rouge de nom et du sang de toutes ses guerres glorieuses. Bolchakov, digne descendant des héros qui ont castré l'ogre nazi. Il est tout ça et nous, les Touvans, nous ne sommes rien selon la doctrine soviétique. Pas même un peuple, comme les Mongols. Tout juste une minorité, au même rang que les Kazakhs. Sans plus aucun droit, ni à notre langue, ni à notre histoire, ni à notre culture. Ni à nos terres. Nous ne sommes plus qu'un obstacle anachronique à la grande internationale prolétarienne. Bien sûr, Bolchakov enrage d'avoir à expier dans ces contrées nomades il ne sait quelle promotion punitive. Il est Bolchakov, commandant de cette garnison du bout du monde. Sentinelle solitaire et alcoolique plantée au fond de steppes incertaines. Garant de lendemains radieux que lui-même ne verra jamais venir, prisonnier de son personnage de vainqueur colonial. Il est moins méchant qu'il en a l'air. S'il affiche brutalité et mépris envers les autres, surtout envers nous, les nomades, c'est pour cacher qu'il les éprouve envers lui-même. Et comme tout se sait dans la steppe, parce que le vent lui-même est un agent double, délateur dans un sens, rapporteur dans l'autre, je connais le monologue qu'il marmonne quand il est ivre et qu'il brandit sa vingtième vodka au nez des militaires mongols : « Oui, je suis Bolchakov et vous avez raison d'avoir peur de me haïr, mais, dans mon indulgente grandeur d'âme, je vous laisse haïr à votre aise les Touvans, ces voleurs, ces bons à rien, ces mangeurs de chevaux. À chacun sa haine, camarades. Buvons à ça ! »

Bolchakov va boire sa vodka, quand une jeep suivie d'un camion à ridelles d'où dépasse la tête d'un cheval blanc franchit la barrière de contrôle grande ouverte.

– Qu'est-ce que c'est encore que ça ! grogne-t-il en suivant des yeux l'officier en uniforme qui a sauté de la jeep et s'avance vers lui.

– Colonel Kariakine, aboie l'officier. Qui commande ici ? Qui est le camarade Bolchakov ?

– Qui veux-tu que ce soit, camarade ? Tu ne sais pas reconnaître les grades sur un uniforme de l'Armée rouge ?

– Si, répond le colonel d'une voix sèche, mais l'uniforme que je vois est porté par un homme avachi à table, ivre et mal rasé, sans tenue, sans fierté, sans noblesse, indigne d'un commandement de l'armée soviétique.

– Eh bien, voilà au moins une bonne nouvelle, camarade colonel, si je suis indigne de cette garnison de rêve, peut-être va-t-on enfin, sur tes précieuses recommandations, m'affecter loin de ces contrées désolées où je me morfonds depuis des années, sans moyens et abandonné par ma hiérarchie.

Le chauffeur du colonel, un jeune capitaine, est resté au volant. Un soldat, du même âge que le colonel, mais avec le simple grade de major, s'est positionné deux pas en arrière, sur la droite de Kariakine. Quelque chose d'une ordonnance obséquieuse et aux ordres, se dit Bolchakov.

– Des contrées désolées, comme tu dis, camarade, j'en connais de bien pires. Si tu insistes, je peux demander à l'Administration générale des camps de te trouver une affectation quelque part sur le chantier du Bamlag qu'on se prépare à rouvrir, par exemple. Ou bien dans les mines de Norilsk. Comme gardien. Ou comme condamné…

Petit, sec, et raide, Kariakine est sanglé dans son uniforme impeccable, sans un pli, ceinturon et étui de pistolet d'un même cuir astiqué. Même ses bottes noires et lustrées, par-dessus son pantalon de cheval, luisent après un tel voyage dans la poussière des pistes. Sans doute a-t-il exigé que son ordonnance les lui brique avant de descendre de la jeep.

– Ne te donne pas cette peine, camarade, et dis-moi plutôt ce qui me vaut la visite d'un colonel chez moi.

– Te dire que ce n'est plus chez toi, justement. Je prends le commandement de cette garnison sur ordre de l'état-major.

– Eh bien, je n'ose même pas te demander ce que tu as fait pour mériter ça ! Quoi qu'il en soit, à tes ordres, camarade colonel, je te fais faire le tour de ton domaine et je plie bagage.

– Non. Tu restes. Sous mes ordres.

– Ah, c'est donc ça ma vraie punition ! soupire Bolchakov. Dans ce cas, à tes ordres quand même, camarade colonel.

Il se fige dans un garde-à-vous qu'il veut ridicule et insolent, mais le colonel n'y prête aucune attention. Il exige de visiter d'abord les écuries, qu'il découvre sombres, sales et empuanties d'urine et de sueur. Il les veut propres, assainies et aérées dans deux heures, et qu'elles soient réaménagées pour n'abriter qu'un seul cheval. Le sien. Puis il se dirige vers le corral où les chevaux débonnaires de la garnison n'ont rien d'autre à faire que de le regarder venir à eux.

– L'enclos où nous gardons nos chevaux la journée, explique Bolchakov. La nuit, nous les rentrons dans l'écurie. Enfin, nous les rentrions...

– Je croyais que dans ce pays on gardait les chevaux libres dans la steppe.

– Les Mongols le font, camarade, c'est vrai, mais pas nous. Trop de vols. Une bande de Touvans sévit dans la région depuis plus d'un an. Ils volent les chevaux de la garnison et du kolkhoze quand ils sont en liberté.

– Et tu n'as pas encore mis la main sur eux ?

– Pas encore, camarade colonel, il faut croire que je t'attendais pour ça.

– Je vais m'en occuper. En attendant, les chevaux passeront désormais la nuit dehors, attachés tous les deux mètres à une corde et gardés par deux hommes. Demain tu transformeras cet enclos en manège. Tu repeins les balustrades en blanc, et tu recouvres le sol de quinze centimètres de sable.

– Quinze centimètres de sable ? Camarade, cet enclos mesure près de sept cents mètres carrés, il nous faudrait au moins cent tonnes de sable pour le ratisser comme tu le demandes.

– Exact. À une tonne et demie le mètre cube, ça doit faire un peu plus de cent cinquante tonnes.

– Et où je trouve cent cinquante tonnes de sable, camarade ?

– D'après la carte, les premières dunes sont celles d'Altan Els, au sud-est, sur les rives de la Tes, n'est-ce pas ? C'est à quatre cents kilomètres d'ici en coupant par le sud du pays Touva.

– Et comment je ramène cent cinquante tonnes de sable d'Altan Els ?

– Tu disposes ici de trois camions ZIL-131 avec remorque, si j'ai bien étudié ton équipement, déclare avec calme le colonel. Chacun peut transporter sept tonnes. Si mes informations sont justes, et elles le sont toujours, le kolkhoze voisin a quatre vieux Zakhar, qui datent du temps de la Guerre patriotique, encore capables de transporter trois tonnes chacun. Ça fait un convoi de trente-trois tonnes. Quatre hommes par camion qui se relaient pour conduire, et qui chargent et déchargent ensemble. Départ demain à l'aube pour bien reconnaître la route. Après, ils descendent à vide de nuit et ils remontent en charge de jour. Cinq allers-retours. Prends les réquisitions nécessaires avec le kolkhoze. Je veux ce manège peint et sablé dans une semaine jour pour jour.

– Et c'est tout ? ironise Bolchakov.

– Non. Tu pars avec eux, mais avant, tu me débarrasses tes quartiers que je puisse m'y installer. Je les veux nets, vides, propres et désinfectés. Vire qui tu veux d'autre pour te loger à sa place, tu as mon autorisation. Je vais inspecter la garnison. Je veux pouvoir installer mes affaires dans deux heures.

Kariakine tourne le dos à Bolchakov et appelle son chauffeur qui, de toute évidence, est aussi son aide de camp.

– Bazaan, aide-moi à sortir Tara de son transport pendant que Bobrovich s'occupe de mes bagages.

Le vieux soldat obséquieux accourt aussitôt.

De là où je suis, je regarde tout ce petit monde s'affairer. Quand le cheval blanc descend du camion, hommes et chevaux se figent. C'est un étalon magnifique, élégant, haut et fin. Longiligne et racé. La robe nacrée d'ivoire. Jamais je n'en ai vu d'aussi beau. Dès qu'il apparaît, nos montures mongoles ne sont plus que des poneys rustiques et grossiers. À un soldat ébahi, qui demande ce que c'est, Kariakine répond qu'il s'agit d'un Akhal-Teke, une des plus vieilles races du monde, originaire, il y a des milliers d'années, des oasis du désert du Karakoum, au nord de l'Iran, au pied des montagnes de Kopet-Dag.

– C'est le cheval des razzias, rapide et endurant. Un cheval de guerrier.

Encouragés par la fierté du colonel, d'autres s'approchent de l'animal qui les toise d'une bonne hauteur d'homme au garrot. Yeux en amande. Profil rectiligne. Lèvres fines et oreilles longues. Les courts cavaliers mongols s'émerveillent. C'est la première fois qu'ils voient un tel cheval. Ils observent les paturons, si longs et si droits, sur des talons si bas. À peine de crinière, peu de queue et pas de toupet. C'est un cheval magnifique, c'est vrai, mais tu connais les Mongols, petit frère, et leur orgueil de cavaliers. Petit à petit, les nomades en reviennent, de cet Akhal-Teke. Trop haut. Trop maigre. Trop fin. Trop fragile. Le colonel le devine mais ne s'en vexe pas.

– L'Akhal-Teke est à vos chevaux trapus et ordinaires ce que le lévrier est aux chiens, ou le guépard aux fauves d'Afrique, explique-t-il. Le meilleur de l'espèce. L'échelon supérieur. Et maintenant occupez-vous de dégager l'enclos, qu'il puisse s'y dégourdir les jambes.

– Il a un nom ? ose un soldat débraillé.

– Bien sûr qu'il a un nom. Je l'ai baptisé Tara, en hommage à Koumir, dont il descend en ligne directe. Tu connais le grand Koumir, je suppose ?

Le soldat se maudit d'avoir posé la question et préfère ne pas répondre. Le colonel se détourne pour s'occuper du cheval. Bazaan, le chauffeur, s'approche du soldat en souriant et lui murmure à l'oreille :

– Moi non plus je ne le savais pas avant qu'il me l'apprenne, camarade. Koumir, c'est l'étalon blanc qu'avait choisi le camarade Staline pour le premier défilé de la victoire en 1945. Ce jour-là, il l'a fait monter par le camarade héros Gueorgui Konstantinovitch Joukov. Le colonel a combattu aux côtés de Joukov contre les Japonais, en 1939. Tara, c'est le nom d'un affluent de l'Ob, tout comme la rivière Koumir. Mais obéis plutôt au colonel et va te rendre utile aux écuries…

Le soldat s'éloigne et Kariakine, rassuré sur l'état de son cheval, confie celui-ci à Bazaan. Il prévient Bobrovitch, son ordonnance, qu'il va inspecter le reste de la caserne et les alentours. Avant de disparaître, il exige que son repas habituel soit prêt dans une heure. Je décide de le suivre avec prudence. Le chien jaune se faufile entre les étals et les baraques du cantonnement. Cachée dans la foule, je file de loin le colonel. J'ai vu son orgueil et sa fierté pour son cheval, sa déception pour l'état de la caserne et de ses soldats, et je devine son exaspération pour tout le capharnaüm qui enchâsse la caserne, sans vraiment de frontière entre le militaire et le nomade. Hommes ou femmes, soldats ou pas, passent de l'un à l'autre sans distinction de statut, de grade ou d'ethnie. Cela tient plus du bazar que du cantonnement, du marché que d'une garnison, quelque chose comme un caravansérail. Ce laisser-aller toléré par Bolchakov avait au moins le mérite de faire cohabiter tout le monde. Une idée qui révulse Kariakine.

La moitié des uniformes qu'il croise le gratifie d'un vague

salut hésitant. L'autre moitié l'ignore. Il est colonel de l'Armée rouge. Eux sont militaires de la République soviétique de Mongolie. Aucun d'eux n'a encore compris que si les Soviétiques de tous les pays sont frères, ceux de Russie le sont plus que les autres. Des grands frères qui commandent aux autres pays et à leur armée. Quand il pense que le premier président mongol a osé gifler le camarade Staline ! Une impudence unique. Ce pauvre idiot a été exécuté comme il le méritait, pour complot avec les lamaïstes contre-révolutionnaires. Et les moines qu'il refusait de fusiller ont bel et bien été exterminés comme il se doit ! Peuple ingrat, inculte et errant, confit dans des croyances imbéciles.

Kariakine a pris sa décision. Demain, il fait raser ce bazar crasseux. Puis il fait volte-face, et moi qui le suivais de trop près, je me heurte à lui, terrifiée. Mais il m'écarte de son chemin d'un simple revers du bras sans même me regarder. Alors tout me saute au visage et je vacille. Tout, malgré les effluves épicés des gargotes, la vapeur gourmande des *buzz*, l'aigreur de la présure de lait, la friture croustillante des *khuushuur*. Tout est là de nouveau, malgré l'odeur morte des quartiers de moutons équarris et des têtes de chèvres sur les étals, l'odeur ferreuse du sang et fielleuse des tripes. Tout est là comme ce jour funeste sur la colline, sous le magnifique ciel immense et bleu d'autrefois. Tout, et la tête m'en tourne. Je respire de nouveau à travers les relents de la poudre et de l'essence cette autre puanteur, sale et repoussante, cette vomissure de mélisse et d'absinthe, de cardamome et d'anis, de thym, de marjolaine et de bergamote. D'eau-de-vie. Toutes ces odeurs, et cette courte balafre, sous son menton.

Cette balafre…

Tout me revient, petit frère. Je me réveille et il est sur moi. Ma tête résonne encore du coup dont il m'a assommée, son visage haineux contre le mien. Il arrache mon *deel* et je me revois me débattre. Il me frappe. Il déchire ma chemise et mon pantalon et défouraille son sexe dégoûtant. Je me débats encore pour lui échapper et il me frappe encore. Encore et encore. Encore. Il me dénude de toute sa violence. À nu, mon corps honteux de même pas femme. Il se laisse tomber sur moi, écartelée par ses genoux, sous son sale ventre. Il empoigne mes seins d'enfant et les mord à pleines dents jusqu'au sang. Je hurle. Il me frappe et me bâillonne d'un tissu entre mes lèvres fendues. Un mouchoir. Mélisse et absinthe, cardamome et anis, thym… Je cherche quelque chose pour me défendre. Il me frappe. Il n'en veut pas à mes lèvres bâillonnées, il abandonne mes seins bleuis par ses morsures, et n'en veut plus qu'à mon ventre. Il le pince, le perce et le déchire de ses doigts, puis y enfonce sa chair répugnante. Il empoigne mes fesses et force mon ventre d'un coup de boutoir. Je défaille de douleur et de honte, de peur et de dégoût. Misérable et nue, sans plus rien sur moi que le collier fétiche de ma grand-mère. Mon collier totem. Totem ! J'y pense dans un éclair. Je le cherche en panique à mon cou. Il me tord le bras. Je me vrille l'épaule pour lui échapper. Je cherche le collier encore et encore, et il me frappe et me bat à chaque tentative. Je trouve enfin le pendentif au moment où il s'efforce de me retourner. Alors j'arrache la lanière en cuir, à m'en lacérer le cou, et de toute ma fureur, de toute ma peur, de toute ma haine, je tente d'égorger mon violeur d'un revers de la griffe d'ours.

Je ne fais que déchirer son menton et lui, hurlant de rage et de rire, il me tue d'un coup de poing de bête. Je crois longtemps que j'en suis morte, tu sais, petit frère, et avant de revivre vraiment, j'ai longtemps souhaité l'être, tant ma honte était grande.

Le colonel regagne la caserne et je comprends avec soulagement qu'il ne m'a pas reconnue. Il est tout à sa colère et à son dégoût pour ce casernement. Il ne se calme qu'en rejoignant l'enclos où son aide de camp fait tourner l'étalon, au pas, au bout d'une longe. Et plus rien n'existe pour le colonel que cet animal.

Tremblante, je m'échappe de la garnison, récupère mon cheval et pars au galop, le chien jaune à ma suite. Je rejoins les dernières hauteurs adossées aux contreforts de la montagne, jusqu'à un petit *aal* de deux yourtes, à la lisière de la taïga, à une heure de la caserne. Devant la première, Olygbay, guillerette, finit de dépecer un renne sous le vol patient de quelques charognards, hauts dans le ciel.

Dès qu'il les aperçoit, le chien jaune se précipite sur les tripes et Olygbay l'écarte d'un éclat de rire. Les vautours, inquiets pour leur pitance, descendent d'un cran en spirale. Tumur et Semdjeet surveillent le feu du fumoir pour la viande, tout en jouant aux osselets. Derrière la yourte d'Olygbay, quatre chevaux, dont deux juments, patientent, le mors attaché à une corde entre deux poteaux. Un peu plus loin, dix moutons s'appliquent à tondre ras la steppe, guettés par cinq chèvres qui broutent, perchées en sentinelles sur les premiers rochers. Olygbay possède aussi une chamelle et son petit, et un yack. Elle est mongole et touvane à la fois.

Près de la porte ouverte de l'autre yourte, sur un tabouret rouge, est assise une vieille femme dans un long *deel* de soie bleu nuit qui souligne sa maigreur. Vêtement boutonné jusqu'au cou, mains sur ses genoux, droite. Elle porte sa large ceinture de soie jaune comme un corset. Son regard lointain s'évade bien au-delà de la vallée. C'est ma mère, petit frère. C'est Tsuyann, ma petite maman. Ma pauvre maman. Plus aucun vent ne souffle dans son âme depuis ce jour-là. Plus aucune rivière vive et argentée ne coule dans ses veines. Son cœur n'est qu'un cheval immobile. Je prends son visage entre mes mains et pose mon nez contre sa tempe, pour la saluer à la façon des Touvans. Elle me reconnaît du bout des mains et ses yeux blanchis se mouillent d'une larme, le temps d'une seconde, d'un éclat de vie, avant qu'elle retombe dans sa tristesse immense et suspendue. Je hume de nouveau sa tempe, caresse son visage, et rejoins Tumur et Semdjeet accroupis près du feu.

– Il est revenu.

– Qui ?

– L'homme qui nous a fait ça.

Olygbay vient déposer ses morceaux de viande sur le fumoir.

– Qui vous a fait quoi ?

– Tu sais bien, Olygbay. Celui qui nous a fait ça, à maman et à moi.

– Lui ?

Je leur raconte le nouveau colonel de la caserne et comment j'ai cru le reconnaître quand je glissais au bout de ma longe, emportée par l'étalon en travers de sa route. Puis comment j'en ai été sûre après m'être cognée à lui dans la foule. Et ce parfum, cette puanteur !

– Comment pourrais-je oublier cette odeur immonde ? Et il porte au menton la cicatrice de ma griffe d'ours. Ça ne peut être que lui.

– Que vas-tu faire ? s'inquiète Tumur.

– Me venger d'abord, et le tuer ensuite.

Ils ne disent rien. Tous le feraient aussi. Tous le feront avec moi d'ailleurs, si je le leur demande. J'y penserai demain, dès que mon corps aura fini de trembler de rage.

– Viens, je dis à Tumur sans la moindre pudeur.

Tumur me suit, et c'est moi qui glisse l'*ourga* bien droite entre les cordages de la yourte, comme un mât sans étendard, à gauche de la porte que je referme. Faites-vous encore ça, petit frère, à la porte de vos dortoirs ou de vos chambres ? Ce signal à la steppe tout entière pour signifier que deux êtres s'aiment et se prennent au cœur à corps dans ce cocon de feutre ? Ça doit te surprendre de m'entendre en parler si franchement, blanche et fripée comme je suis aujourd'hui, mais n'oublie jamais que toutes les vieilles et tous les vieux que tu croises ont été des amants, petit frère. Qu'ils ont connu les mêmes émois magnifiques que tu vas connaître. Qu'ils se sont dénudés sans se regarder et se sont glissés sous une peau de renne. Que leurs lèvres se sont frôlées. Que leurs corps se sont effleurés. Que leurs désirs se sont tendus et que plus rien d'autre n'a existé, dans la yourte ronde, chaleureuse comme le ventre du monde, que le vertige de leur plaisir…

Bon, je ne vais pas t'embarrasser à t'expliquer ce qui s'est passé. J'espère pour toi que tu t'es déjà laissé tomber de cette falaise-là, petit frère. Dehors, ce jour-là, comme chaque fois, Semdjeet dit à voix haute qu'il irait bien planter une *ourga* à la porte de la yourte d'Olygbay, lui aussi. Ma petite sœur de cœur lui répond qu'elle est une fille des steppes. On l'a prise une fois, maintenant c'est elle qui prend. Alors prends-moi ! quémande Semdjeet. Je dois traire la jument, qu'elle répond, approche plutôt le poulain pour amorcer son lait ! Et Tumur et moi, malgré l'ivresse de nos caresses, nous sourions des éternelles chamailleries de ces deux-là.

Plus tard, sous la couverture, nous laissons nos corps revenir à nous. Je sais que Tumur a mis du temps à dompter ma violence. Toute ma colère. Toute ma haine. Jusqu'à ce que je m'abandonne enfin, oubliant mon démon.

– Ce n'est pas la même chose, murmure Tumur. Ce salaud ne t'a jamais fait l'amour. Ce qu'il t'a fait n'a rien à voir avec ce à quoi tu résistes encore. L'amour, c'est ce que nous venons de nous donner, et que cette ordure n'a probablement jamais connu dans sa triste vie.

– Je sais, mais cette blessure qui me hantait, voilà qu'elle s'ouvre à nouveau, vingt-cinq ans après…

– Que veux-tu, alors ?

Je ne peux pas mentir à Tumur. Il le saurait et en serait blessé.

– Me venger, je te l'ai dit. Me venger, puis le tuer. Le faire souffrir et le regarder mourir.

– Aysuun, tu deviendras comme lui, si tu fais ça.

– Peut-être, mais si cela m'arrivait et que tu ne me reconnaisses plus, souviens-toi que j'aurai été, pendant toutes ces années avant son retour, une bonne personne.

– Ça n'arrivera pas. Je le regarderai mourir avec toi s'il le faut. Où que te mène ta vengeance, je serai sur le même chemin.

C'est moi qui le chevauche cette fois, petit frère, et même si tu en rougis, sache que ce jour-là nous nous abandonnons à cette cavalcade qui ressemble à un long, long galop dans la steppe. Quand il ouvre les yeux de temps en temps, qu'il voit mon corps nu au-dessus de lui, dans l'éventail orange des perches qui soutiennent le toit de toile au-dessus de moi, quand il entend la petite plainte longue et aiguë de mon plaisir, je sais qu'il se demande quel diable il faut être pour avoir cherché à me voler tout ça à coups de poing. Quand il revient à lui une nouvelle fois, il se blottit contre moi et je me dis qu'il n'y a qu'un démon comme Kariakine pour prendre une ultime jouissance dans la mort d'autrui.

– Tu vas devoir faire attention avec les chevaux, je murmure à Tumur. Seuls les esprits savent ce que ce salaud est capable de faire aux voleurs.

– Je serai prudent. Peut-être même que ça pourrait servir ta vengeance.

– Comment ça ?

– L'attirer hors de la caserne par un vol de chevaux, pourquoi pas ? Je vais y réfléchir. Mais je dois d'abord préparer quelques chevaux cette nuit. On se retrouve plus tard.

Je sors de la yourte et fais un thé noir salé au beurre de yack. J'en porte un bol à Tsuyann, avec quelques cubes de biscuits de lait au beurre jaune que ma pauvre mère croque sans quitter des yeux quelque chose d'invisible, très loin au-delà des montagnes, de l'autre côté de la vallée. Tumur sort à son tour, ajustant la large ceinture de son *deel* dans laquelle il glisse son couteau, l'acier silex pour le feu, et sa tabatière.

– Semdjeet, je ramène les chevaux ce soir, dit-il. Après, nous irons rôder du côté de la caserne.

Si je connais les chevauchées nocturnes de Tumur, je ne l'accompagne pas. Jamais. Elles sont à lui. Mais je les imagine sans mal, car je sais où il va et par quels chemins.

3

... que ta nuit soit paisible.

Le crépuscule ourle le ciel de nuages mauves. Une grande nuit fraîche descend des montagnes et recouvre la vallée d'ombres obscures. Tumur trotte en travers des collines. Il tient trois chevaux au bout d'une longe. Au loin, un halo éclaire faiblement la nuit : lueur d'un feu à travers le *toono* qui relie le ciel d'une yourte au ciel du monde. Un chien aboie. La porte qui s'ouvre découpe un trapèze de lumière dans l'obscurité.

– Tiens tes chiens, dit Tumur, je ne fais que te ramener ton cheval.

Un vieil homme sort de la yourte, le menton rabougri par une longue pipe taillée dans une omoplate de chameau, et la peau comme un cuir craquelé. Ses bottes à pointes relevées dessinent sur le sol deux silhouettes de dragons nains.

– J'espère qu'il t'a bien servi, répond le vieillard.

– Je le saurai dans onze lunes, quand ma jument mettra bas.

– Tu me le diras, alors. Ma femme a préparé du thé, entre le partager avec nous.

– Ne te vexe pas, grand-père, et sois certain de mon respect, mais je dois refuser. Je ne voudrais pas qu'une mauvaise langue de la nuit aille rapporter l'hospitalité que tu accordes à un voleur de chevaux.

– Quel voleur ? Tous mes chevaux sont là. Celui qui avait disparu vient justement de revenir.

– Je sais, mais d'autres chevaux doivent encore rentrer chez eux et il me faut les accompagner. Tant de voleurs rôdent la nuit par les temps qui courent. Tiens, Grand-père, accepte cette viande pour tes vieilles dents et celles, plus vives, de tes enfants.

Tumur tend au vieil homme quelques kilos de cette viande qu'Olygbay a découpée dans la journée. Il ne rend jamais un cheval volé sans un cadeau en retour. Le vieil homme lui dit d'attendre et retourne dans la yourte. Il en ressort entouré de sa famille. Sa vieille épouse, son fils, sa belle-fille et trois enfants timides en rang d'oignons. La jeune femme tient une coupelle de lait dans ses mains. Quand Tumur fait demi-tour, il sait qu'elle y plonge son annulaire et lance, d'une pincée élégante, quelques gouttes aux quatre horizons pour que sa route soit blanche.

Crois-tu encore à la force du blanc, petit frère ? Mais peut-être n'avez-vous plus aucune raison d'y croire. Après tout, cette tradition ne protège pas vraiment le voyageur. Elle ne sert qu'à le rassurer, à savoir que quelqu'un aura vu la direction qu'il a prise dans la vaste steppe et pourra lancer les secours sur sa trace s'il tardait à revenir. Et puis imagine la ville, avec toutes ces femmes qui disperseraient le lait à chaque voiture ou camion qui démarre. Quel gâchis. Toutes les juments de nos steppes n'y suffiraient pas.

Tumur y croit, lui, et disparaît sur sa route blanche qui le mène jusqu'à la prochaine yourte. Celle d'une femme dont le mari travaille de nuit au kolkhoze et qui s'étonne :

– Pourquoi nous rends-tu toujours les chevaux que tu nous voles ?

– Parce qu'ils te sont trop précieux pour que je les garde. Une fois qu'ils ont sailli mes meilleures juments pour qu'elles me donnent de beaux poulains, je n'ai aucune raison de les garder.

– Le vent de la steppe murmure que c'est un beau troupeau.

– Le vent est trop bavard, mais il me fait honneur. Tiens, je t'ai apporté un peu de brun-gris. Prépare-le comme pour un *khorkhog* mongol, de la viande, de l'eau et des pierres chaudes dans ton bidon à lait. Mais laisse-le un peu moins longtemps sur le feu, c'est du renne.

– Le vent de la caserne dit que c'est plutôt la viande de ces chevaux que tu voles.

– Dans ce cas, grande sœur, vérifie qu'il ne manque pas une cuisse à ton cheval, s'amuse Tumur dont le rire résonne dans un ciel si haut et si piqueté d'étoiles qu'il donne le vertige.

– Que ton chemin soit blanc et sûr.

Pour le dernier cheval qu'il rend, mon cœur vacille car je sais où il va. L'homme à qui appartient ce cheval est propriétaire d'un joli cheptel. Tumur lui apporte du tabac et une brique de thé, et accepte d'entrer partager un gobelet d'*arkhii*. Il laisse l'homme le précéder et enjambe le pas de la porte du pied droit. L'homme est mongol. On entre dans sa yourte par la gauche, où Tumur dépose, là où sont les selles, les harnachements des chevaux et le fusil de chasse, son couteau, qu'il tire de sa ceinture. Il ne quitte pas des yeux la femme qui leur prépare la vodka de lait, du côté droit de la yourte, réservé aux femmes. Dans un autre temps, après que son père a été tué par l'ours pendant une tempête, et que d'autres épreuves ont ruiné sa pauvre mère, cette femme a été sa sœur. Sa petite Argaan.

Laisse-moi te raconter, petit frère, et tu me diras si la pauvreté, dans vos villes, pousse encore à de tels malheurs. Un jour qu'il regroupe des rennes égarés loin dans les collines, Tumur aperçoit deux cavaliers qui s'approchent de leur yourte dans la vallée. À la façon dont ils chevauchent, il comprend qu'il s'agit d'un couple. Il se redresse sur ses étriers, en alerte. Depuis que l'ours a tué son père, malgré ses huit ans, il se sent responsable de sa mère et de sa sœur. De loin, il aperçoit Argaan et devine qu'elle est vêtue de ses plus beaux habits. Elle ne les portait pas ce matin, quand sa mère l'a envoyé s'occuper des rennes. Il devine que les cavaliers parlent avec sa mère sans pour autant descendre de cheval. Il s'inquiète de la voir soulever Argaan et l'embrasser tant et tant de fois avant de la reposer au sol. Un des cavaliers, la femme, qu'il reconnaît à son *deel* plus ajusté, tend alors une corde à Argaan qui s'en saisit de ses petites mains. Puis plus personne ne bouge pendant quelques instants, avant que la femme pousse son cheval au pas. Argaan suit. De là-haut, Tumur la voit secouer la corde. Elle sautille, comme pour un jeu. Alors la femme se déhanche sur son cheval, prend Argaan dans ses bras, la cale devant elle sur la selle et les deux cavaliers repartent avec Argaan. Avec sa petite sœur.

Tu sais, petit frère, j'ai connu la mère de Tumur. Une femme bonne mais exténuée. Jamais plus elle n'a été la même après le départ d'Argaan. L'année suivante, elle s'est louée à une autre famille mongole. Par la suite ces gens se sont plaints dans toute la vallée d'avoir fait une bien mauvaise affaire avec cette Touvane, qui n'avait rien su faire d'autre chez eux que de mourir de chagrin et d'épuisement deux ans plus tard.

Un soir, après l'amour, blotti contre moi, Tumur m'a raconté : lorsqu'il avait compris qu'Argaan ne reviendrait plus, le jour du passage du couple mongol, il s'était précipité chez lui. Il avait déboulé devant la yourte. Il avait sauté à terre et claqué son renne pour qu'il s'écarte. Il avait regardé sa mère, longtemps, sans rien dire. Elle fixait l'horizon où avait disparu sa petite fille. Alors il s'était jeté sur elle pour la marteler de ses poings rageurs. Puis, en larmes, il avait enlacé ses hanches, enfoui son visage contre son ventre, et l'avait serrée très fort, comme si elle était la dernière personne au monde. Ensemble, ils avaient pleuré longuement la mort du père, leur maigre troupeau décimé par les loups, les *dzüud* blancs avec leurs interminables blizzards, les *dzüud* noirs de canicule à craqueler la steppe, les réquisitions arbitraires des Russes et les confiscations des soldats, l'impôt en travail du kolkhoze, l'hostilité des Mongols. « Comprends, lui avait-elle dit lors de leur premier repas sans Argaan, elle aura plus de chances dans une autre famille, plus forte, plus complète, une famille mongole. »

Tumur était resté aux côtés de sa mère qui ne pouvait survivre seule. Il avait dix ans quand elle est morte et personne ne s'était plus occupé de lui, et c'était tant mieux. Il est resté vivre dans leur vieille yourte, avec son ami Semdjeet. À onze ans, ils étaient déjà d'excellents cavaliers. À douze ans, de redoutables voleurs.

Tu sais, petit frère, la vie a toujours été dure pour les nomades, surtout quand les temps s'en mêlent ! Et ces temps-là étaient cruels. Pour nous forcer à accepter de vivre dans les kolkhozes, les Soviétiques nous affamaient et nous volaient. Si nous étions reconnus comme éleveurs, nous leur devions une partie de notre cheptel, chaque année, au nom de cette chose sacrée qu'ils appelaient « le Plan ». Si nous n'étions que les gardiens de leurs animaux, ils nous payaient en rations de viande. Mais qu'on perde une bête, qu'un ours ou qu'un loup la dévore, ou qu'une maladie ou un accident l'emporte, et la punition tombait. La famille entière privée de viande pendant un mois. Je te dis ça pour que tu comprennes la suite de l'histoire. Quand il est entré pour la première fois dans cette yourte, Tumur s'est rendu compte de ce que ce vieil homme avait fait d'Argaan. Il avait pris la petite fille qu'il avait adoptée pour en faire sa seconde épouse et lui avait fait deux enfants. J'ai dû retenir Tumur d'aller l'égorger. Et il m'a fallu près d'un an pour calmer sa rage. Mais en quoi est-ce une honte pour toi ? lui ai-je dit. Sous le joug soviétique, nous ne vivions pas, nous survivions. Et Argaan a survécu deux fois, grâce à cet homme. Une fois enfant, une fois femme.

Tumur a ravalé son orgueil de mâle. Il a rencontré l'homme. Ils se sont parlé. Tumur lui a fait promettre des choses, et c'est aujourd'hui une belle famille, même si Argaan et lui n'en ont jamais discuté. Je sais que Tumur espère qu'elle a oublié qu'il a été son frère. Pour la famille, il est un oncle et c'est un peu vrai, même si l'oncle, dans la vaste steppe, n'est jamais qu'un simple ami lointain de la famille, souvent de passage.

Depuis la colline, en voyant la corde que tenait Argaan ce jour-là, il avait cru que la cavalière l'avait capturée au lasso comme une prisonnière. Comme une esclave. Il a compris par la suite que c'était une coutume, une sorte de rite d'adoption. Une façon de dire qu'un nouveau lien se créait entre l'enfant et sa nouvelle mère. La représentation symbolique d'un nouveau cordon ombilical.

Ce soir-là, pour laisser parler les deux hommes, Argaan sort et va jeter un coup d'œil aux chèvres et aux moutons. Les deux hommes gardent le silence jusqu'au premier refrain de la jeune femme. C'est un chant huché. Elle parle à un animal. L'homme explique à voix basse qu'une chamelle refuse d'allaiter son chamelon, qui dépérit. Argaan s'en occupe depuis plusieurs jours déjà. Elle a enfoncé sa main dans le vagin de la chamelle pour badigeonner le petit de son odeur. Elle a fait de même sur une peau dont elle a recouvert le chamelon pour tromper la méfiance de la chamelle, mais en vain. Alors elle a attaché le chamelon camouflé à une autre chamelle depuis deux jours déjà pour qu'elle finisse par l'adopter.

Tumur laisse l'homme plus âgé boire en premier. Il trempe son annulaire dans l'*arkhii*, en asperge l'air et le sol, et boit à deux mains, laissant un fond de liquide pour les esprits ou le voyageur inattendu qui viendrait à passer. Quand il a bu, Tumur fait de même.

– Il paraît que la foudre est tombée sur la caserne, dit l'homme dans un murmure.

– Je n'ai pas entendu rouler le tonnerre, s'étonne Tumur.

– Un petit homme en uniforme sec comme un coup de trique, à ce qu'on dit. Si j'étais voleur, je m'en inquiéterais.

– Pourquoi serais-tu voleur, grand-père ? Tu as une femme et des enfants dans ta yourte, et un joli troupeau tout autour.

– Pour avoir la liberté de galoper dans la nuit, peut-être. De libérer des chevaux que ces Russes vulgaires et grossiers abattent quand ils ne sont pas capables de les monter plutôt que de les rendre à la steppe.

– Oui, admet Tumur dans un sourire, c'est vrai que ce seraient de bonnes raisons…

Il prend congé et sort. Argaan l'attend pour bénir sa route et il est heureux de cette tradition qui veut qu'on appelle grand frère tout homme un peu plus âgé que soi.

– Que la route te soit blanche, grand frère.

– Et toi, petite sœur, que ta nuit soit paisible.

4

... va pour le piano.

Ce soir-là, je maraude du côté de la caserne. Kariakine et Bazaan, son aide de camp, dînent à l'extérieur, sur la petite estrade protégée d'un auvent que Bolchakov a fait construire devant l'enclos. La nuit est fraîche mais belle, étoilée, vaste comme une steppe céleste. Des hommes travaillent encore à ratisser les premières tonnes de sable qu'a déchargées le convoi de Bolchakov, déjà reparti. D'autres s'affairent à réparer et à peindre les barrières. À l'extérieur de la caserne, on entend les Mongols et les Touvans démonter leur bazar.

Bobrovitch a cuisiné un délicieux *oukha* à la tomate, même si Kariakine l'aurait préféré avec une belle carpe du Don. Mais les deux grosses *lenok* de la rivière voisine font l'affaire. Bobrovitch sert à part le bouillon épicé d'ail et de piment dans lequel ont cuit les morceaux de poisson, les pommes de terre, les oignons et les tomates, comme l'exige le colonel. Les truites sont présentées cuites avec leurs arêtes pour un meilleur goût, toujours selon les règles du colonel qui réclame aussi un bol de millet aux oignons frits. Et, malgré ses remontrances, sans l'admettre, il savoure la délicatesse de ce plat « à la cosaque » dans ce qu'il appelle un « pays de viandards ».

Je les observe à l'abri de la nuit. Ce Bazaan ne semble guère apprécier la façon dont Kariakine traite Bobrovitch. S'il le tolère à leur table, le colonel commande le vieux soldat comme si c'était un majordome. Bobrovitch cuisine, Bobrovitch sert, verse, et débarrasse. Dix fois, il interrompt son repas pour des futilités et des caprices du colonel. Quand Kariakine ordonne à Bobrovitch de remplir leurs verres de vodka, Bazaan tend la main vers la bouteille et Kariakine l'interrompt d'un geste sec.

– C'est à lui de nous servir.

– Je peux très bien m'en charger.

– Non, insiste Kariakine, la tradition russe veut qu'il revienne au même serveur de remplir les verres tant qu'il reste de la vodka dans la bouteille.

– Sinon ?

– Sinon ça dégénère en pugilat entre qui est servi en premier et qui n'aura plus rien quand viendra son tour.

– C'est idiot, s'amuse Bazaan, il arrivera toujours un moment où la bouteille sera vide pour quelqu'un.

– C'est idiot, mais c'est comme ça.

Bobrovitch s'exécute et répartit le reste de vodka dans leurs trois verres. Bazaan lève le sien pour détendre l'atmosphère.

– *Vaché Zdorovié !*

Mais d'un brusque revers de main Kariakine balaye la bouteille que Bobrovitch repose sur la table.

– Jamais de bouteille vide sur la table d'un cosaque ! Va plutôt préparer du thé, du vrai, du noir et aux agrumes, comme chez nous.

Bobrovitch s'éclipse et Kariakine sort un paquet de *papiros* et un briquet Zippo américain. D'un geste qu'il veut élégant, il allume sa cigarette et regarde le mauvais tabac crépiter dans la nuit. La brise me rapporte leurs propos.

– Un tiers de tabac pour deux tiers de tube en carton. Quand je pense que ces capitalistes d'Américains ont des cigarettes de neuf centimètres avec moins de deux centimètres de filtre ! Il paraît même que les Français fument des brunes sans filtre…

Il regarde de nouveau les braises de son *papiros*. La soirée est belle.

– Dans deux jours, j'organise une course, annonce Kariakine.

Les paroles des nomades qui démontent leurs baraques sont des échos feutrés. Un cheval renâcle. Au loin, un autre hennit. Plus loin encore, des chiens aboient après des loups qui rôdent. Peut-être.

– Une course de quoi ?

– De chevaux, Bazaan, quoi d'autre !

– Et pour quoi faire ?

– Pour leur montrer ce qu'un Akhal-Teke est capable de faire lorsqu'il est monté par un vrai cosaque.

– Tu vas participer à cette course ? s'étonne Bazaan.

– Bien sûr. Et la gagner, surtout.

La nuit est démesurée, insensée même – exagérée, profonde et sans limite. Un velours constellé d'étoiles et imprégné du lait sacré de la Voie lactée.

– Mauvaise idée, dit une voix dans la nuit.

Kariakine et Bazaan tournent la tête et scrutent la pénombre.

– Qui es-tu ? Que fais-tu là ? Montre-toi !

Je savais que Tumur viendrait surveiller la caserne, lui aussi. Je l'avais cherché des yeux en arrivant mais je ne l'avais pas remarqué, accroupi dans un coin noir. Il se lève et se montre.

– Je passais par là et je t'ai entendu, camarade. C'est une

bonne idée d'organiser une course, les hommes vont aimer ça, mais c'en est une très mauvaise de vouloir y participer.

– Ah oui ? Et tu peux m'expliquer pourquoi ?

– Parce que tu ne pourras pas la gagner, colonel.

– Tu aurais dû venir plus tôt dans la journée, prétentieux que tu es. Tu aurais peut-être eu la chance de voir le cheval que je vais monter.

– Le problème n'est pas le cheval, colonel, le problème, c'est toi, c'est le cavalier.

– Voilà une insolence qui pourrait te coûter dix ans dans une mine de n'importe quoi à mille kilomètres d'ici. J'espère que tu le sais.

– Et en quoi le colonel serait-il un problème ? tempère Bazaan pour enrayer la colère qu'il sent monter chez Kariakine.

– Trop lourd, répond Tumur. Trop harnaché. Chez nous, ce ne sont pas les cavaliers qui courent mais les chevaux. Demain, ton colonel se retrouvera avec des gamins de cinq à sept ans, légers comme des plumes et qui montent à cru. Et son pauvre cheval, tout Akhal-Teke qu'il est, se retrouvera avec quatre-vingts kilos de trop sur le dos pour une course longue d'au moins dix kilomètres. Ça ne lui laisse aucune chance.

– Donc d'après toi, je ne pourrais pas gagner cette course ?

– Ton cheval si, de toute évidence, mais toi, non.

– Explique-toi, avant que je me fâche, menace calmement Kariakine.

– C'est simple : tous les chevaux courent ensemble, mais ils sont jugés par catégorie. L'âge, le sexe, entier ou castré, allures, poids du jockey, entraîneur. S'il court, par la force des choses, ton cheval aura une catégorie pour lui tout seul puisqu'il n'en existe aucun autre semblable. Donc il est sûr de l'emporter dans sa catégorie.

– Où est le problème, alors ?

– Ton cheval sera vainqueur d'une course qu'il n'aura courue que contre lui-même. Il sera bien le premier de sa catégorie, mais bon dernier de tous les chevaux en compétition.

– Je connais mon Akhal-Teke et je gagnerai cette course.

– Tu ne le pourras pas. Encore une fois, aucun cavalier ne gagne ces courses. Seul le cheval est vainqueur et louangé. À la rigueur l'éleveur, mais jamais le cavalier. D'ailleurs tous les chevaux sont félicités, même le dernier, qu'on excuse d'avoir hérité d'un gros ventre mou sur son dos.

Kariakine réfléchit. Malgré l'admiration qu'il porte à son pur-sang, il ne peut supporter l'idée de n'être pas célébré s'il est vainqueur, et encore moins celle d'être dernier, devancé devant la populace par une ribambelle de morveux des steppes.

– C'est vrai qu'il serait risqué pour un cheval de cette valeur de se briser une jambe en prenant son sabot dans un de vos fichus trous de marmotte…, trouve-t-il alors comme mauvaise excuse.

Je souris de la dérobade, petit frère. *Homo sovieticus* n'a jamais tort. Ni tort ni compassion, c'est la loi morale des Soviétiques. Mais qu'il se rengorge de sa morgue, je me chargerai bientôt de la lui faire avaler.

Kariakine tire deux dernières bouffées. Dans le bleu sombre de la nuit, il exhale la fumée qu'une brise invisible enroule en arabesques.

– Soit, admet Kariakine. Course il y aura, mais sans moi, c'est d'accord. Par contre, au retour des chevaux, je ferai une démonstration de dressage dans l'enclos. Que ces prétendus meilleurs cavaliers du monde voient une fois dans leur vie ce qu'est l'art véritable de la monte et du dressage.

– C'est plus sage comme ça, dit Tumur qui se lève et s'éloigne. Bonne nuit, camarade colonel.

– Des gamins de cinq ans à cru au grand galop sur des kilomètres !

– Je pensais que tu le savais, s'étonne Bazaan.

– J'ai traversé ce pays il y a plus de vingt ans pour pacifier ces nomades, Bazaan, pas pour partager leur folklore rétrograde et contre-révolutionnaire.

Bazaan cherche quoi répondre, quand un camion lourd et pataud comme un scarabée se brinquebale jusque dans la caserne, surchargé de meubles et de bagages.

– Bobrovitch ! hurle Kariakine. Mes bagages arrivent !

Puis il se tourne vers Tumur.

– Hé, toi là-bas, attends.

Tumur hésite, puis revient sur ses pas, et moi, dans ma cachette, je tremble pour lui.

– Aide à décharger ces bagages et à les porter dans mes appartements.

– Ce camion entier ? Avec ce piano que j'aperçois ?

– C'est ça ou trois jours de cachot pour être entré dans une enceinte militaire sans autorisation.

– D'accord, dit Tumur, va pour le piano.

5

... et profitons de ce festin de nuit.

Je sais que Tsuyann ne dort pas. Elle ne dort plus depuis vingt-cinq ans. Elle s'allonge de côté sur son lit-coffre, au fond de la yourte, le dos tourné au feu, les yeux grands ouverts, le front contre le bois de l'autel des offrandes aux esprits et aux âmes envolées. Chechek, sa petite Chechek qui gardait les chèvres. Jempel, l'homme aimé qui lui avait donné ses enfants, Dshuruk, le grand-père, le vieux, l'ancêtre, l'oncle Galsan... et tous ceux aujourd'hui disparus du récit de la vie d'avant. Comme d'habitude, Tumur n'entre pas par la porte. J'ai relevé la jupe de feutre et de coton sur le côté de la yourte, à hauteur de mon lit. Il roule sous le treillis et se glisse dans mon lit. Au début de notre amour, il n'osait pas me rejoindre ainsi. Pas seulement parce que Tsuyann était là, éveillée, dans la même nuit que la nôtre. Mongols et Touvans ont appris depuis longtemps à partager leur intimité dans le ventre feutré des yourtes. Mais surtout pour ne pas me froisser. Pour beaucoup, je reste une fille des steppes.

C'est ainsi que, souvent, les femmes le devenaient, petit frère. J'espère qu'il n'en est plus ainsi aujourd'hui. Un garçon, un gamin, un grand benêt comme tu as dû l'être au même âge, poussé par ses frères idiots ou ses oncles vantards, rampe sous le feutre de la yourte d'une autre famille où dort une fille. Une gamine, apeurée par cette audace qu'une tradition virile encourage. Le garçon se glisse en silence sous sa couverture et se défroque contre elle. Les parents font mine de dormir pour ne rien entendre des murmures éperdus de leur fille. Fiers même quelquefois, qu'elle soit ainsi honorée. Affaire vite expédiée. Maladroite. Douloureuse.

Un nigaud, petit frère, qui n'a jamais éjaculé qu'entre ses doigts et qui, cette fois, pénètre ce qu'il croit être le plaisir. Il se répand tout de suite et roule aussitôt hors du lit et de la yourte, fier et honteux à la fois. La gamine pleure en silence. Elle ne veut pas écraser de honte ses bons parents qu'elle pense endormis, affolée par le sang coupable entre ses cuisses. Dehors, de leurs mots à peine feutrés par la nuit, elle entend les autres féliciter le gamin de sa honte, lui demander comment c'était, comment elle était, si elle a aimé ça. Ils le chahutent et lui offrent de la bière. Il est ainsi, par cette violence intime et muette, devenu un homme, un vrai. Mais elle, petit frère, comprend-elle ce qu'elle vient de devenir ?

Neuf mois plus tard, si la gamine donne naissance et que le gamin est passé à autre chose, elle n'est plus qu'une fille des steppes. Une fille-mère. Désormais, sa place est à part. À l'écart. Une yourte en retrait. Plus éloignée de la partie ensoleillée de l'*aal* de sa famille, loin de la rivière aussi, qu'elle pourrait souiller. Dans une herbe caillouteuse, ou trop près des rochers. La moitié de ces filles des steppes, petit frère, qu'on hésite à épouser, vieillissent seules avec leur enfant qu'on moque. Les autres se résignent à être ce que les garçons ont fait d'elles, des filles seules et faciles, au prétexte de leur prétendu silencieux consentement. Disponibles aux hommes de passage qui savent les reconnaître et tentent leur chance en échange d'un « petit quelque chose », ou bien s'imposent pour « les aider à élever leur enfant », comme ils disent.

Petit frère, si j'apprends que tu as fait ça, dans une yourte ou n'importe où, dans un dortoir, dans une chambre, dans un débarras ou un appentis, je t'émascule et je te castre de mes ongles et je demande à Gombo le bandit-chamane de déverser sur ta vie toutes les larmes acides du Ciel Noir. Tu m'as bien comprise ?

Moi, mon enfant des steppes, je ne l'ai jamais connu. Ou si peu. Quelques jours à peine. Si peu que je ne m'en souviens plus. Je n'en sais que ce qu'on m'en a dit. Mais, contre toute attente et contrairement à bien des malheureuses, être une fille des steppes m'a donné l'envie de me construire et de rester libre, tous mes malheurs en bandoulière, sans rien demander à personne. Tsuyann survit près de moi, murée dans sa folie silencieuse, et ça me suffit. Olygbay est mon amie, Tumur est mon amant, et ça me suffit. Je vis sous le ciel, dans la steppe, au pied des montagnes, et ça me suffit.

– Je t'ai entendu lui parler dans la cour de la caserne. Que cherche ce colonel russe avec sa démonstration de dressage ?

Nous sommes nus l'un contre l'autre. Tumur a posé sa tête au creux de son épaule, la joue contre mon sein, et murmure à mon oreille.

– C'est un Russe, un militaire soviétique, il ne cherche qu'à nous humilier avec son Akhal-Teke. Il va démontrer que nous ne sommes que des sauvages, et nos chevaux de vulgaires carnes. Il veut nous éblouir de pas et d'allures que nous ne connaissons pas. J'ai vu les photos. Il en a accroché plein les murs de ses appartements. Lui, raide et droit comme un tronc de mélèze, et son cheval prétentieux et maniéré comme un danseur de ballet russe.

– Je l'ai entendu jouer du piano, aussi.

– Oui. Ça par contre, c'était magnifique…

Petit frère, je me souviens de ces notes égrenées dans la nuit. Elles montaient à la lune, légères comme des chapelets de bulles. Suspendues. Immobiles quelquefois puis fuyant soudain en ribambelles pour s'arrêter de nouveau, dans de gracieux et fragiles silences.

– *L'Alouette*, de Mikhaïl Glinka, qu'il m'a expliqué. Mikhaïl Ivanovitch Glinka. Il dit que c'est le père de toute la musique russe.

Dis-moi, petit frère, comment un homme qui a tué et violé peut-il aimer la musique et jouer du piano ? Peut-être, me diras-tu, l'a-t-il appris quand il était enfant et encore innocent. Mais dans ce cas, comment peut-on devenir ce qu'il est devenu, quand on a été un enfant innocent qui jouait du piano ?

– Je vais le tuer.

– Je sais, me répond Tumur.

– Dans deux jours, d'abord un peu, et ensuite petit à petit, jour après jour, pendant longtemps.

À ce moment-là, petit frère, je sais ce dont se souvient Tumur. Il m'a déjà raconté cette fusillade et les éclats de la mitraille à travers la forêt. Semdjeet et lui étaient alors des gamins, pas encore de vrais cavaliers. Ils ne montaient que des rennes qui savent seulement trotter. Même à un kilomètre de notre *aal*, les balles semblent ricocher autour d'eux contre les mélèzes. Pour la centième fois, ils rassemblent le troupeau qu'Olygbay, la fille de l'*aal* voisin, a laissé se disperser. Tous les trois, ils partent le plus vite possible en direction des tirs, des cris et de la pétarade des moteurs. En apercevant de loin les soldats, ils se jettent au sol et rampent vers les yourtes. Tapis dans les taillis de myrtilles, morts d'effroi, ils voient les Russes tirer à travers l'*örege* des tentes, auxquelles d'autres mettent le feu. Quand les assassins lèvent le camp, un homme vêtu de noir sort de la forêt et rampe vers les yourtes. Tumur reconnaît Gombo, le bandit-chamane. Il jaillit alors du bois à son tour, suivi de Semdjeet et d'Olygbay, et court jusqu'à la première yourte pour aider Gombo. Tumur me trouve là, ensanglantée, incapable du moindre mouvement, comme inconsciente, alors que les flammes ronflent et dévorent tout ce qui m'entoure. C'est lui qui tire mon corps nu et meurtri hors du brasier. Gombo fait de même avec le corps de maman, dépenaillée et gémissante. Elle regarde autour d'elle, effarée de ce qu'elle découvre : tous les siens morts et étripés dans la clairière, et mon corps aussi, qui semble sans vie. Un long cri de détresse déchire alors sa gorge et vide son âme de toute lumière, laissant s'enfuir son esprit.

Je sais que Tumur pense à ce jour-là quand il caresse mon épaule, là où la brûlure a disparu. Le miel et la graisse d'ours, les cendres de fourrure de bouc et les cataplasmes de toiles d'araignée de Gombo ont fait des miracles. À peine ma peau est-elle plus lisse et moirée, là et sur ma hanche, où le feu a léché mon corps sans avoir eu le temps de le mordre.

– Je vais avoir besoin de toi pour ça…

– Tu n'as pas besoin de demander, répond Tumur contre mon épaule. Mais c'est un colonel de l'Armée rouge, que tu réussisses ou que tu échoues, les autres militaires et tous ces fanatiques du Parti te traqueront partout où tu iras.

– Je sais. Et je sais aussi que je ne peux pas t'obliger à me suivre.

– J'irai où tu iras, conclut Tumur catégorique en posant un baiser sur mon téton bandé.

Bouche tes oreilles si ça te gêne, petit frère, ou ferme tes yeux pour mieux l'imaginer sans être dégoûté par mon visage flétri d'aujourd'hui. Je suis jeune et belle à l'époque, et tu apprendras vite que ces abandons de l'amour sont les plus enivrants vertiges que ton âme et ton corps puissent espérer. Le baiser de Tumur, à la pointe de mon sein, m'électrise. Il exacerbe mon désir, et je l'attire sur moi pour l'aimer à nouveau. Mais les esprits savent être taquins et Tsuyann se lève au même moment, maigre et absente, pour s'occuper du feu et mettre de l'eau à chauffer. Au cœur de la nuit !

Nous disparaissons sous notre peau de renne dans une chamaillerie de rires étouffés. Bientôt nous humons la bonne odeur du premier thé et devinons que Tsuyann, un bol à la main, sort de la yourte pour en asperger le monde de sa cuillère à neuf trous. Quand elle revient, nous nous caressons et nous nous embrassons en riant sous la couverture. Nous l'entendons s'affairer. Elle cuisine. Trop, comme d'habitude. Pas pour elle, qui ne mange presque rien, mais pour toute sa famille disparue dont elle attend encore et toujours le retour dans sa tête. Pour Chechek, pour Jempel, pour Dshuruk, pour Galsan. Leurs plats préférés.

Au délicieux fumet, nous devinons que c'est prêt et qu'elle offre maintenant le meilleur gras de la première viande au feu. Nous l'écoutons lui psalmodier ses remerciements. Petit frère, elle avait aussi remercié ce même feu et ces mêmes esprits le matin du massacre… Quelques instants plus tard, un œil amusé par-dessous la couverture, nous la regardons se recoucher, recroquevillée, dos au feu, le visage contre l'autel des esprits. Alors nous nous levons, nus sous une même peau de renne. Je contourne les vêtements de Tumur éparpillés sur le sol, que la tradition m'interdit d'enjamber. Ne me demande pas pourquoi, petit frère, je n'en sais rien et Tumur non plus. Alors nous en rions sans bruit et profitons de ce festin de nuit.

6

... brodées de perles de pacotille.

Tu ne peux pas imaginer, petit frère, ce que c'était que l'ordre soviétique. Ce n'était pas le bon agencement des choses ou des idées, non, rien à voir avec ça. L'ordre soviétique, c'était un ordre. C'est tout. Une obligation d'être ou de faire sous peine de punition. C'était souvent un cri, un hurlement, mais aussi un murmure menaçant. C'était l'arbitraire le plus absolu soutenu par un rationalisme révolutionnaire imbécile. La parole du Parti, ou de n'importe quel imbécile du Parti, l'emportait sur tout. Sur l'évidence, sur la logique, sur l'histoire, sur la tradition, sur les mathématiques, sur la science. S'il l'avait voulu, Staline aurait pu faire chanter à un chœur joyeux et convaincu de cent millions de Soviétiques que la Terre était plate. C'était un ordre qui se dispensait de justification sinon celle de la prétendue volonté du peuple, qui n'avait pourtant aucun droit à s'exprimer. Un ordre dont le respect absolu était exigé de chacun par le premier camarade du Parti venu, au nom de Staline, père de tous les peuples. Tout ça pour que tu ne t'étonnes pas, petit frère, si le lendemain matin, il n'y a plus eu aucune baraque devant la caserne. Les chevaux des soldats paissent à l'écart, un peu plus loin dans la vallée, surveillés par deux cavaliers nonchalants, en uniforme. Il ne reste que l'enclos, repeint en blanc, où le colonel fait travailler son cheval à la longe, sous l'œil moqueur du chien jaune.

– C'est quand même un beau cheval, reconnaît Tumur.

Je l'admets, et toi aussi tu l'aurais reconnu, petit frère, si tu avais vu cet animal magnifique. Et comme pour le piano, je me demande encore, toute une vie plus tard, comment cet homme sans âme pouvait nourrir une telle passion pour un animal si noble. Je pensais que la noblesse d'âme se partageait. Il faut croire que non. Les êtres immondes qui n'en ont aucune compensent et tentent de montrer au monde celle qu'ils maîtrisent à cheval ou au piano. J'ai compris bien plus tard que Kariakine n'aimait ni la musique ni l'équitation. Ce qu'il aimait, c'était maîtriser la technique de l'une et de l'autre en dominant l'instrument ou l'animal. Dans ces deux domaines, il ne faisait que des gammes, éternels et répétitifs exercices qui ne flattent que la fierté et l'orgueil de celui qui les pratique, sans jamais se laisser emporter par l'émotion d'une improvisation ou d'un galop furieux.

En fin de journée, le deuxième convoi de Bolchakov revient et les hommes s'affairent à décharger le sable et à le ratisser dans l'enclos, sous l'œil attentif du colonel. Ne me demande pas pourquoi, petit frère, mais c'est à ce moment précis que je prends ma décision, consciente qu'elle est irrévocable. Tumur et moi enfourchons nos chevaux et partons au galop, loin de la caserne.

Arrivée à notre *aal*, j'appelle Olygbay. Je lui explique qu'elle doit se préparer à déplacer notre campement. Je trouverai des hommes pour l'aider et nous aurons besoin de quelques-uns de ses rennes et d'un chameau pour charger les yourtes démontées. Puis je vais voir Tsuyann, toujours assise sur son tabouret rouge à l'entrée de sa yourte. Je pose mon nez contre sa tempe pour la saluer. Je lui explique que nous allons changer de camp, qu'Olygbay s'occupera d'elle, et que des hommes remonteront sa yourte quand ils seront arrivés à l'emplacement suivant. Elle ne répond pas. Je pose de nouveau mon nez contre sa tempe puis entre dans la yourte. Je contourne le feu sacré et me dirige vers l'autel consacré aux anciens, à l'opposé de la porte. Je m'accroupis, glisse ma main sous le meuble aux offrandes, et en retire un petit sac en cuir souple fait des testicules tannés et attendris d'un bélier. Je dénoue le lacet qui le ferme et je verse le contenu sur mes cuisses. Un bouton doré, une épaulette de major, trois rubans jaune, blanc et bleu, quelques osselets et une griffe d'ours. Je les regarde longtemps, puis les remets dans la bourse que je glisse dans ma ceinture avant de ressortir. Dehors, je m'assure une dernière fois que tous ont bien compris ce que j'attends de chacun. Je remercie Olygbay en reniflant sa tempe, saute sur mon cheval et repars au galop. Non pas vers la caserne mais vers les contreforts de la montagne. Une heure plus tard, je rejoins une yourte isolée, adossée à une falaise. Un homme vêtu de noir sort à ma rencontre.

– Tes chiens ont déjà mangé, j'espère ?

– Tu en as mis du temps.

– Tu savais que je viendrais ?

– Avec ce nouveau colonel à la caserne, que pouvais-tu faire d'autre ?

Je suis chez Gombo, le bandit-chamane qui a tiré maman des flammes, qui m'a sauvé la vie et qui m'a guérie de mes blessures. Je ne sais rien d'autre que ça, petit frère : il est bandit, il est chamane, et il nous a sauvées. Moi, tout entière, corps et âme, et maman le peu qu'il restait de son âme. C'est chez lui que je suis entrée, pour la première fois, dans la yourte d'un homme seul et célibataire. Elle est semblable aux autres, petit frère. Au centre, le feu sacré entre les deux poteaux qui soutiennent le *toono*, la couronne en bois ouverte sur le ciel, symbole du lien cosmique entre l'espace et la terre par l'intermédiaire du feu. Gombo est mongol et, comme dans toutes les yourtes mongoles, le côté des hommes est situé sur la gauche, contrairement à nos yourtes touvanes. Sur la gauche donc, les harnachements et tout ce qui concerne l'élevage, et sur la droite, tout ce qui concerne la nourriture et la cuisine. Et tout au fond, derrière le feu, dans l'axe de la porte, l'autel en hommage aux âmes disparues. La différence, chez un chamane célibataire, ce sont tous ces objets chamaniques dispersés dans la yourte, côté homme comme côté femme, suspendus pour la plupart aux perches qui soutiennent la toile du toit.

– Je gère mon temps et mon espace en fonction de mes côtés féminin ou masculin, me dit Gombo en souriant, à quoi t'attendais-tu ?

Avec Tumur, Olygbay et Semdjeet, ils forment un curieux clan. Loin des éternelles querelles et rivalités entre Mongols et Touvans. Ils ont appris à partager leurs traditions et leur culture au gré des choix et des contraintes. Ils s'embrassent tous comme des Touvans, en posant leur nez pour renifler la tempe de celle ou de celui qu'ils saluent. Ils se moquent de placer la porte de leur yourte à l'est comme les Touvans, ou au sud comme les Mongols.

La yourte de Gombo, à l'est, est adossée à la falaise, alors sa porte s'ouvre à l'ouest. Qu'importe, au fond, petit frère, du moment qu'on emmagasine le soleil à un moment ou à un autre. Même si la véritable raison de cette différence est plus pragmatique que la simple adoration du grand astre. Mongols ou Touvans, nous ouvririons nos portes de façon à voir arriver nos possibles ennemis. Chinois venant du sud pour les Mongols, Mongols venant de l'est pour les Touvans.

J'avoue à Gombo être plus troublée par la disposition intérieure. Pourquoi circule-t-on de gauche à droite dans les yourtes mongoles, et à l'inverse dans les nôtres ? Pourquoi ce qui est chez nous le côté des femmes, devient chez les Mongols celui des hommes ?

– Je suppose qu'il y a très longtemps, nous n'étions qu'un seul peuple et que, pour des raisons qui nous échapperont toujours, un événement – une catastrophe, une dispute, une guerre – nous a séparés. Un des deux groupes, pour marquer sa différence, s'est appliqué à faire le contraire de l'autre. C'est souvent comme ça que les religions et les croyances se succèdent, alors pourquoi pas les traditions ?

Gombo m'invite à m'asseoir et prépare le thé. J'aime l'intérieur spartiate et mystérieux de sa yourte. Le feu est à l'ancienne. Pas un de ces poêles soviétiques en fonte. Ici, le chaudron qui garde l'eau chaude est posé sur trois grosses pierres qui symbolisent les trois piliers de la maisonnée – le père, la mère et la belle-fille.

– Je n'ai jamais osé demander pourquoi la troisième pierre est celle de la belle-fille.

Gombo répond dans un sourire : si la pierre est la belle-fille, cela suppose qu'il y a un fils. Tant que le fils n'est pas marié, la pierre symbolise l'envie du père et de la mère qu'il le devienne pour assurer une postérité qui prendra soin d'eux quand ils seront vieux. Et si le fils est marié, la pierre symbolise l'enfantement espéré d'une nouvelle lignée. Puis Gombo s'enquiert de ce que je suis venue lui demander, même si je suis persuadée qu'il le sait déjà.

– Grand frère, j'aimerais que tu interroges pour moi les cailloux du *khuvaanak.*

Gombo ne répond pas et prend tout son temps pour servir le thé qu'il me présente à deux mains, comme il se doit, et que j'accepte de la même façon.

– Petite sœur, tu veux vraiment que ta juste vengeance dépende du lancer aléatoire de quarante et un cailloux trouvés dans le jabot d'un coq de bruyère ? Si les pierres disent que tu y laisseras ta vie, cela aura-t-il raison de ta détermination ? Ne crains-tu pas que de savoir rendrait ton bras hésitant et pourrait provoquer en réaction ta perte ou l'échec de ta vengeance ?

– Quoi, tu voudrais que je me venge sans être protégée par les esprits ?

– La protection, c'est autre chose. Ce que tu me demandes avec le *khuvaanak*, c'est de la divination, et la divination n'a aucune place dans une vengeance comme la tienne. Tout indice sur son issue t'affaiblirait dans ta détermination. Fais ce que tu penses devoir accomplir et ne t'occupe pas des esprits. Il sera toujours temps de t'expliquer avec eux après.

À bien y réfléchir, Gombo a raison, tu comprends ça aussi, petit frère. Après tout, où étaient les esprits protecteurs de ma famille quand elle a été massacrée ? Qu'ils viennent me reprocher ma vengeance aujourd'hui et je leur demanderai des comptes sur les crimes d'hier qui la justifient. Bien que je n'aie fait que le penser, Gombo me répond.

– Petite sœur, ce sont peut-être eux qui, par remords, t'offrent aujourd'hui cette occasion. Ou peut-être que les esprits ne sont pour rien ni dans le crime qui t'a frappée, ni dans la vengeance avec laquelle tu vas frapper en retour. Les esprits veillent essentiellement à l'harmonie entre les hommes et la nature. Je ne suis pas certain qu'ils s'intéressent à celle des hommes entre eux. Ceux-là, pauvres mortels, peuvent bien se jalouser, se combattre et se massacrer, comment compteraient-ils pour les esprits, face à l'univers qui nous survivra ? N'oublie pas ce que nous sommes : des fragments du cosmos, des éclats. De simples petits bouts d'un tout qui nous échappe.

– Alors, à défaut de la protection des esprits, puis-je compter sur la tienne pour veiller sur Tsuyann ?

Gombo se vexe et s'indigne que je puisse en douter. Il m'assure qu'ils seront toujours là pour moi, comme à l'époque lui, Tumur, Semdjeet et Olygbay. Pas besoin de parler aux cailloux du *khuvaanak* pour en être convaincu. Alors je lui explique ce que je veux faire, et Gombo approuve. Nous examinons le déroulement du plan et il me prépare quand même quelques protections et amulettes. Il me promet de me suivre en esprit, et d'être là s'il le faut. Je le salue, heureuse de son amitié, et je repars, sa protection comme un halo de soleil chaud et réconfortant autour de mes épaules. J'hésite à retourner à la caserne et je m'arrête dans la steppe. Un soleil de braise empourpre déjà les sommets lointains. Des ombres bleues creusent les montagnes. Le ciel universel s'éteint et je m'allonge sur le dos pour ne plus voir que lui, dans la démesure de son immensité. Je le sens tout autour de moi, plus haut que moi, plus loin que moi, envelopper le monde tout entier jusqu'à des contrées lointaines que je ne connaîtrai jamais. J'aurais tant aimé n'appartenir qu'à ce monde-là, sans guerre ni querelle, sans Touvans ni Mongols. Ni Kazakhs, ni Bouriates, ni Chinois, ni rien du tout. Que des nomades dans de vastes steppes. Sans ces Soviétiques qui sont pareils aux Russes qui les ont précédés. Sans Kariakine et la vengeance qu'il m'impose… Il faut me croire, petit frère, je ne savais pas, à l'époque, qu'au loin, depuis un bouquet de saules, m'épiait un cavalier aux bottes brodées de perles de pacotille…

7

... notre fantôme blanc qui s'efface.

Au petit matin, nous sommes au plus près de la garnison, Tumur et moi, encore engourdis par nos amours de la nuit, accroupis dans l'herbe fraîche d'une rosée de cristal. À quelques longueurs de lasso, les rênes de nos chevaux à la main, nous observons les préparatifs du lever des couleurs. Une vingtaine d'hommes dans un uniforme approximatif attendent l'arrivée du colonel. Au pied du mât, un soldat tient le drapeau rouge plié sur ses bras, comme on présente un *hadak* précieux en cadeau, et un autre tient le cordon qui le hissera.

Kariakine apparaît dans son uniforme d'apparat, et un ordre jaillit qui raidit le groupe au garde-à-vous.

– *Sois glorieuse, notre libre Patrie, Sûr rempart de l'amitié des peuples ! Étendard soviétique, étendard populaire, Conduis-nous de victoire en victoire !*

Quand le soldat accroche le drapeau rouge marqué du marteau et de la faucille au mousqueton, et que l'autre le hisse, Kariakine est déjà reparti après avoir salué les couleurs d'un geste expéditif. Autour de la caserne, des familles arrivent de toute la vallée, accompagnées d'enfants et de chevaux. Décider d'une course en quarante-huit heures, c'est contraire aux traditions. Trop peu de temps pour assurer aux chevaux la protection des esprits. Mais Kariakine a dû rameuter le Parti. L'ordre soviétique est ainsi. Ce qu'il veut, il le faut. Alors ils sont tous là, les enfants du peuple et les pionniers en uniforme, les kolkhoziens et les sovkhoziens, les *purultaar* en tenue de travail, les femmes en tenue d'homme. Ils sont tous là, je te dis, les corps avancés de la glorieuse conquête socialiste, instituteurs en tête, directeurs, secrétaires, tous en foulard rouge sous leurs étendards flottant aux couleurs du sang des prolétaires. Tous. Un peuple et les représentants de l'État, trop heureux de profiter en secret de la joie inattendue et jubilatoire d'une vraie course d'antan dans la pure tradition de la steppe.

– Je m'occuperai du sien, et tu t'occuperas des autres, dis-je à Tumur qui est d'accord.

Alors nous passons le reste de la matinée à observer tout ce qui va pouvoir me permettre d'assouvir ma vengeance. Quand Olygbay nous rejoint, nous recrutons quatre hommes pour l'aider à démonter les yourtes.

– Tu peux aller mettre Tsuyann à l'abri maintenant. Là où tu sais, avec ta yourte à côté de la sienne. Laisse ces hommes faire le travail et rejoins-moi demain du côté de la colline du Chant de l'ours. Ne te montre pas, attends que je te fasse signe. Il y aura des soldats.

Olygbay repart aussitôt et Tumur l'accompagne une partie du chemin avant de couper par les collines vers la yourte du vieil homme au joli cheptel.

– Grand-père, j'ai besoin de quelqu'un pour prendre soin d'une femme à l'esprit vagabond pendant quelques jours.

– Tu parles de Tsuyann, je suppose, la mère d'Aysuun ?

– Ton esprit reste vif, grand-père.

– C'est plutôt que ma mémoire est grande. Et je suppose que tu aimerais que ce soit Argaan, n'est-ce pas ?

– Oui. Je te paierai d'un étalon pour ça.

– Pourquoi me paierais-tu, moi, pour quelque chose qu'elle ferait elle ?

– Tu as raison, alors dis-moi ce que je pourrais lui offrir.

– Un étalon. Elle est aussi bonne cavalière que toi, tu sais !

Il sourit de toutes les dents qui lui manquent, et Argaan apporte trois petits bols de vodka de lait.

– Je prendrais bien soin de la mère d'Aysuun, dit-elle, et je bois à ça, moi aussi, et à tout ce que tu t'apprêtes à faire.

Ils versent au sol quelques gouttes d'*arkhii*, prennent leur bol à deux mains et boivent chacun leur tour du plus âgé à la plus jeune.

– J'aurais aussi besoin d'autre chose, annonce Tumur.

Il s'explique, et le vieil homme est d'accord.

Lorsque Tumur revient à la caserne, en fin d'après-midi, le premier cavalier de la course arrive. Un gamin de cinq ans, vêtu d'une chemise de satin verte gonflée par le vent du galop, pieds nus, sans selle, sur un hongre gris ventre à terre. La bête luit d'une forte sueur qui mousse par endroits, et son mors écume de bave entre ses dents. La foule se précipite sur le cheval que chacun veut flatter du plat de la main. Sur ses flancs, sur sa croupe, sur son chanfrein, on se bouscule pour racler sa transpiration avec un peigne à sueur en écorce pour en imbiber des chiffons soyeux.

J'entends Kariakine s'indigner et Bazaan lui expliquer le sens de ce geste.

– Ils considèrent la sueur du gagnant comme un puissant porte-bonheur. Ils accrocheront le tissu imprégné bien en évidence dans leur yourte, dans l'espoir de gagner la prochaine course.

– Stupide !

– Pas plus que casser la vaisselle pour assurer le bonheur d'un couple chez nous. Ou de ne jamais s'embrasser dans l'embrasure d'une porte. Ou encore de ne pas oublier de regarder dans un miroir quand on revient sur ses pas chercher un objet oublié. Tu as bien dû faire ça comme tout le monde, un jour ou l'autre.

– Jamais !

– Et croire à ta chance, colonel, si tu te trouves entre deux homonymes ? Ou si tu trouves une fleur de lilas à cinq pétales ?

– Jamais, je te dis.

– Et que c'est le premier serveur qui doit continuer à verser la vodka, et qu'on ne laisse jamais une bouteille vide sur la table ?

– Ce n'est pas pareil, imbécile ! Ce sont des traditions, pas des superstitions.

– Alors disons que s'imprégner de la sueur d'un cheval gagnant est aussi une tradition chez eux.

Profitant de l'attroupement qui l'ignore, le petit cavalier vainqueur se laisse glisser de son cheval et se réfugie à l'écart. À mesure qu'ils arrivent, les autres gamins le rejoignent, abandonnant la liesse et les contestations aux éleveurs et aux entraîneurs. Un à un, les chevaux sont conduits à part et attachés à une longe qui court, suspendue à des perches plantées dans le sol. Assez haute pour empêcher les valeureux coursiers de baisser l'encolure et de brouter l'herbe. Dans son dos, j'écoute Kariakine s'indigner encore de ce que les Mongols ne s'occupent pas mieux des chevaux. Personne ne les étrille, ni ne les abreuve ou les nourrit, après dix kilomètres de galop ?

– Peut-être que cette tradition de racler leur sueur est un moyen de s'assurer qu'ils soient brossés, réplique Bazaan avec malice.

Pour le reste, c'est leur façon de faire. Pas d'eau et pas de nourriture avant que le cheval soit refroidi. De la même façon, ils évitent de les nourrir avant de telles courses.

– Comment sais-tu tout ça, toi ?

– J'ai toujours eu un intérêt pour ces peuples nomades.

Kariakine secoue la tête, comme si Bazaan venait de débiter une belle ânerie. Excédé, il commande aux soldats de mettre fin à cette piètre kermesse avant même l'arrivée des derniers chevaux et de rassembler tout le monde autour de l'enclos. Et, comme il ne veut pas être dérangé, il envoie un soldat un kilomètre en amont de la piste arrêter le convoi de Bolchakov au cas où il arriverait pendant sa démonstration. Puis il disparaît pour revenir, un quart d'heure plus tard, monté sur Tara, son Akhal-Teke, sanglé dans son uniforme d'apparat. Quand il pousse le cheval au pas dans le manège, un silence étonné s'installe autour de l'enclos. Kariakine reste un long moment immobile et silencieux, comme une diva avant un air d'opéra, puis commence sa démonstration.

– Cercle ! crie-t-il à haute voix.

Tara décrit un large cercle parfait, d'un trot assuré, et revient à son point de départ où Kariakine l'immobilise à nouveau, droit et raide comme une statue. Là, petit frère, je te prie de croire que Mongols et Touvans, sidérés, ne comprennent pas vraiment ce à quoi ils viennent d'assister. Ce Russe prétentieux a fait faire un cercle à sa monture. La belle affaire !

– Volte ! annonce Kariakine.

La même chose, petit frère ! Un autre cercle. Moins grand. Resserré. Avec retour au même endroit. Les hommes se regardent, médusés. Seul Bazaan semble sensible à l'élégance du cheval, à la régularité de son trot, à son obéissance et à la prestance de Kariakine.

– Demi-volte !

Le colonel pousse Tara dans un cercle serré qu'il quitte à mi-chemin pour partir en oblique. Cette fois il ne s'arrête pas et enchaîne avec la figure suivante qu'il annonce avec fierté.

– Demi-volte inversée.

Stupéfaits, les cavaliers cherchent à comprendre. Ce n'est rien d'autre que la même chose mais en commençant par l'oblique.

– Diagonale et doubler dans la longueur puis la largeur.

Petit frère, juste une traversée du manège en diagonale, puis dans la longueur, et dans la largeur. Cette fois le public s'agite un peu. Une rumeur de déception. Un frisson d'impatience.

– Mais ton cheval, il sait galoper au moins ? ose quelqu'un dans la foule.

Sans répondre, droit comme un fusil à l'épaule, d'une imperceptible commande, Kariakine lance Tara dans un souple et rond galop de manège, et enchaîne toutes les figures précédentes. Les mêmes. Exactement.

On s'amuse dans le public maintenant. Ce galop retenu, à quoi ça sert ?

– Heureusement que tu n'as pas couru, colonel, on t'attendrait encore demain avec un galop comme ça.

– Tu aurais plus vite fait de sauter de ce cheval et de courir à ses côtés.

Les hommes hochent la tête et les femmes rient dans leurs mains. Un frémissement moqueur électrise la foule, d'une insolence qui la surprend et l'encourage à oser.

Kariakine laisse dire et se retient. Il termine ses figures juste au beau milieu d'un doubler en longueur et arrête Tara au centre du manège. Encore une fois, il garde le cheval immobile un long moment pour imposer un nouveau silence.

– Piaffer !

À la stupeur générale, Tara bondit sur place d'un trot élégant et suspendu. Kariakine est fier de lui. Le cheval est léger, droit d'épaules, et la symétrie du battu de ses jambes en diagonale est parfaite. Bazaan a beau reconnaître que c'est un air élégant, petit frère, le public éclate de rire à voir cet étalon mimer sur place un trot prétentieux. Les petits jockeys, encore vêtus de leur blouse de satin bariolée, l'imitent aussitôt, sautillant d'un pied sur l'autre, cou tendu, menton relevé, le visage figé dans une moue hautaine et compassée.

– Galop terre à terre ! aboie le colonel.

Tara bondit en alternance sur ses antérieurs et ses postérieurs, dans une sorte de galop rué sur place, et un fou rire secoue la foule.

– T'es pas près de rattraper un étalon avec un galop comme ça, colonel ! se moque une voix railleuse.

– Embraye ! Embraye ! crie une autre.

– Lâche le frein !

– Il a de la colle aux sabots ou quoi ?

– Non, il marche sur des braises !

Kariakine enrage mais garde son calme de cavalier, alors qu'il lâcherait bien Tara au galop, tout le long des barrières, pour gifler au passage de sa cravache tous ces nomades incultes, incapables d'apprécier les plus belles figures de l'équitation civilisée. Eux qui se prétendent les meilleurs cavaliers du monde, alors qu'ils ne font que galoper comme des dératés sur des chevaux sans forme à peine débourrés, que peuvent-ils comprendre à l'art de la monte de l'école Nicolas de Saint-Pétersbourg ? De l'école espagnole de Vienne ? Du Cadre noir de Saumur, en France ?

– Appuyer !

C'est un délire, petit frère. Le cheval s'incurve et part de travers sur le côté, croisant les jambes comme un homme ivre qui tente de rester digne. Kariakine préfère rompre ce dernier air et pousse Tara jusqu'à l'extrémité de l'enclos.

Derrière les montagnes, le crépuscule a verni le ciel de reflets ambrés. Les ombres se creusent de trous mauves et bleus. D'un geste, Kariakine ordonne qu'on éclaire le manège. Le public comprend qu'il doit s'attendre à un final. Il se tait et se resserre autour des barrières. Kariakine maintient Tara dans un arrêt impeccable, immobile dans le sable jauni par le reflet des ampoules nues qui nacrent sa robe d'ivoire. Bazaan reconnaît que Tara est un pur-sang magnifique, et Kariakine un cavalier hors pair, mais ce n'était ni le bon moment, ni le bon endroit pour le montrer. Il appréhende le fiasco. Le colonel positionne Tara en bout de manège, et Bazaan le supplie en silence de ne pas tenter le diable. Surtout pas ce à quoi il pense. Mais le colonel engage son cheval dans un doubler en longueur. Au pas espagnol, petit frère ! Le public en reste d'abord bouche bée. Il regarde, sidéré et moqueur, Tara avancer d'un pas cadencé et élégant, syncopé, tendant droit devant lui en alternance, presque à l'horizontale, ses antérieurs, avant de les reposer dans le sable.

Les petits jockeys déclenchent de nouveau l'hilarité générale. Ils imitent le cheval, sautant d'un pied sur l'autre, tendant en alternance une jambe loin devant eux, à chaque pas. La foule, qu'ils traversent en file moqueuse, s'en amuse aussitôt. Les vieux cavaliers aux jambes torves s'écartent, hurlant de rire, et les imitent à leur tour. Ce n'est plus une démonstration d'équitation, c'est une kermesse. Une farce populaire. Un charivari. Plus personne ne s'intéresse au cheval et à son cavalier, et la foule sursaute quand claque le coup de feu dans la nuit pure. À pied, debout, au milieu du manège, tenant Tara par les rênes, bras en l'air et pistolet au poing, Kariakine est ivre d'une rage blanche.

– Peuple inculte, barbare et sauvage, vous n'êtes bons qu'à laisser galoper entre vos cuisses vos chevaux laids et rustiques. Comment osez-vous vous moquer de ce que vous venez de voir ? C'est le résultat de siècles d'équitation, l'essence même de l'art du dressage. Aucun d'entre vous, aucun, vous m'entendez ?, aucun ne serait capable de reproduire ne serait-ce qu'un seul de ces airs, une seule de ces figures !

C'est à ce moment précis, petit frère, que je comprends la force chamanique de Gombo : c'est l'occasion que m'offrent les esprits. Je murmure à l'oreille de Tumur que c'est à lui de jouer aussi. Il sait quoi faire, et j'attends qu'il se soit éloigné avant d'oser.

– Moi, j'en suis capable !

Kariakine cherche de ses yeux furieux d'où vient ma voix.

– Quoi, toi ? Toi, qui ? Montre-toi !

La foule, médusée, se fend pour me laisser passer. Quand j'atteins la barrière, Kariakine ne peut cacher sa surprise et son mépris.

– Qu'est-ce que c'est encore que cette mascarade ?

– Tu as lancé un défi, colonel, et je le relève.

– Quoi, toi, une femme en plus, tu prétends pouvoir monter ce cheval comme je viens de le faire ?

– Les femmes de ce pays montent à cheval avant même de savoir marcher. Tu ne savais pas encore ce qu'était un cheval que j'avais déjà dompté le mien.

– Ne l'écoute pas, lance une voix, c'est une Touvane, ils ne montent que des rennes. Si tu la laisses monter ton cheval, il va lui pousser des bois !

La foule éclate de rire.

– Il a raison, c'est une Touvane, ce sont des mangeurs de chevaux, elle va bouffer le tien sur place !

Kariakine ordonne à tout le monde de la fermer, et tout le monde se tait. Le silence revenu, il se retourne vers moi. Est-ce qu'il devine que je me retiens de lui griffer les yeux, petit frère ? Peut-être prend-il ma colère pour de la détermination, ou peut-être est-il tout simplement certain que je ne pourrai jamais maîtriser un cheval comme Tara. Toujours est-il que, par défi, il me tend les rênes.

– Tu le blesses, je te tue ! promet-il.

– Ne t'inquiète pas, je vais enfin donner à ce cheval le bonheur qu'il mérite.

Et sans laisser à Kariakine le temps de répondre, même si je suis surprise par la taille de Tara, je saute en selle comme une voltigeuse avec une souplesse et une légèreté qui l'étonne. Je surveille mon assiette, le poids bien réparti, fesses lourdes avancées dans la selle, jambes molles, genoux légèrement ouverts, chevilles relâchées, talons vers le bas. À peine cambrée, épaules fixes mais descendues, tête haute. Je vois déjà Kariakine admettre du regard que je ne suis peut-être pas aussi mauvaise cavalière qu'il le pensait.

– Ne reste pas là, je lui dis, je ne voudrais pas que tu blesses ce pauvre cheval en te trouvant sur notre chemin.

Kariakine s'écarte mais ne tient pas à se retrouver contre la barrière, à sentir dans son dos tout ce public moqueur et vulgaire aux relents de bière. Il rejoint la porte du manège, que la foule a laissée libre. Quand il se retourne pour me faire face, je pousse le cheval au trot, surprise par sa puissance et sa souplesse. Quand je le lance au galop, l'intelligence et la précision avec lesquelles Tara m'obéit me chavirent le cœur. C'est comme chevaucher un vent d'été, doux et long, sans fin. J'enchaîne les figures et je reviens à l'opposé du manège pour ce que Kariakine a appelé un doubler dans la longueur. À l'autre bout, bien en ligne, je suis sûre qu'il se demande si je vais vraiment tenter le pas espagnol. J'ai arrêté Tara, subjuguée par son obéissance et l'exactitude de ses réactions. Le public retient son souffle. J'aperçois Bazaan et je lis dans son regard qu'il ne veut pas y croire. Impossible qu'une Mongole puisse maîtriser cet air. Où l'aurais-je appris ?

C'est à nous, cheval, ne laisse pas ton esprit me trahir. Ne faisons qu'un, tu veux bien ? Ma vengeance tout entière dépend de toi, maintenant. Ne m'obéis plus, sois juste mon allié, ne soyons plus qu'un...

Je lance Tara au galop et de la foule monte une clameur. Je ne quitte pas des yeux Kariakine. Je le garde en ligne de mire de notre charge et je savoure sa surprise. Ce cheval qui fonce droit sur lui, dans un galop ample et sauvage, puissant, libéré, il ne le reconnaît pas, petit frère, ça se voit dans ses yeux. Le sable du manège tremble sous nos sabots. La foule comprend, et hurle aussitôt son admiration. Les muscles de Tara se bandent et roulent sous sa robe, son allure est franche, son œil décidé, ça ne fait plus aucun doute pour personne, sauf pour Kariakine qui se refuse encore à comprendre, malgré la puissance que Tara donne à la poussée vigoureuse de ses postérieurs. Quand il devine que je retiens le cheval sur deux galops avant de le lâcher, Kariakine se jette à terre. Tara et moi nous envolons au-dessus de lui contre tout le ciel étoilé. Nous sautons haut et loin par-dessus la barrière, et nous disparaissons sous les vivats de la foule qui se précipite pour voir, dans la nuit, notre fantôme blanc qui s'efface.

8

... ce sera donnant-donnant.

– *Blyat ! Suka ! Pizdets !*

Kariakine vocifère et Bazaan n'en revient pas de cette éruption de jurons et de haine. La confusion est totale. Le colonel est hors de lui. Qu'on lui amène un cheval, qu'on me poursuive, qu'on me rattrape, qu'on me ramène traînée au galop derrière une corde ! Il veut que les soldats forment un peloton, qu'ils lui trouvent cette *shlyuha*, cette putain, cette voleuse que je suis. Il gesticule à travers la foule qui célèbre l'audacieux vol, il frappe ceux qui se mettent en travers de son chemin, veut un cheval, l'exige, tout de suite, maintenant !

Mais les chevaux ont disparu. Les deux soldats qui devaient les surveiller, distraits par le spectacle dans le manège, n'ont pas remarqué le cavalier, couché sur son cheval, qui se faufilait parmi le troupeau, le dispersant d'un pas nonchalant et l'éloignant doucement, sans bruit.

Quand ils s'en inquiètent, il est trop tard. Crinières au vent, les bêtes détalent au galop dans la nuit, derrière le voleur qui les entraîne à bride abattue.

– *Blyat !* Bazaan, jette-moi ces deux imbéciles à terre et amène-moi leurs chevaux, hurle le colonel.

– Ils sont partis à la poursuite du voleur !

– Alors réquisitionne ceux des coureurs, *gavno* ! Bouge-toi ! Fais quelque chose !

– Kariakine, les chevaux des coureurs ne te seront d'aucun secours, ils sont fatigués par une course de dix kilomètres, et aucun n'est harnaché, dit Bazaan.

– Alors prends les harnachements de nos chevaux disparus et selle ceux des coureurs avec.

Bazaan, sidéré par la fureur de Kariakine, tente de le raisonner.

– Écoute, c'est la nuit, nous n'avons plus de chevaux, et deux douzaines de nos hommes sont bloqués avec le convoi de Bolchakov. Il faut éviter de réagir dans l'urgence. Envoyons deux ou trois pisteurs pour ne pas perdre la trace de Tara, et organisons-nous pour lancer la traque dès demain à l'aube.

– Non ! Je veux poursuivre cette putain maintenant ! Tout de suite ! Je veux récupérer Tara dans l'heure qui vient ! Réquisitionne les chevaux de tous ceux qui ont accompagné les jockeys.

Mais l'ordre du Russe a déjà rebondi plusieurs fois dans la foule. Tous se dispersent, fuyant de tous les côtés, à plusieurs sur la même monture. Quelques soldats désemparés courent d'un cheval à l'autre, et les cavaliers les envoient rouler dans la poussière d'un talon de botte.

– Sacré beau bordel que tu as là, camarade colonel.

Bolchakov a parcouru le dernier kilomètre à pied pour rejoindre la caserne.

– Tu comprends pourquoi les chevaux étaient mieux dans l'écurie, maintenant ?

– Je te dispense de tes sarcasmes, grogne Kariakine en le

menaçant de sa cravache. Tu ferais mieux de me trouver des pisteurs, si tu tiens à tes galons.

– Et pourquoi crois-tu que je suis venu jusqu'ici à pied ? Pour assister à une reprise de l'École de cavalerie de Saint-Pétersbourg ? J'ai les hommes qu'il te faut. Je leur ai dit de nous rejoindre devant chez moi. Enfin, devant chez toi, maintenant.

Kariakine se retourne vers la caserne et devine deux hommes dans l'ombre des baraquements. Ils sont accroupis tout près de leurs chevaux, et devisent entre eux sans quitter des yeux le colonel qui s'approche.

– Comment as-tu fait pour les prévenir aussi vite ?

– Ils étaient dans l'assistance. Ce sont eux qui sont venus à la rencontre du convoi pour m'expliquer ce qui se passait.

On m'a rapporté cette scène par la suite, mais tu penses bien, petit frère, que je me la suis imaginée cent fois dans ma tête. Ces hommes, je les connais. Le premier, c'est Guni le lama, le moine-chasseur. Petit, crâne rasé, vêtu d'un long *dshagal* de cuir souple et lisse. Sous la peau tannée de ses bras, ses muscles tendus comme des sangles jouent et roulent à chaque mouvement. Ses yeux sont noirs et d'une densité à faire peur. Je ne l'aime pas. Il est lama comme je suis cosmonaute. Depuis que le Parti se désintéresse des quelques moines qui ont survécu aux grandes purges, il est de bon ton chez les bandits de s'afficher lama pour impressionner le peuple. Deux ou trois prières et quelques nuits dans un monastère inconnu à l'autre bout du pays et chacun peut se dire moine. De toute façon, il n'y a plus personne pour te contredire. Staline et Choybalsan ont exterminé presque tous les moines et détruit neuf temples sur dix.

– Je croyais que tous les moines avaient été fusillés pour croyances contre-révolutionnaires, bougonne Kariakine.

– Il faut croire que non, camarade colonel, réplique Guni qui comprend le russe. Comme tu peux le voir, Staline est mort, et pas moi.

– Tu le seras vite si tu ne retrouves pas mon cheval.

L'autre homme est une montagne sous un manteau de fourrure.

– De l'ours, précise Bolchakov, Chuluum ne chasse que l'ours.

– Et qu'est-ce qui l'autorise à croire qu'il pourrait traquer ma voleuse ?

– Parce qu'il n'avait pas dix ans quand il a tué son premier ours avec son père, et que depuis il n'a jamais cessé de chasser.

– Quand tu traques un animal dont le territoire de chasse est de deux cents kilomètres carrés, précise Chuluum d'une voix de gorge, tu croises les pistes de centaines d'animaux. Ceux qui fuient la bête, ceux qui la suivent, ceux qui la craignent, ceux qui en profitent. Je peux identifier et suivre des dizaines d'animaux sauvages différents, alors faire la différence entre le galop d'un cheval sauvage et celui d'un cheval monté par ta voleuse ne sera qu'un jeu d'enfant. Tu pourrais même te passer du lama.

– Je vous garde tous les deux, et vous mourrez ensemble si vous échouez. Quand se met-on en route ?

– Dès l'aube, répond Guni. Chuluum et moi devant à cheval, vous derrière en jeep. Deux hommes, pas plus. Toi et ton chauffeur par exemple, s'il sait encore se servir d'une arme.

– Bazaan est mon officier aide de camp et je te déconseille de lui manquer de respect.

Bazaan préfère désamorcer la colère froide de Kariakine.

– Quatre hommes en tout pour un étalon et un troupeau de chevaux ? s'étonne-t-il.

– Nous ne nous occupons que de l'étalon. Bolchakov peut s'occuper des autres chevaux en réquisitionnant quelques nomades.

– Très bien. Je veux cette putain vivante, vous m'entendez ? Je veux pouvoir la punir et faire d'elle un exemple pour tous ces voleurs de chevaux.

– C'est toi le Russe. Tu en feras ce que tu voudras, de toute façon. Commençons par mettre la main sur elle et ton cheval.

– Ce serait trop simple. Bolchakov, avant de repartir pour Altan Els, renseigne-toi sur cette voleuse. Si elle a de la famille, fais arrêter tout le monde, jusqu'au moindre cousin, et fais-le savoir dans tout le district. Si elle s'en prend à mon cheval, ce sera donnant-donnant.

9

Je chevauche ma rivière maintenant...

Petit frère, il n'y a rien de plus beau que des chevaux s'enivrant de leur liberté. Surtout dans une steppe sans fin et sous l'immensité du ciel nocturne. C'est autre chose que de faire des roues arrière sur son scooter dans une artère d'Oulan-Bator, non ? J'ai appris que des petits-fils de nomades faisaient ça, maintenant. Là, imagine les chevaux qui galopent à la lune et se dispersent en éventail pour s'amuser à se regrouper soudain dans une folle cavalcade. Ils s'enivrent du tambour de leur cœur et du roulement de leurs sabots dans la steppe. Ils fuient et s'égaillent comme des volées d'oiseaux légers, puis redeviennent des montures endurantes et puissantes le temps d'une longue chevauchée droite et échevelée. Tumur laisse son cheval mener le jeu. Je le connais. C'est un *argymak*, un animal d'épopée aux pouvoirs légendaires, à la robe rouan bleue. Il guide la troupe, la débande d'un brusque écart de côté, puis la rameute à ses trousses d'une fougue nouvelle. Bientôt, tous lui obéissent. Quand Tumur l'arrête, les autres chevaux l'imitent et se rassemblent, se frottant les uns aux autres, des flancs ou du chanfrein, comme une équipe victorieuse, virile et chaleureuse à la fois.

Tumur et moi sommes partis à l'opposé l'un de l'autre, pour

diviser ceux qui se seraient quand même lancés à notre poursuite. Mais nous savions où nous retrouver dans la steppe, moi avec Tara et lui avec tous les autres chevaux. Je sens Tara frémir entre mes cuisses de cette liberté nouvelle, tous ses sens en alerte, à humer la steppe, étonné de ne lui découvrir aucune limite. Cette terre immense, cette nuit démesurée, cette longue cavalcade sans contrainte et tous ces chevaux qui soudain nous rejoignent. Il en tremble de surprise et de plaisir.

– Tu es sûre de ce que tu veux faire ? s'inquiète Tumur une dernière fois.

Bien sûr que je le suis. Il y a trois jours encore je n'en savais rien et n'osais l'espérer, mais, petit frère, souviens-toi que j'y pense d'une façon ou d'une autre depuis vingt-cinq ans. Non pas à ce que je vais accomplir maintenant – qui aurait pu imaginer une telle occasion ? –, mais à ce à quoi le vol de Tara va me conduire. Un jour, il y a très longtemps, j'ai aperçu de loin des hommes dans la montagne. Des fous. Des Slovaques, je crois. Ils s'entraînaient à descendre l'écume monstrueuse de la Rivière blanche dans des canots en métal. Ces hommes étaient possédés, crois-moi, petit frère, hurlant de joie au milieu des terribles rapides qui les engloutissaient pour mieux les recracher à la verticale vers le ciel. Tu ne peux pas savoir comme ces hommes me semblaient vivants, puissants, et à quel point je les ai enviés, petite, d'oser ça. C'était comme s'ils chevauchaient une harde sauvage d'étalons blancs furieux. Comme s'ils montaient la rivière impétueuse pour la débourrer. J'ai tant admiré leur courage, petit frère.

Même au plus grand des galops, même dans un emballement déchaîné, tu peux toujours retenir ton cheval. Au pire tu peux sauter à terre. Mais tu n'arrêtes pas une rivière, petit frère. Quand ils s'y lançaient, ils n'avaient plus comme seul moyen d'y survivre que de dompter sa fureur, de s'accrocher à son écume, de tenir sur ses remous, mais en aucun cas ils ne pouvaient espérer la freiner, et encore moins l'arrêter. C'est ce qui leur arrachait ces cris de peur et de joie, et tous ces chants de fierté, je suppose. Cette nuit-là, dans la steppe, c'est le même sentiment qui m'a grisée. Le torrent de ma vengeance était lâché. Il n'y avait plus rien d'autre à faire que de la chevaucher jusqu'où elle me mènerait.

– Oui, j'en suis sûre. Je ne veux pas qu'ils blessent Tara s'ils me rattrapent, ou me piègent.

Je mets pied à terre et je flatte ce cheval magnifique. Je caresse ses flancs et son encolure, et frotte ma tête contre son chanfrein. Ses naseaux se dilatent pour me reconnaître. Il a pour moi ce mouvement familier de me renifler les tempes, comme nous nous saluons entre Touvans. Sa tête résiste contre mon front. Je le remercie à voix basse. D'être si beau. D'être si fort. De servir ma vengeance. Je le recommande aux meilleurs esprits. Puis je dénoue ses sangles, enlève la selle et défais son harnachement. Quand j'ôte sa bride et son mors, il trousse ses lèvres comme pour sourire. C'est d'un mors sévère dont je le libère, le canon renforcé d'une gourmette pour mieux peser sur le nerf de sa langue et le forcer à obéir.

Quand il est nu de toute entrave, Tara reste à me regarder, étonné, à attendre, sans comprendre que je n'attends rien de lui justement. Je lui claque la croupe une première fois et il se dérobe. Les autres chevaux s'approchent doucement. Je le claque une deuxième fois et ils se jettent de côté pour l'entraîner. L'Akhal-Teke en frémit d'audace. À la troisième tape, il jaillit, encouragé par le troupeau qui l'entoure et part avec lui au galop.

Ils disparaissent dans la nuit pour revenir aussitôt. Tara s'arrête comme un fou devant nous et se retourne pour repartir de plus belle. Puis il joue autour de nous, ivre de liberté, et bondit sur place. Les mêmes bonds que ceux ordonnés par Kariakine dans son galop terre à terre, mais avec de puissantes et joyeuses ruades libératrices, comme s'il débarrassait ses jambes, ses paturons, ses couronnes et jusqu'à ses sabots de tous ces airs prétentieux et tarabiscotés qu'il envoie balader dans la nuit.

Tumur met pied à terre lui aussi et m'amène mon cheval, qu'il a harnaché et équipé pour une longue marche. Puis il desselle sa monture, et en selle une autre qu'il a choisie pour lui. Quand il prend son cheval bleu à part, le reste du troupeau comprend et les laisse seuls.

– C'est à ton tour maintenant. Tu sais ce que tu dois faire. Je m'en remets à toi. Emmène-les et fais de ton mieux.

Il revient vers l'animal qu'il a équipé et regarde son compagnon se mêler aux autres pour rejoindre Tara. Il l'aide à traverser le groupe, puis à s'en extraire au trot. Certains chevaux hésitent à les suivre. Ils restent en retrait, à regarder Tumur qui les surveille. Tara, lui, tourne plusieurs fois sa tête vers moi, comme pour s'assurer qu'il peut les suivre. Qu'il a ma permission. Que cette nuit et cette liberté sont réelles. Puis soudain tous se décident et partent au galop, emportés par Tara et le cheval bleu qui caracolent en tête. Nous les regardons disparaître au loin. Tumur me serre dans ses bras, longuement :

– Semdjeet m'attend quelque part. Tu chevauches ta rivière, maintenant...

Puis il prend les rênes de sa monture et s'éloigne à pied. Il va mêler ses pas aux traces de la harde, pour tromper nos suiveurs. De cet instant, petit frère, ma vie n'est plus qu'une rivière blanche, un torrent furieux, un rapide d'écume et de remous, un flot impétueux.

– Oui, je murmure à Tumur qui s'en va et ne m'entend pas. Je chevauche ma rivière maintenant…

10

... en câbles d'allumage.

Tu penses bien, petit frère, que je sais comment ils me cherchent et me poursuivent. J'ai couru la même steppe qu'eux, traqué les mêmes traces, pour suivre les mêmes pistes et chasser les mêmes proies. Je sais par où ils vont couper, à quel endroit ils vont croiser mon passage, ce qu'ils regardent et ce qui les intrigue en ce moment. Je peux le décrire comme si j'y étais, parce que, en fait, par la grâce des esprits, je suis avec eux et je les vois. Le soleil perce entre les failles des montagnes. Les versants s'irisent et s'enflamment. La nuit bleue se dissout dans la lumière. Après le vide immense de l'obscurité, le monde se forge et se fige à nouveau. La lune n'est plus que son propre fantôme. Le soleil règne. Aux pieds de leurs chevaux, accroupis dans l'herbe irisée de rosée, Chuluum et Guni se demandent ce que signifient les indices qu'ils découvrent.

– Pourquoi a-t-elle abandonné ça ? s'inquiète Bazaan.

Les pisteurs ne répondent pas. Dans l'herbe bleutée, la selle, le mors, les étriers, les filets. Tout le harnachement de Tara.

– Si cette putain a osé rendre sa liberté à un cheval d'une telle valeur, je l'étrangle de mes propres mains, siffle Kariakine entre ses dents. Trouvez-la !

J'imagine que Chuluum et Guni ne répondent pas, trop attentifs à interpréter les traces que nous avons laissées.

– Des chevaux l'ont rejointe. Une quarantaine. Ceux de tes soldats sans doute, explique Guni.

– Un cheval monté les accompagnait. Sa trace est plus profonde et son galop plus court. Ils se sont regroupés ici puis se sont séparés. Le gros de la troupe vers le nord. Un cheval monté vers l'ouest. Un seul.

– La voleuse, enrage Kariakine. Elle se dirige vers le pays Touva, c'est ça ? Mais pourquoi seule ?

– Elle a peut-être déjà vendu ton cheval, suggère Guni le moine.

– Combien de temps ?

– Les traces sont antérieures à la rosée du matin. Je dirais qu'ils ont cinq heures d'avance sur nous.

Il n'a pas tort, petit frère, c'est ce que j'ai prévu. Je suppose aussi qu'un des quatre va finir par demander pourquoi j'ai retrouvé un cavalier et quarante chevaux dans la steppe au cœur de la nuit.

– Pour lui vendre le cheval, je viens de le dire, explique Guni.

– Mais ça n'a pas de sens. N'importe quel nomade dans cette steppe remarquera un tel cheval, même de loin, répond Bazaan. À quoi lui servirait-il ?

– Tu sais ce qu'on dit de ce fameux voleur de chevaux après lequel nous courons depuis un an ? Qu'il ramènerait les étalons à ceux à qui il les a volés.

– Et alors ? s'impatiente Kariakine.

– Alors la seule explication à ce comportement, c'est qu'il s'en sert pour saillir des juments de son troupeau, avant de les rendre à leurs propriétaires.

– Quoi ! s'étrangle le colonel. Tu veux dire que cette putain va faire monter de vulgaires juments bâtardes par un étalon comme Tara ?

– Pourquoi pas. Elle ou son acheteur.

– Colonel, je crois qu'on se moque un peu de tout ça pour l'instant, coupe Bazaan. La vraie question, c'est de savoir qui on poursuit. La piste des quarante chevaux avec lesquels Tara serait parti, ou celle de cette fille ?

– Si un cavalier a acheté ton cheval, intervient Guni, ma main au feu qu'à un galop d'ici, il a dispersé son troupeau pour créer quarante pistes qui vont se croiser et se recroiser à l'infini jusqu'au bout de la steppe pour nous y perdre pendant des jours et des jours.

– Dans ce cas, tranche Kariakine, mettons la main sur cette fille et je me charge de lui faire avouer ce qu'elle a fait de Tara.

Voilà pourquoi ils suivent ma piste, petit frère. Chuluum et Guni à cheval, Kariakine et Bazaan derrière, dans la jeep qui cahote sur les mottes de terre et dans les trous de marmottes. Ils ne sont plus que des points minuscules tout au fond de la steppe quand ils aperçoivent enfin la colline du Chant de l'ours, ainsi nommée mais où la bête, comme il faut dire en craignant de prononcer son nom, n'a jamais chanté.

Le nom de cette colline vient d'un nomade qui, sentant sa mort proche, aurait voulu s'assurer qu'un animal puissant, attiré par son chant, viendrait briser les cent huit os de son cadavre pour libérer toutes ses âmes. Il aurait chanté de si belle façon et si longtemps que la bête serait bel et bien venue. Subjuguée par la mélodie, elle se serait cependant assise face au vieil homme, pour l'écouter. Soudain moins décidé à mourir de ses griffes et ses crocs sauvages, le vieux nomade aurait continué à chanter jour et nuit pour ne pas rompre le charme et pouvoir lui échapper. L'histoire ne dit pas comment elle se termine, ni où sont passés l'homme et la bête. Mais depuis, le vent souffle ce même chant de l'ours dans les arbres de la colline.

– Arrêtez avec ça, s'énerve Kariakine. Le corps humain est composé de deux cent six os, pas cent huit comme le prétend cette légende imbécile. La science les a recensés et le premier carabin venu en connaît la liste exacte. Et aucun os n'abrite aucune âme. D'ailleurs l'âme n'existe pas. Ni dans nos os qui ne sont qu'une charpente, ni dans notre cœur qui n'est qu'une pompe, ni dans notre cerveau qui n'est qu'une pile électrique. Comment pouvez-vous vous complaire dans de telles aberrations, alors que nous vous apportons une vision rationnelle, objective et constructive du monde ? Pourquoi avez-vous besoin de telles croyances inutiles ?

– Et qui te dit que ta foi dans le socialisme n'est pas une croyance inutile, elle aussi ? grogne Guni.

– Parce qu'elle est basée sur une compréhension réaliste et matérielle du monde et des hommes. Le but du Parti est de vous permettre d'accéder à une vie meilleure, débarrassée des croyances qui vous maintiennent dans ce nomadisme imbécile et improductif. Sans avenir. Regardez autour de vous. Qu'avez-vous créé de grand ?

– Un mode de vie millénaire.

– Foutaises !

– Colonel, chacun sait ce que vous êtes venus faire ici. Nous imposer un mode de vie productiviste et sédentaire pour alimenter votre société planifiée. Tu peux te moquer, te gausser, nous railler, mais c'est encore d'un lama et d'un chasseur d'ours que tu as besoin pour retrouver un cheval dans la steppe.

– Je peux demander des renforts dans l'heure et recevoir des centaines d'hommes et un hélicoptère si je veux, et me passer de vous.

– Ça, nous le savons. La faucille et le marteau. Tout faucher et tout écraser. Mais dis-moi franchement, colonel, quelle différence avec les cosaques du tsar ? Et ne me dis pas que vous, c'est pour le peuple.

Privé de cette réponse, Kariakine préfère se taire et laisse ces deux énergumènes jouer leur rôle de pisteurs indigènes. Quand ils approchent de la colline, le soleil glisse derrière les montagnes dont l'ombre feutre aussitôt la steppe. Guni demande à Bazaan d'arrêter la jeep. D'après lui, je pourrais les entendre arriver, précise-t-il. Quel idiot, petit frère, je les entends et les observe depuis longtemps ! Guni préfère approcher la colline à cheval avec Chuluum, et chercher des traces de ma présence. Guni est un mauvais lama et un bandit avide et sans scrupule, mais c'est un bon pisteur. Quand il revient à la jeep, il annonce à Kariakine que je dois sans doute bivouaquer en haut de la colline. Le colonel s'étonne qu'il puisse avoir déduit ça de mes seules traces, et Guni lui explique que si j'avais voulu continuer vers les neiges éternelles qui barricadent au loin l'horizon, ma piste aurait contourné la colline plutôt que de se diriger droit vers elle. Pour ne pas épuiser mon cheval. Si, comme mes traces le montrent, j'ai choisi de la grimper, c'est pour y faire halte à son sommet, où ma monture pourra se reposer et d'où je surveillerai toute la steppe alentour.

Chuluum profite du silence de Kariakine, face à cette démonstration, pour lui annoncer l'autre nouvelle. La mauvaise.

– Et elle a quatre complices.

– Quoi ? Tu es sûr de ça ?

– Des traces au pied de la colline, à l'est. Empreintes profondes. Des chevaux montés. Avec elle, ils sont maintenant cinq cavaliers, là-haut.

– Allons-y !

– Non, colonel. Perchés comme ils sont, ils nous verront arriver et nous ne pourrons pas les déloger. Ils vont nous tirer comme des lièvres.

– Allons-y, j'ai dit ! Prenons cette colline d'assaut. C'est un ordre !

– Colonel, ici, tu es dans notre steppe. Tu ne nous donnes aucun ordre. C'est toi qui nous obéis, sinon nous t'abandonnons là, tout de suite, et tu pars à l'assaut tout seul si ça te chante.

– Il a raison, intervient Bazaan pour calmer l'échange. Attendons la nuit pour les surprendre. Prenons un peu de repos et préparons-nous.

La nuit descend comme un voile. Elle veloute la steppe et arrondit le monde. Elle chantourne les sommets et en galbe les pointes. Les glaciers au loin se moirent de nacre puis pétillent d'étincelles froides et bleues avant de s'éteindre. Seules les rivières, dans l'ombre qui tombe, se cambrent en de fugaces reflets d'argent. C'est dans cette nuit enfin venue qu'ils devinent le halo flouté d'un feu à travers les arbres, au sommet de la colline. Même à cette distance, un vent immobile, de face pour eux, rabat l'odeur âcre du bois qui brûle. Le même vent qui chasse et étouffe le bruit de la jeep qui avance au ralenti.

– Quelle imprudence, ce feu dans sa fuite, murmure Bazaan, et là-haut, comme un phare dans la steppe…

– Elle ne devait pas s'attendre à ce que nous la poursuivions elle, plutôt que le troupeau, répond Kariakine.

– Ou alors ils nous ont vus, savent que nous ne sommes que

quatre, et nous attendent, confiants dans leur nombre et leurs fusils.

– Il n'y a qu'une façon de le savoir, dit Kariakine en faisant signe d'arrêter la jeep.

Ils abandonnent le véhicule et les chevaux, vérifient une dernière fois leurs armes et montent la colline en courant, le dos courbé, jusqu'aux premiers mélèzes. Ils rampent ensuite jusqu'à dix mètres de l'orée de la clairière. Guni se retourne pour dire qu'il va grimper pour épier le campement et s'étonne.

– Où est ton aide de camp, colonel ?

Kariakine se retourne à son tour et constate que Bazaan manque à l'appel.

– Quatre contre cinq, c'est jouable avec la surprise, murmure Guni. Mais à trois seulement, ça devient risqué.

– On y va quand même, renaude Kariakine.

– Non, on attend cinq minutes, réplique Guni.

– On y va, c'est un ordre !

– Fermez-la ! murmure Chuluum, le voilà qui arrive.

Bazaan sort de la nuit et se glisse jusqu'à eux.

– Qu'est-ce que tu fichais ? fulmine Kariakine à voix basse.

– Elle est seule, répond Bazaan.

– Comment ça, seule ?

– Les traces qui rejoignent les siennes, au bas de la colline, c'est une ruse.

– Je ne comprends pas.

– Elle monte la colline à cheval, et elle redescend aussitôt sur le côté pour revenir dans ses traces et remonter par là où elle est venue. Elle le fait quatre fois et nous croyons au renfort de quatre cavaliers. J'ai eu un doute. Je suis allé voir et j'ai trouvé les traces qui redescendent de l'autre côté de la colline.

– Pisteurs de merde ! crache Kariakine en se retournant vers Guni et Chuluum. On a perdu cinq heures avec vos embrouilles de moine et de chasseur. Je reprends le commandement. On y va. On rampe jusqu'au contact visuel et on avise.

Ils atteignent le sommet et devinent, à travers les arbres noirs, une silhouette assise, de dos, immobile, en contre-jour d'un feu vif.

– Bazaan avait raison, chuchote Kariakine, cette garce s'est jouée de nous. Elle est seule.

– Non, répond Bazaan.

– Non, quoi, encore ? s'irrite le colonel.

– Elle n'est pas seule…

– Ah oui ? Et les autres, tu les vois où ?

– Elle n'est pas seule parce qu'elle n'est pas là.

– Qu'est-ce que tu racontes ?

– Si elle est là, où est son cheval ?

– Quoi son cheval ?

– Où est son cheval ? On ne le voit pas. Ni dans la clairière, ni sous les arbres. Un cheval, ça bouge. Ça s'ébroue. Ça piétine un peu. Ça renâcle de temps en temps. Il n'y a pas de cheval, et s'il n'y a pas de cheval, il n'y a pas de cavalière et s'il n'y a pas de cavalière, il n'y a pas de voleuse.

– Mais cette silhouette ?…

Kariakine comprend et pousse un cri de rage. Il se lève et se précipite et se jette sur la silhouette, lui fracasse le crâne d'un coup de crosse, puis lui brise le dos à coups de botte rageurs. Il braille, il vocifère, il beugle sa hargne et sa colère. Chuluum et Guni l'ont suivi mais bondissent en arrière quand le crâne se décroche, tombe, et roule à leurs pieds. Pas un crâne, mais un tambour. Ils se figent, terrorisés, et leur peur enrage Kariakine plus encore. Il jette le pantin dans les flammes et des tourbillons de brandons et d'escarbilles montent à l'assaut des étoiles. Le feu crépite puis s'alourdit d'un panache de fumée quand les tissus se consument. Le colonel s'égosille. Il bouscule les deux pisteurs immobiles, piétine le tambour et l'expédie dans le feu.

– Non ! supplie Chuluum épouvanté.

– Quoi encore ?

– C'est le tambour d'un chamane, un tambour noir en peau de loup. Tu vas souiller l'esprit-maître du feu et déclencher la colère du Ciel Noir.

– Foutaises ! s'égosille Kariakine. Foutaises ! Foutaises ! Foutaises !

Le Ciel Bleu m'est témoin, petit frère : j'aurais tant aimé pouvoir lire une telle fureur sur le visage de Kariakine. Sûr que je me suis bien jouée de lui. Rien qu'un mannequin. Une chiffe. Quelques vêtements sur une ossature en branches de saule avec un des tambours de Gombo pour tête, coiffée d'un vieux *janjin malgaï* mongol à pointe !

– Fouillez les sous-bois ! Trouvez-moi dans quelle direction cette putain s'est enfuie !

– Pas la peine de chercher, coupe Bazaan, elle est sûrement redescendue par le chemin qu'elle a emprunté pour créer les traces de ses faux complices. Nous devrions y trouver la sienne.

– Pisteurs mon cul ! hurle Kariakine au visage de Guni et Chuluum, vous n'êtes que de la merde de loup ! Bazaan, un simple aide de camp qui n'a jamais vécu dans la steppe, est meilleur que vous deux réunis. On suit la piste de Bazaan et on part à sa poursuite. Si cette voleuse nous échappe, vous êtes morts !

Et, sans s'inquiéter d'eux, il redescend vers la steppe en dévalant la pente. Arrivé en bas de la colline, il s'arrête si brusquement que Chuluum et Guni, emportés par leur élan, se cognent à lui. Kariakine ne réagit pas et reste là, les yeux écarquillés de stupeur. Les chevaux ont disparu. Il ne reste que les selles et les harnachements, posés sur le capot de la jeep.

– Je vais garrotter cette garce de mes propres mains ! siffle Kariakine entre ses dents, les mâchoires crispées de haine. Dégagez-moi tout ça, on continue en jeep.

Mais la jeep ne démarre pas. Bazaan essaye, plusieurs fois, sans succès. Quand il ouvre le capot, le verdict est sans appel. Dans la lueur tamisée de la lune, plus aucun câble ne relie la tête du Delco aux bougies.

Kariakine enfouit son visage dans ses mains et son silence est pire qu'une colère. Chuluum et Guni n'osent rien dire. Bazaan remonte dans la jeep et appelle la caserne par radio pour qu'on leur envoie de l'aide au plus vite.

Loin dans la steppe déjà, dans la nuit veloutée d'une lune de satin pâle, bercée par le trot saccadé de son renne, suivie des deux chevaux en liberté, Olygbay chantonne.

– *Jolie, jolie Olygbay, le ciel ton père et ta terre mère sont dans ton cœur. Jolie, jolie Olygbay. Aysuun est ta sœur et ça suffit à ton bonheur.*

Heureuse et gracieuse, elle montre aux étoiles ses nouveaux bijoux, son cou et ses poignets parés de ses nouveaux colliers et bracelets en câbles d'allumage.

11

... le chien jaune derrière moi.

Je m'assure que la garnison est aussi déserte que ses environs. Le campement de baraques n'existe plus, comme Kariakine l'a ordonné. Quant aux participants à la course, ils ont décampé. De son côté, Bolchakov a enrôlé quelques hommes. Ils ont récupéré des montures pour partir, sans enthousiasme ni grande motivation, à la recherche des chevaux et de leur voleur. À ce que j'ai entendu, petit frère, je ne risque pas de les croiser. Ils ont emporté assez de tabac, de vodka et de couvertures pour un bivouac d'ivresses paresseuses autour d'un bon feu, loin du colonel et de ses fantaisies colériques. De ceux-là, je n'ai rien à craindre. Quant à Kariakine, justement, je fais confiance à Olygbay. Il doit lui aussi bivouaquer quelque part au pied de la colline du Chant de l'ours, mais de moins bonne humeur que Bolchakov et ses hommes. D'ailleurs, c'est ce que j'attends pour agir : voir partir les renforts.

Enfin, une jeep et un camion finissent par disparaître dans la nuit. Ça me laisse deux ou trois heures pour faire ce que j'ai à faire, soit beaucoup plus de temps que nécessaire. Je me faufile, furtive, dans la caserne, et cours d'ombre en ombre jusqu'aux appartements de Kariakine.

Porte close, bien entendu, fermée à double tour, mais j'ai repéré sur le côté une fenêtre à guillotine. Je tire ma dague, en force la pointe entre les traverses, et débloque le taquet. J'écoute la nuit. Tout est calme. Je soulève sans bruit le panneau, enjambe l'appui, me glisse à l'intérieur et referme la fenêtre.

La pièce est comme m'a l'a décrite Tumur. Ordonnée. Impeccablement rangée. Les murs décorés de photos flatteuses. De Kariakine. De Tara. De Kariakine et Tara. J'en frissonne. Autant de dégoût pour l'homme que d'admiration pour l'animal. J'ai encore dans les cuisses et dans le dos ce galop magnifique en pleine nuit, cette folie libérée qui, l'espace d'un instant, m'a fait oublier ma vengeance pour ne plus jouir que de cette chevauchée fugueuse et rêver de partir pour tout oublier, de me contenter de la liberté du cheval. De ses bonds joyeux et fougueux d'animal à nouveau sauvage.

Mais comme je te l'ai dit, petit frère, ce que je chevauche dorénavant, c'est la rivière et il n'y a plus de retour possible. J'inspecte la chambre, l'armoire avec les uniformes, l'étagère avec ses livres, le bureau, vide et net. J'ouvre les tiroirs. Le premier garni de papier, l'autre de munitions. Je fouille partout, mais quand j'ai trouvé ce que je veux et sors ma bourse de bélier, l'ombre d'une silhouette passe devant la fenêtre. Je me tapis sous le bureau. Une clé tourne dans la serrure. Quelqu'un ouvre la porte et la lumière éclaire la pièce. Pas un pas, pas un mot. Je devine qu'on inspecte la pièce du regard. Soudain, mon cœur s'emballe. Un grondement monte depuis le seuil de la porte.

– Qu'est-ce que tu fais à traîner par ici, toi ? Dégage !

J'entends le chien jaune japper au coup de pied qu'il reçoit et la lumière s'éteint. La porte se referme. Les pas s'éloignent à l'extérieur. J'attends quand même un long moment avant de me remettre à l'ouvrage. Quand j'ai terminé, j'écoute à la porte, rejoins la fenêtre, et me glisse à l'extérieur. La nuit est immobile. La caserne endormie. Mais quand je tourne au coin du baraquement, Bobrovitch, l'homme à tout faire de Kariakine, est là, silencieux, en travers de mon chemin, comme s'il m'attendait, même si je suis sûre qu'il ne m'a pas vue enjamber la fenêtre.

– Qu'est-ce que tu fiches ici ? dit-il en portant la main à l'étui de son pistolet.

Je suis plus rapide et il fige son geste, la pointe de ma dague sur sa gorge.

– Ne t'occupe pas de ça, grand-père soldat.

Les yeux de ce pauvre homme, petit frère ! Jamais je n'ai vu autant de terreur dans un regard pour un si petit poignard. Et sitôt après, autant d'abandon. J'en profite pour saisir son arme et la jeter le plus loin possible. Pendant que je tiens l'ordonnance en respect, le chien jaune revient et s'accroche des dents au bas de son pantalon. Puis il lâche prise et part en grognant, la truffe à ras du sol, et disparaît dans un trou d'ombre.

– Je m'en vais, grand-père soldat. Ne tente rien, ou je reviens.

– Sauve-toi. Je n'ai pas peur de toi, répond Bobrovitch d'une voix sans animosité qui me surprend.

Même si je joue la fière, petit frère, je file sans manières. Je cours en évitant la lune jusqu'au mur que j'enjambe, et j'enfourche mon cheval. Le chien jaune me rejoint en contournant par la barrière, et à ce moment-là, j'ignore encore qu'il a pissé sur les bottes brodées de perles bariolées de Fat Sandjay qui m'épiait dans l'ombre, et qui me suit à présent en gardant son cheval décoré à distance, pendant que je m'enfuis dans l'obscurité.

Bien plus tard, quand j'aperçois des phares qui rebondissent dans la nuit, je m'écarte de la piste et couche mon cheval dans un repli de la steppe. Une fois le petit convoi passé, je sais que je peux galoper sans crainte jusqu'à la colline du Chant de l'ours, le chien jaune derrière moi.

12

... lui file entre les pattes.

Jamais Bazaan n'a vu Kariakine fulminer de rage à ce point. Il n'a pas obtenu les renforts qu'il escomptait, sinon une simple jeep et un camion avec un soldat et un mécanicien. Le colonel maudit Bolchakov, qui a renvoyé le convoi vers les dunes d'Altan Els et s'est lancé à ma poursuite. Quand le mécano explique qu'il manque d'autres pièces à la jeep et qu'il faudra la remorquer, Kariakine ordonne le retour à la caserne et se mure dans un silence furieux.

Mais ça, petit frère, ce n'est rien encore. Ce dont j'aurais aimé être témoin, c'est de la tête qu'il a faite quand il a regagné ses appartements, au cœur de la nuit. Quand il a découvert tous ses cadres à l'envers et qu'il les a retournés pour découvrir toutes les photos de Tara déchirées. Celles du cheval sans la tête. Celles de Kariakine avec Tara sans le cheval. Ses munitions dispersées partout dans le bureau. Ses uniformes dont j'ai arraché tous les boutons sauf un. Un vieux. Terne. D'un modèle qui ne se coud plus depuis longtemps. J'ai aussi décousu toutes les épaulettes de ses vestes et de ses manteaux, sauf une. Une épaulette de major. Le vieux bouton et l'épaulette de major, c'est moi qui les ai cousus.

Il doit être ivre de rage. Sûr qu'il hurle que ça ne peut être que moi, cette putain de voleuse. Et bien sûr que c'est moi ! Je ne les ai entraînés jusqu'à la colline du Chant de l'ours que pour revenir fouiller sa chambre ! Bien sûr que je l'ai fait, petit frère, et ça ne fait que commencer, tu t'en doutes bien !

Toute la nuit, Kariakine hurle et aboie après ses hommes et organise ma traque pour le lendemain. Il libère les soldats punis, embrigade ceux des cuisines et de l'économat. Il réussit tant bien que mal à réunir une trentaine d'hommes. Il envoie deux cavaliers réquisitionner des chevaux chez les nomades des environs et laisse un message furieux à l'intention de Bolchakov. Au petit matin, après une heure de sommeil à peine, il quitte la caserne avec sa petite troupe. Guni et Chuluum à cheval en éclaireurs, lui avec Bazaan et Bobrovitch dans la jeep, dix soldats dans un camion, et quinze cavaliers derrière. Le convoi fonce à travers la steppe en direction de la colline du Chant de l'ours, là où il a décidé de reprendre ma traque. Grand bien lui fasse, petit frère !

Cette fois, le colonel abandonne les véhicules et les chevaux sous bonne garde avant de grimper jusqu'à la clairière. Quand il rejoint Guni et Chuluum, montés en premier, il enrage de les trouver immobiles, figés devant le tronc d'un tremble. Il est sur le point d'aboyer que ce n'est pas comme ça qu'ils vont retrouver ma trace quand il devine que les hommes regardent quelque chose. Il les bouscule, les écarte, et découvre la flèche, suspendue à une branche basse par deux ficelles en poils de yack. Une longue flèche noire décorée de trois petits rubans de couleur jaune, blanc et bleu et de plusieurs balles de pistolet. Six, exactement. Plus deux boutons d'uniforme. Chuluum explique que la flèche est en bois d'orme, ornée d'une pointe en corne de *yangir* et d'un empennage en plumes d'aigle. Kariakine grogne qu'il s'en moque. Il veut savoir pourquoi ces deux foutus pisteurs incapables n'ont pas remarqué la flèche la nuit dernière.

– Parce qu'elle n'y était pas, murmure Guni, pensif.

Kariakine se calme aussitôt et inspecte la clairière du regard.

– Par tous les démons de l'enfer !...

J'ai laissé sur place une bonne partie de ce que je leur ai volé la veille, dans leur jeep et dans les sacoches de leurs chevaux. Deux bonnes couvertures, de la nourriture, une bouteille de vodka, une gamelle pour l'eau du thé. Quand il comprend que je suis revenue dans cette clairière passer une nuit confortable et tranquille à ses dépens, après avoir saccagé ses appartements de la caserne, Kariakine blêmit.

– Qu'y a-t-il par là-bas ? interroge Bazaan, son doigt pointé dans la direction qu'indique la flèche.

– La Montagne aux neiges éternelles, répond Guni.

– Le canyon de la Rivière aux écailles d'argent d'abord, précise Chuluum, puis les contreforts des montagnes avec des reliefs tourmentés couverts de taïga. Quelques vallées encaissées et, tout au bout, la Montagne aux neiges éternelles. Ce sont des contrées habitées par beaucoup d'esprits-maîtres qui n'aiment pas qu'on les dérange.

– C'est surtout le pays des ours, conclut Guni.

– Puisqu'elle se joue de nous, réfléchit Bazaan à voix haute, peut-être que dans son esprit bravache cette fille nous indique la direction dans laquelle elle est partie.

– Ou celle qu'elle voudrait nous forcer à suivre pour mieux nous piéger, réplique Guni.

– Bande de jean-fesse, de couards et de pleutres, nous sommes trente et elle est seule, et vous redoutez un piège ? Examinez toutes les traces à partir de cette clairière et retrouvez la piste de cette traînée, qu'on en finisse avec elle !

Pendant que Chuluum disperse des éclaireurs, Guni observe le campement et le feu. Il lui est facile de deviner que je suis partie depuis peu. Moins de deux heures. Il va prévenir Kariakine, quand un des éclaireurs revient et hurle qu'il m'a repérée. Tous se précipitent à sa suite jusqu'à un petit promontoire, à l'orée du bois de mélèzes. Kariakine me repère vite à travers ses jumelles, dans la direction de la Montagne aux neiges éternelles.

– Elle est à nous ! grogne-t-il en sonnant le branle-bas de combat.

Mon cheval a trébuché dans un trou de gerbille, petit frère. Son sabot a tourné en étirant les ligaments. C'est une bête vaillante, elle ne manifeste aucune réaction de douleur, mais je suis inquiète. Je saute à terre, m'accroupis, et prends son sabot dans mes mains. Je le soulève, forçant doucement ma monture à plier la jambe. Sa réaction confirme une possible entorse. Je la flatte et la calme, toujours accroupie près d'elle, et l'oblige à marcher autour de moi. Elle claudique. Très légèrement, mais elle claudique et la situation se complique.

Le canyon de la rivière aux écailles d'argent est à moins d'un kilomètre. La colline à peine deux fois plus loin de l'autre côté. Kariakine doit déjà y être et ne tardera pas à me repérer. Lui ou un de ses pisteurs me surveille peut-être déjà à travers ses jumelles. Sous peu, ils comprendront que mon cheval s'est blessé. Je vais courir à côté de lui jusqu'au canyon, pour le soulager de mon poids, quand un éclat de lumière attire mon regard du côté de la colline. Le reflet du soleil dans le pare-brise de la jeep de Kariakine qui se lance à mes trousses. Une jeep, un camion et des cavaliers qui dévalent la colline dans une charge furieuse. Je murmure à l'oreille du cheval que je suis désolée pour lui, et que je vais devoir le faire souffrir.

Kariakine, exalté par l'hallali, comprend que je cherche le refuge du canyon où ses véhicules ne pourront pas me poursuivre. Il commande à Bazaan de couper au plus court à travers la steppe accidentée. Il devine que mon cheval n'est plus aussi rapide. Il voit surtout que je ne monte pas son Akhal-Teke et n'hésite pas à me tirer dessus, malgré la distance et les cahots de sa jeep. Mon cheval peine. Il est courageux, mais sa tête tombe à droite chaque fois qu'il frappe le sol de sa jambe gauche. Il faut qu'il tienne, au moins jusqu'au bord du canyon.

Derrière, la troupe se rapproche. Les cavaliers se sont déployés de chaque côté de la jeep et du camion, dans un nuage de poussière. Bazaan se concentre pour maîtriser son véhicule qui bondit en tous sens. Chaque choc lui meurtrit les épaules. Kariakine hurle d'aller toujours plus vite, obnubilé par sa proie dont il se rapproche. Il ne voit ni n'entend rien d'autre, pas même le martèlement des sabots soudain plus fort, plus nourri, plus assourdissant, comme une avalanche qui enfle. D'autres chevaux viennent soudain se mêler à ceux des cavaliers et le boucan de leur cavalcade tire Kariakine de sa transe. Il n'en croit pas ses yeux. Au cœur de la terre soulevée par les sabots furieux, son étalon, ivre de galop, surgit à un mètre de lui. Tara, fier et libre, qui court à ses côtés. Tara et un cheval bleu, accompagnés de quarante autres chevaux. Un troupeau puissant, jeté dans un galop de bande, de clan, les sabots à l'unisson, les encolures tendues par le même effort joyeux et une détermination qu'il n'a jamais vue chez des chevaux.

Sans harnachements ni cavaliers, la horde dépasse sans mal les cavaliers militaires dont les montures s'effraient. Elle se déploie maintenant autour de la jeep, une vingtaine de bêtes devant, une dizaine de chaque côté. Bazaan ne sait plus où il va. Aveuglé par la poussière du galop devant son capot, la route masquée par la croupe des chevaux, il panique. C'est à peine s'il aperçoit la haute crinière de Tara dans le sillage du cheval bleu. De temps à autre, il devine qu'ils obliquent à gauche ou à droite, et que la harde le force à suivre le mouvement. Le martèlement de son cœur affolé résonne dans sa poitrine au rythme effréné des sabots. À ses côtés, Kariakine, cramponné au montant du pare-brise, est incapable du moindre mot. Un cheval galope si près de la jeep qu'à chaque cahot, la tête du colonel cogne contre les muscles bandés de l'animal. Bientôt, autour d'eux, c'est un ouragan de poussière dans le battement sourd et obsédant du galop. Les hommes ne maîtrisent rien, ni leurs montures ni leurs véhicules. Tout n'est plus qu'un emballement sauvage.

Soudain, toute la harde se disperse en éventail devant la jeep et disparaît dans un repli de la steppe. Un brusque dévers. Une pente abrupte. Quand Bazaan découvre le vide devant lui, il est déjà trop tard. La jeep pique du capot dans un dénivelé si raide qu'il en perd tout contrôle. Le véhicule bascule et tressaute de cahots en rebonds pour se fracasser trente mètres plus bas contre un rocher. Le choc est violent. Bobrovitch et Bazaan volent par-dessus le pare-brise. Seul Kariakine reste coincé dans la jeep. Bazaan n'a que le temps de le tirer de là avant que le camion parte en roue libre, éjectant ses soldats à chaque rebond, et termine sa course folle contre la jeep, qu'il fracasse. Les cavaliers, surpris autant que les chauffeurs, trébuchent et versent à leur tour dans la pente avec leur monture. Ils hurlent. Les chevaux hennissent, et aussitôt le silence de la steppe retombe sur ce qui ressemble à une scène de guerre. Un champ de bataille après une embuscade. De tous côtés gisent des hommes et des bêtes blessés. D'autres, hébétés, hésitent à se relever. La jeep et le camion ne sont plus que des épaves de tôles tordues. Plus un bruit. Pas encore de gémissements. Le roulement des sabots s'est tu.

Crois-moi, petit frère, je ne sais ni d'où, ni comment a surgi cette harde folle. Je suis aussi surprise que Kariakine de voir l'Akhal-Teke à sa tête. Et encore plus de regarder les chevaux me rejoindre au pas et former de leurs corps luisants de sueur un rempart entre ce qui reste de la troupe du colonel et moi. Tout ce que je sais, c'est que Kariakine doit enrager, là-haut.

Les hommes, ceux qui le peuvent, se relèvent. Les blessés demandent de l'aide. La plupart ne sont que sonnés, meurtris de contusions, mais quelques-uns se sont brisé un membre dans leur chute. Surpris par l'absence de leur cavalier, beaucoup de chevaux sont déjà debout, mais trois restent sur leur flanc, immobilisés par de graves blessures. Deux autres s'acharnent à se relever, aggravant la fracture de leur jambe qui se dérobe à chaque tentative. Bazaan tente d'organiser ce chaos. Il abat les deux chevaux qui souffrent, motive les hommes valides à regrouper les blessés et ordonne de récupérer la radio dans la carcasse de la jeep pour appeler des secours.

Seuls trois cavaliers ont réussi à maîtriser leur monture, ainsi que Chuluum et Guni. Kariakine hurle qu'on lui trouve un cheval et ordonne aux hommes capables de remonter en selle de reprendre la traque. Mais Bazaan explose colère. Comment le colonel peut-il encore se préoccuper de poursuivre une voleuse de cheval, quand une demi-douzaine de ses hommes sont blessés, qu'il a perdu au moins cinq chevaux et qu'une jeep et un camion ont été détruits ? Comment peut-il seulement ne penser qu'à sa vengeance alors qu'elle les a conduits à ce désastre ? Furieux des remontrances que lui assène son aide de camp devant ses hommes, Kariakine se précipite sur lui, prêt à le frapper, mais la voix de Chuluum l'arrête dans son élan.

– Regardez !

Kariakine et Bazaan se retournent vers le chasseur d'ours qui pointe son doigt vers le canyon. Les chevaux de la harde se sont alignés devant moi, face à la menace du colonel. Ils me protègent. Ils feront barrage pour charger celui qui osera s'y risquer. Les hommes sont aussi stupéfaits de ce défi que je le suis. Seul Kariakine ne s'incline pas et sa rage décuple. Il réclame un fusil et exige un tireur de précision. En attendant, il désigne Chuluum et Guni comme éclaireurs, pour ne pas perdre ma trace si je m'enfuis. Mais le tireur est trop loin pour m'atteindre, et après un tel accident personne n'est prêt à obéir aux ordres du colonel. Il doit se contenter de me haïr de loin, impuissant.

Un long moment plus tard, le cheval bleu se détache pour me rejoindre, comme s'il déléguait à l'Akhal-Teke le commandement de la harde. C'est comme si Tumur lui-même me parlait en silence. Je comprends ce que le cheval, immobile, me commande. Je dois y aller. Il empêchera qu'on me poursuive. Il me protège. Alors je pousse ma monture vers la profonde fracture du canyon, au pas pour ne pas forcer sa blessure. Avant d'attaquer la sente caillouteuse qui descend jusqu'à la rivière, je mets pied à terre. Avec la pente, le poids de l'animal porterait sur son antérieur blessé et mon poids ajouterait à sa souffrance. Je m'en veux. J'aurais dû prendre un des chevaux de la harde pour poursuivre mon chemin. Dans la stupeur de l'accident et la folie de la cavalcade, je n'y ai pas pensé. Mais je me rassure. Kariakine ne me poursuivra pas aujourd'hui. La harde l'en empêchera. Il ne pourra qu'envoyer des pisteurs en éclaireurs pour ne pas perdre ma trace. Rien de plus à craindre jusqu'à demain.

La descente du canyon est longue et périlleuse. Nos pas roulent sur des pierres ou glissent sur des plaques de schiste. Il nous faut une heure pour rejoindre le fond de la gorge et ses eaux vives. C'est une belle rivière, claire et bleue, qui coule depuis les glaciers de la montagne aux neiges éternelles. Par endroits, des pierriers la séparent en un bras pressé qui se brise d'écume d'un côté, et de l'autre en une large flaque au courant paisible. Le long des rives, les bouleaux et les trembles feuillus masquent le tronc des mélèzes. J'entre dans la rivière et j'y attire mon cheval. L'eau glacée calmera son entorse. Dix minutes dedans, dix minutes dehors, plusieurs fois. Je n'ai pas de montre. Je me repère au soleil et aux ombres. Sais-tu encore faire ça, petit frère, ne dépendre que de la nature ? Je compte en chansons aussi, trois fois la même à chaque fois. Je garde un œil sur la crête, en haut de la falaise, dans la crainte d'y apercevoir la silhouette d'un soldat ou d'un pisteur. Quand je devine un mouvement, en aval, j'arme mon arc.

Sur l'autre rive apparaît le cheval bleu de Tumur. Je me demande par quel chemin il est descendu et comment il est passé de l'autre côté de la rivière d'où il me regarde. Je suis heureuse de le revoir. C'est un peu comme si je retrouvais Tumur. Un autre cheval le rejoint. Un bel isabelle, trapu et musculeux, doté de cette puissance rustique dans l'encolure, qui trahit le sang des chevaux de Prjevalski. Ils restent là, tous les deux, à me regarder prendre soin de ma monture. Beaux, libres et fiers, dans ce trou de verdure où scintille la rivière. Le cheval bleu recule de quelques pas et frotte son chanfrein à la croupe de l'isabelle qui hoche la tête à plusieurs reprises. Il l'encourage d'un hennissement joyeux, et l'autre entre dans l'eau vive pour venir jusqu'à moi.

J'en ai les larmes aux yeux, petit frère, c'est une nouvelle monture que m'offre le cheval de Tumur. Celle que j'ai oublié de prendre là-haut. Sans doute celle que j'aurais choisie. Sous le regard attentif du cheval bleu, je desselle ma monture blessée, la flatte longtemps de m'avoir si bien servie, et l'invite d'une tape sur la croupe à rejoindre l'autre rive.

Les deux chevaux se croisent au milieu du courant et se frottent l'un à l'autre au passage. L'isabelle me rejoint, et je regarde le cheval bleu accueillir le mien, de l'autre côté. Ils se frottent à leur tour, se reconnaissent, et le cheval bleu baisse la tête pour renifler l'antérieur blessé de l'autre. Puis ils s'ébrouent tous les deux, secouent leur crinière, et s'éloignent d'un pas prudent pour disparaître entre les arbres comme deux amis randonneurs qui rentrent chez eux.

Je caresse longtemps ma nouvelle monture. Je pose ma tête contre son encolure, lui donne ma main à renifler, puis je la selle et la harnache sans qu'elle proteste.

Quelques instants plus tard, nous remontons la rivière, le chien jaune éclaboussant des gerbes d'écume à chaque bond joyeux dans l'eau quand une truite vagabonde lui file entre les pattes.

13

... toute turpitude a son prix.

Quand as-tu bivouaqué dans la taïga pour la dernière fois, petit frère ? Entre les troncs noirs et espacés des mélèzes élancés, dans l'odeur de leur résine et à leur ombre claire ? L'arbre pionnier. Celui qui pousse là où rien d'autre n'a poussé avant lui. Le conifère aux aiguilles en bouquets, sucrées et caduques. On dit que c'est pour permettre aux autres espèces, animales ou végétales, de profiter du faible soleil de l'hiver que ses branches sont espacées. Bivouaquer, donc, sous leur ramure souple et pendante, juste assez éloigné d'une rivière pour se bercer de son murmure sans qu'il masque l'approche d'un ours en maraude.

La rivière, c'est l'appât de l'ours, petit frère. Tu jettes ton fil dans l'eau que tu écoutes chanter et tu n'entends pas la bête, attirée par ta pêche, qui arrive dans ton dos. Méfie-toi du chant des rivières autant que du pas léger de l'ours.

Des mélèzes, une rivière, des taillis de bouleaux nains. Un feu entre quelques pierres. De l'eau pour un thé noir. Quand as-tu connu ça pour la dernière fois, petit frère ? Ce sentiment d'appartenir au monde. D'être un éclat de lui, une parcelle, une poussière peut-être, mais de même nature. Être là tout seul, redevenir l'égal de l'ours et du loup, de l'aigle, de l'ibex et de l'argali, du lynx et du glouton. Appartenir à la forêt qui t'accueille. Faire l'offrande du thé et brûler du genévrier pour apaiser l'esprit des lieux, lui demander pardon de troubler sa quiétude. Et offrir au feu la première viande du lièvre que tu as remercié d'être mort pour que tu survives.

Le chien jaune est reparti en remontant ma piste. J'espère bien que Kariakine ou ses pisteurs suivront ma trace. Je suis là pour ça, je ne doute pas que tu l'as compris. Mais s'ils sont déjà après moi dans le canyon, le chien jaune, en revenant sur nos pas, les repérera et aboiera pour m'alerter de loin.

La nuit tombe. Je me roule dans une peau de renne et m'enivre de la respiration du monde. Mon esprit se perd dans des rêves de légendes et je m'endors. Au cœur de la nuit, un bruit me réveille. Une cloche dans mon rêve. Je prête l'oreille et je l'entends, loin de mon campement. Un bruit de rien. Un tintement peut-être. Ou alors n'est-ce qu'une impression. Je prends mon fusil et descends jusqu'à la rivière pour la remonter en silence…

Bivouaquer dans la taïga, petit frère, mais surtout t'y réveiller. Frissonner dans la fraîcheur humide. Regarder le soleil glisser ses longs doigts blonds à travers les branches. Écouter les gobe-mouches s'émerveiller de ce perpétuel renouveau du jour. Un écureuil gris grimpe par saccades. Il s'arrête, soudain immobile, curieux, pour regarder ce qu'il fuit, et disparaît aussitôt. Une chouette figée comme un tronc, surprise par le jour. Un renard furtif…

Le chien jaune est revenu dans la nuit. Il attend que je me réveille, couché à mes côtés. Je m'accroupis près du feu et le ravive pour y chauffer l'eau du thé. Je me lève quand il est prêt et en asperge la nature qui m'a hébergée pour la nuit et le monde qui m'a vue naître et me survivra. J'ai dans mon sac quelques gourmandises. Des *aarschy* et du renne fumé. Je me régale des carrés de fromage blanc sec, d'abord aigres et durs, puis qui fondent en bouche comme de la crème. La viande, je la partage avec le chien jaune. Lui aussi a entendu bruisser les feuillages, mais il faut croire qu'il devine mes pensées. Il n'aboie pas. Il fait mine de rien. Il regarde au ciel…

– Fat Sandjay, je dis à voix haute sans lever les yeux, si tu en veux à ma vie, prends garde à mon fusil. Mais si tu n'en veux qu'à mon repas, alors sors de ce bois et viens le partager.

Un bouquet de bouleaux nains tremble et s'agite. Fat Sandjay s'en extrait avec précaution. C'est un gros homme excentrique. Il porte un *deel* de soie rose matelassé, richement brodé de perles et de rubans, un pantalon bouffant de satin pourpre à galon doré, comme le gradé d'une armée de fantaisie, et d'incroyables bottes de cuir rose ornées de nacre, d'or et de grelots, assorties à son chapeau mandchou bordé d'une fourrure d'hermine. Il est aussi armé d'un long fusil et d'un pistolet glissé dans sa ceinture de soie jaune, à l'opposé d'un grand poignard arabe à la lame recourbée.

Fat Sandjay, petit frère, c'est le bandit dandy, le brigand pimpant, le larron coquet. Le temps que tu t'étonnes et t'amuses de sa tenue bariolée, il t'a déjà détroussé. On dit cependant que bien des voleurs de grand chemin sont morts pour avoir essayé de le dépouiller à leur tour. Personne ne sait d'où il tient cette fortune qui lui permet de s'habiller comme un pacha turc. Il aurait, paraît-il, dénoncé père et mère aux comités révolutionnaires pour ça. Surtout ceux des autres. Qu'il serait l'amant d'un cadre du parti, et peut-être même bien qu'il serait communiste, chargé par le KGB de distraire les nomades réfractaires pour mieux les confondre. Il semblerait surtout que Fat Sandjay soit une sorte de chamane maudit protégé par les mauvais esprits du Ciel Noir.

C'est ce qu'on raconte. Ce qu'on sait, c'est qu'il chevauche la steppe et la taïga, profitant de toute rencontre pour amasser de quoi damasser ses tenues de fil d'or ou d'argent et échanger contre des silences ou des confidences tout ce qui se coud, s'épingle, se brode, se breloque ou se festonne. Il porte boucles d'oreilles et colliers en argent sertis de pierres de couleur. Des bagues de toutes sortes étranglent ses doigts boudinés. Fat Sandjay, petit frère, si tu le croises un jour, n'oublie pas que c'est une vipère vive dans la carapace d'une lourde tortue.

Il s'assied en face de moi, de l'autre côté du feu, et se sert en abondance dans mes réserves. Quand il a bien mangé, il abat son jeu.

– Fat Sandjay a trouvé ça très intelligent, remarquable, bravo, toutes mes félicitations !...

C'est un cabot aussi. Il parle de lui comme d'un autre, à la troisième personne, fier de ses effets et de ses silences suspendus. Je ne rentre pas dans son jeu.

– ... ton histoire de flèche sur la colline du Chant de l'ours, cette mise en scène avec les rubans et les boutons. Et les balles aussi, franchement, très bien, approuve-t-il en finissant mes derniers biscuits.

Je ne réponds toujours pas. Je sais ce dont il va me menacer, mais c'est la façon dont il pense l'amener qui m'amuse.

– Mais vois-tu, Fat Sandjay doute que Kariakine ait compris.

– Il comprendra, dis-je, tu as bien compris, toi.

– Oui, répond Fat Sandjay en se léchant les doigts de façon maniérée, il finira bien par comprendre, mais reconnais que ce sera trop tard.

– Pour lui, oui, je l'espère.

– Ou peut-être pour toi.

– Ne t'en fais pas pour moi, je maîtrise ce que je fais.

– En es-tu bien certaine, petite sœur ?

– Bien sûr : je le fuis et il me poursuit, c'est assez simple.

– Allons, ne prends pas Fat Sandjay pour une marmotte sans jugeote. Toi et lui savez bien qu'il s'agit de beaucoup plus qu'une poursuite pour un étalon volé. C'est de vengeance qu'il s'agit, n'est-ce pas ? D'une vengeance entre ce colonel et toi.

– Tous les nomades de ce pays ont de bonnes raisons de se venger des communistes, Fat Sandjay, et beaucoup de femmes en ont encore de meilleures de se venger des hommes.

– C'est exactement ce que dit Fat Sandjay, Aysuun, tu es une femme nomade qui veut se venger d'un homme communiste.

Je le laisse accroupi près du feu à chercher dans mon sac ce qu'il pourrait encore manger. Moi, je me lève et prépare mes affaires.

– Et alors, qu'est-ce que ça change, et en quoi cela t'intéresse-t-il ?

Il reste accroupi, son long fusil en travers de ses cuisses, près du feu que j'étouffe avec de la terre. La brusque fumée lui pique les yeux et il tarde à répondre.

– Ça change l'intérêt que peut avoir le colonel Kariakine à te mettre la main dessus avant que tu te venges de lui. Et donc, l'intérêt que Fat Sandjay porte à ta personne. Aysuun, tu prends une valeur marchande bien plus importante que celle d'une simple voleuse de chevaux.

– Oui, je dis en sanglant ma couverture à l'arrière de ma selle et mon sac sur le côté, je suppose que tu as raison. Et c'est pour ça que tu es là ?

– Tu connais la cupidité légendaire de Fat Sandjay, Aysuun, et ses si grands besoins pour entretenir sa luxueuse garde-robe. Tu comprendras qu'il ne peut pas résister à une telle tentation.

– Oui, je dis en inspectant du regard l'endroit où j'ai bivouaqué pour m'assurer que je le laisse en bon état. Et que comptes-tu faire, alors ?

Je prépare mon cheval et siffle le chien jaune pour qu'il se réfugie entre ses pattes. Fat Sandjay s'est levé, son fusil à la main.

– Viens là, chien jaune, Fat Sandjay serait bien capable de t'abattre juste pour m'intimider.

– Il le fera s'il le faut, petite sœur, car Fat Sandjay compte bien t'échanger contre une très forte récompense.

– Oui, je dis en vérifiant ma selle, ton âme est assez frelatée pour ça. Mais dis-moi, comment as-tu deviné, pour cette histoire de vengeance ?

– La steppe a des oreilles et le vent rapporte tout ce qu'elle entend, et comme Fat Sandjay passe beaucoup de temps dans la steppe, il sait beaucoup des choses qui s'y racontent.

– Et alors ? je dis en passant les rênes sur l'encolure de mon cheval.

Fat Sandjay se raidit et arme son fusil.

– Aysuun, ne force pas Fat Sandjay à faire ce qu'il voudrait éviter, et ne te trompe pas sur sa détermination. Tu as autant de valeur morte que vivante pour ce colonel, alors ne cherche pas à fuir.

– Est-ce que j'ai l'attitude de quelqu'un qui cherche à fuir ? Réponds plutôt à ma question, Fat Sandjay : comment es-tu au courant de ce qui me pousse à me venger de Kariakine ?

Fat Sandjay sent que quelque chose lui échappe et son ton change.

– Les rubans pour lui rappeler l'époque, six balles pour les six morts, et deux boutons d'uniforme pour les deux viols. Fat Sandjay sait le prix que Kariakine est prêt à payer pour effacer sa dette envers toi, Aysuun, alors ne bouge pas.

Je monte sur mon cheval. Comme je te le dis, petit frère, j'enfourche mon cheval et tourne le dos à Fat Sandjay.

– Aysuun, Fat Sandjay te le dit une dernière fois, avec la vengeance que tu lui prépares, tu vaux autant morte que vivante pour Kariakine.

Je l'entends armer son fusil, mais je pousse mon cheval et m'éloigne au pas.

– Aysuun !

Un déclic dans mon dos. Le chien de son fusil percute à vide. Je l'entends jurer. Il essaye de nouveau. Rien. Il jette son arme à terre. Maintenant je lui fais face, les mains sur le pommeau de ma selle. Il dégaine son pistolet et tire. Plusieurs fois de suite. Rien. Pas un coup de feu. Pas un seul.

– Fat Sandjay, tu manges et bois trop, alors tu ronfles comme un ours enrhumé quand tu dors. Cette nuit j'ai entendu tes grelots et tes ronflements. Je me suis glissée jusqu'à ton campement et j'ai déchargé toutes tes armes. J'ai aussi emporté toutes tes munitions. Tu devrais faire attention, maintenant que tu es sans défense sur le territoire des ours, ne va pas croiser le chemin de la bête.

Et je m'en vais. Comme je te le dis, petit frère, je lui tourne le dos et m'éloigne au pas.

– Et d'ailleurs, Fat Sandjay, maintenant que je te sais capable de me tirer dans le dos, ne croise plus jamais le mien non plus.

Je m'apprête à quitter la clairière, mais je retiens mon cheval et fais demi-tour, mon fusil à la main. Fat Sandjay pâlit et perd de sa superbe. Il n'est plus qu'un vieux beau dans un costume vulgaire.

– J'allais oublier, Fat Sandjay. Toi le bandit sans scrupule, le voleur de pauvres, tu comprendras mieux que quiconque que toute turpitude a son prix.

14

... redescendre dans le canyon.

Il ne reste à Kariakine que onze soldats valides en comptant Bobrovitch, son ordonnance. Avec Bazaan et les deux pisteurs, ils sont quinze. Pour les chevaux, à part les deux trop gravement blessés que Bazaan a achevés, il a récupéré tous les autres, même ceux qui boitent.

Les secours sont arrivés en fin de journée, impressionnés par la harde, au loin, qui monte la garde jusqu'à la nuit tombée. Les blessés ont été rapatriés. Quatorze hommes au total. Fractures et traumatismes. Un carnage. La jeep et le camion ont été vidés et abandonnés. Les survivants bivouaquent à l'abri de leurs sinistres carcasses, dans le silence furieux de Kariakine. À l'aube pâle et sans ombre qui point, Chuluum donne l'alerte. La harde a disparu. Plus un seul cheval, pas même l'Akhal-Teke. Le colonel n'hésite pas une seconde et lève aussitôt le camp. Maintenant ils sont là, au bord du canyon, se demandant comment descendre, envisageant je ne sais quel piège. Comme si j'allais les empêcher de venir, petit frère. Comme si je ne les voulais pas en bas, à ma portée.

Ce que je vais te raconter, je l'apprendrai plus tard, quand je serai tombée aux mains de Kariakine. Mais je m'en doute dès ce matin-là, parce que j'ai ma part de responsabilité dans la suite des événements.

Ils sont donc là, les quinze cavaliers, à tergiverser sur la meilleure façon de descendre et de me surprendre, quand roulent des cailloux sur le sentier pierreux qui remonte du canyon. Tous se dressent sur leurs étriers pour chercher à voir qui monte. Des pas maladroits et un souffle rauque. Les hommes arment leurs fusils. Des trébuchements et des jurons. Des gémissements aussi. Ils raidissent leur prise sur leur crosse quand apparaît le grimpeur.

– Toi ? dit Kariakine, surpris. Qu'est-ce que tu fais là ?

Fat Sandjay se laisse tomber sur les fesses, le visage turgescent, au bord de l'apoplexie, baigné de sueur.

– Tu connais cet homme ? s'étonne Bazaan.

– Tout le monde connaît Fat Sandjay ici, réplique Kariakine.

– Oui, mais nous, nous ne sommes ici que depuis quelques jours.

– Je t'ai déjà dit que j'ai traversé ce pays pendant la campagne de pacification.

– Et donc ?

– Et donc quoi ? s'énerve Kariakine.

– C'est quoi cette chose immonde déguisée en danseuse de cabaret ?

Tous regardent Fat Sandjay, sa bedaine à bout de souffle sous son *deel* bariolé souillé de sueur et de poussière, son *digzi* mandchou de travers sur la tête, et ses pieds nus blessés par les cailloux.

– Où sont tes bottes ? dit Bazaan.

– Tombées entre de mauvaises mains.

– Et ton cheval ?

– Sous les fesses de ces mauvaises mains, je suppose.

– Quoi ? se moque Guni. Toi, Fat Sandjay, le bandit dandy, tu t'es fait dépouiller ?

– Cette chienne est une louve et une ourse à la fois...

– Ne me dis pas que c'est cette fille qui t'a fait ça ! siffle Kariakine.

– Et alors ? Elle a bien volé ton étalon sous tes yeux en te ridiculisant devant la steppe entière, et tu lui cours après avec toute ta bande sans même avoir réussi à l'approcher. Moi au moins, j'ai pris le petit déjeuner avec elle.

– Où ça ? hurle Kariakine. Où est-elle ?

Fat Sandjay reprend un peu d'assurance, se lève, et fait face au colonel.

– Camarade, tu comprendras qu'avec ce que Fat Sandjay a souffert et perdu dans cette rencontre, c'est une information qui a un certain prix pour lui.

La cravache de Kariakine cingle l'air et déchire l'épaule du précieux *deel* de Fat Sandjay.

– Voilà un premier acompte, dit le colonel. Tu comprendras que je peux t'en dispenser beaucoup plus.

– Fat Sandjay ne parlait pas de...

Un deuxième coup zèbre l'air et lacère toute la poitrine du *deel*.

– Moi je parle de ça. Un coup de cravache supplémentaire à chaque marchandage. Et quand tu seras nu, je ferai la même chose avec ta peau de voleur sans honneur.

– Alors Fat Sandjay arrête de marchander et ne dira plus rien. Chacun reprend son chemin, réplique-t-il d'une moue boudeuse.

– Très bien. Que deux soldats lui entravent les mains et les attachent à une corde reliée à ma selle. Ce bandit va marcher derrière mon cheval jusqu'à ce que nous mettions la main sur cette voleuse.

Deux soldats vont mettre pied à terre, mais Fat Sandjay les arrête d'un geste.

– C'est bon, c'est bon, Fat Sandjay va t'indiquer l'endroit où il a vu ta voleuse pour la dernière fois. Là où elle a bivouaqué.

Il explique à Kariakine comment retrouver ma trace, et Guni estime que je n'ai plus que quelques heures d'avance sur eux. Le colonel s'en réjouit et engage aussitôt sa petite troupe dans la descente vers la rivière, au fond du canyon, abandonnant Fat Sandjay pieds nus et sans monture.

– À moins d'un kilomètre dans cette direction, à mi-hauteur de cette colline, tu trouveras les carcasses d'une jeep et d'un camion, dit Bazaan en passant à sa hauteur. Des hommes doivent venir s'en occuper demain. Ils pourront te rapatrier jusqu'à la caserne.

Puis il disparaît dans la sente étroite et pierreuse.

Près de la rivière, Guni et Chuluum essayent de comprendre. Ils relèvent les traces d'au moins quatre chevaux. Deux chevaux montés, et deux sans cavaliers qui semblent être passés d'une berge à l'autre. Les marques de mes bottes aussi. Petite pointure. Femme. Sans doute la voleuse, en déduit Guni. Et les empreintes d'un chien fou qui a couru partout sur les deux rives. La seconde monture devait être celle de Fat Sandjay.

– On s'en moque, grogne Kariakine, Fat Sandjay nous a dit où elle a bivouaqué, alors allons directement là-bas.

Je suppose que c'est ce qu'ils font, petit frère. Kariakine est le genre de chef auquel on obéit. Donc ils remontent jusqu'à mon bivouac où ils retrouvent ma trace.

– Alors ? s'impatiente Kariakine.

Chuluum hésite à se prononcer.

– Les empreintes du bandit dandy retournent vers le sentier qui remonte vers la steppe. Toutes les autres traces mènent à la rivière. Deux chevaux non montés, les bottes de la voleuse et les pattes de son chien. Puis un cheval monté, accompagné du chien, se dirige vers le nord et un autre sans cavalier part dans le sens opposé en longeant la berge.

– Celui qu'elle a confisqué à Fat Sandjay, sûrement, confirme Guni.

– C'est bon, décide Kariakine, on suit la voleuse !

Ils suivent ma piste pendant deux bonnes heures au moins, et je les imagine fébriles de me savoir si proche. Je connais la réputation de Guni et de Chuluum. Le lama sévère est probablement en tête, à railler mon chien qui laisse encore plus d'indices que mon cheval. Lui, à ma place, aurait pris le chien dans ses bras. Peut-être même aurait-il enveloppé de tissu les sabots de son cheval pour atténuer ses empreintes. Le sous-bois, peu accidenté, s'y prête. Ou il aurait remonté la rivière dans l'eau pour n'en sortir qu'aux passages agités, obligeant leur groupe à se scinder en deux pour surveiller chaque rive.

Chuluum, le chasseur d'ours taciturne, se demande plutôt pourquoi je laisse autant d'empreintes si lisibles derrière moi. C'est de loin le plus malin des deux, mais personne ne prête attention à ses murmures soupçonneux. Tous pensent à de la jalousie envers Guni qui a l'oreille du colonel et chevauche à ses côtés.

Le bandit-lama arrête la petite troupe et chuchote ses conseils à Kariakine. Je ne suis plus très loin, dit-il. Une troupe de quinze cavaliers ne sera jamais assez discrète pour me surprendre. Mieux vaut continuer à quatre devant et que le reste des hommes suivent à distance. Quand il recommande que Chuluum prenne la tête de la réserve, chacun comprend qu'il veut garder la victoire pour lui.

Je ne sais pas, petit frère, si Kariakine entre dans son jeu ou pas, mais le colonel approuve la proposition de Guni. Lui, Guni, Bazaan et un soldat formeront le peloton d'assaut. Ils vérifient leurs armes et reprennent ma traque. Pas très longtemps. Un quart d'heure plus tard, ils sont sur moi. Guni le devine à l'humidité de la terre dans les empreintes de mon cheval. Ils se parlent par signes maintenant. Je suis devant eux. À moins de cent mètres. Ils doivent avancer en file, derrière Guni, et mettre les pas de leur cheval dans les pas de celui qui précède. Plus un bruit. Plus un mot. Je suis à leur portée.

Guni lève le poing et tous s'arrêtent. Il tape deux fois sur son oreille et pointe son doigt vers un taillis de saules. Kariakine tend l'oreille et écoute. Un cheval renâcle. Tranquille. L'idiote que je suis fait une pause à moins de dix mètres d'eux, dans cette clairière, derrière ces arbres. Il fait signe à ses hommes de descendre de cheval sans le moindre bruit. Il répartit les tâches : le soldat garde les chevaux. Lui prend la tête, droit vers la clairière.

Guni et Bazaan se déploient de chaque côté et attendent l'ordre de Kariakine pour investir l'endroit. Chacun arme son fusil en silence et ils avancent. Après quelques pas, ils devinent la robe du cheval à travers les feuillages. Kariakine, son pistolet à la main, s'assure du regard que Guni et Bazaan sont prêts, quand ce dernier lui adresse des signes étranges. Il désigne l'animal dans la clairière, puis son propre dos, puis dessine avec ses bras quelque chose de gros et mime que cette chose lourde pèse sur ses reins. Kariakine fronce les sourcils. Qu'est-ce que Bazaan cherche à lui faire comprendre ? Il s'enfonce un peu plus dans les taillis pour avoir une meilleure vue, mais le cheval a bougé. Alors il décide d'attaquer et les deux autres bondissent en même temps que lui dans la clairière. Ils n'ont pas fait deux pas qu'ils se figent dans leur élan. Dans la clarté de la clairière, sur le tapis acidulé d'une herbe tendre, le chien jaune est là, tenant dans sa gueule le licol d'un cheval qui le suit, sa selle tarabiscotée pleine de babioles et chargée de deux lourdes sacoches.

Le sang de Kariakine s'engorge dans son cœur avant de jaillir dans son crâne. Ils ont suivi avec précaution pendant plus d'une demi-journée un bâtard de chien guidant un cheval sans cavalière ! Le colonel se jette sur les sacoches. Que des cailloux. Des cailloux de rivière. Cette chienne, cette putain, cette salope, moi, petit frère, a chargé le cheval de Fat Sandjay pour faire croire à mes suiveurs qu'elle était montée dessus et que mon fidèle chien jaune me suivait, alors qu'il les entraînait tous dans la mauvaise direction.

Kariakine est furieux. Il gesticule sa rage dans tous les sens, son pistolet à la main. Quand il aperçoit le chien jaune, immobile, le licol dans la gueule, il croit à un rictus moqueur et pointe son arme sur lui. Bazaan le bouscule d'un coup d'épaule au moment où il tire. Le chien glisse sous un buisson de sorbier et disparaît. Mais la balle blesse le cheval qui hennit et se cabre. Guni court le maîtriser, un œil sur Kariakine qui se relève et retourne son arme contre Bazaan.

– Quoi ! Tu veux m'abattre moi aussi, camarade ? hurle Bazaan hors de lui.

– C'est de la rébellion ! Tu t'en es pris physiquement à ton supérieur.

– J'ai empêché un fou furieux d'abattre un chien sans raison.

– Ce chien est un des éléments d'une machination qui nous a fait perdre la piste d'une voleuse. Le vol d'un bien de l'État est assimilable à un acte de sabotage contre le Peuple. Cette voleuse est une contre-révolutionnaire et je vais la faire condamner à mort au titre de l'article 58, et toi avec si tu prends encore une fois sa défense.

– Quelle défense ? Je t'ai juste empêché de tuer un chien.

– *Son* chien ! hurle Kariakine.

Bazaan n'a pas le temps de répondre, les onze autres cavaliers déboulent au galop dans la clairière.

– Vous l'avez eue ? Qui a tiré ? demande un soldat.

– Ferme-la ! aboie Kariakine. Retournons à son dernier bivouac pour reprendre sa piste.

– Elle n'était pas ici ? s'étonne le soldat.

Kariakine ne répond pas et va préparer son cheval. Bazaan observe Chuluum.

– Tu le savais, n'est-ce pas ?

– Je m'en doutais. Aucune trace dans les banchages à hauteur de cavalier, et les empreintes de ce chien fou et joueur soudain bien régulières et droites, appliquées…

– Pourquoi n'avoir rien dit ?

– Le colonel avait tellement envie de croire Guni.

– S'il l'apprend, il est capable de te fusiller sur place pour ça.

– Ce colonel est assez fou pour faire fusiller n'importe qui pour n'importe quel motif.

– Je vais faire comme si je n'avais rien entendu, réplique Bazaan, mais si tu as d'autres doutes, préviens-moi d'abord.

La troupe se réorganise. Bazaan et Chuluum rejoignent Kariakine et Guni. Le colonel en veut encore à Bazaan et le lui fait savoir.

– Tu devrais plutôt t'inquiéter de tout ce que cela signifie, lance Bazaan.

– Qu'est-ce que ça veut dire ?

– Ça veut dire que cette fille n'a sans doute pas monté ce stratagème pour rien. Réfléchis au lieu de tirer sur des chiens. Pourquoi s'est-elle échinée à nous mettre sur cette fausse piste ?

– Pour nous perdre et prendre de l'avance, répond Guni sur le ton de l'évidence, à la place du colonel.

– Ou pour nous suivre et nous épier, lâche Chuluum.

Cette fois, les hommes, incrédules, se dévisagent. Puis leurs regards inquiets fouillent la forêt.

Je te l'ai dit, petit frère, Chuluum est le plus intelligent des deux. Au moins le plus intuitif, ce qui, pour survivre dans la steppe et la taïga, est encore plus utile.

– Foutaises ! grogne Kariakine en prenant la tête de la colonne. On retourne à son dernier bivouac et on cherche ses vraies traces.

– Les empreintes sur la berge, dit Chuluum.

– Quoi, les empreintes ?

– Les empreintes du cheval non monté qui partaient à l'opposé des traces que nous avons suivies. C'est elle. Le cheval laisse ses empreintes sur la rive pendant qu'elle l'accompagne en marchant dans l'eau pour masquer les siennes. Si nous suivons la piste de ce cheval, nous tomberons sur l'endroit où elle est sortie de la rivière pour le monter à nouveau.

– Tu ne pouvais pas nous le dire avant ? s'énerve Kariakine.

Sans attendre la réponse de Chuluum, le colonel va donner l'ordre de partir quand ma flèche siffle à son oreille et se fiche dans le tronc d'un mélèze.

Du temps de nos grands empires, petit frère, du temps où nos Khans conquéraient les deux tiers du monde connu, leurs arcs et leurs flèches étaient l'instrument de leur terreur. Va savoir pourquoi, de nos jours, dans les jeux sportifs de nos *naadym*, la lutte et les chevaux sont l'apanage des hommes alors que le tir à l'arc est abandonné aux femmes. Devrais-je m'en plaindre, petit frère, moi qui ai gagné tant de concours ? Je peux, si j'ai faim et que c'est nécessaire à ma survie, transpercer un oiseau en vol. Enfin, je pouvais. Plus maintenant, à cent six ans, quand je te raconte mes souvenirs, mais au moment même de cette histoire, je pouvais toucher l'oiseau, comme je pouvais transpercer le cou de Kariakine. Mais je préfère que ma flèche sème dans sa troupe la même terreur que semaient les flèches de nos ancêtres.

Quand mon trait se plante dans l'arbre, à quelques mains à peine de son visage, Kariakine dégringole de son cheval et dégaine son pistolet. Pour ses soldats, c'est la débandade. Des chevaux se cabrent, d'autres partent au galop. Les hommes qui le peuvent sautent à terre et s'abritent derrière leur monture.

– Elle a tiré depuis ce bosquet, hurle Kariakine. Avec tous ces arbres, elle ne peut pas se cacher à plus de trente mètres d'ici. Feu !

C'est une mitraille. Les hommes en panique vident leur chargeur. Les balles criblent le feuillage, déchiquettent les branches, éclatent les troncs. À l'odeur de la poudre se mêle celle des mélèzes. Leurs blessures saignent de résine. Quinze hommes, petit frère, c'est un peloton d'exécution aveugle et terrorisé. Mais moi je suis déjà loin. À l'abri.

Il faut plusieurs longues minutes avant que Kariakine ordonne la halte au feu. Et encore quelques autres pour que le dernier homme lui obéisse. Le calme revenu, il organise une reconnaissance. En première ligne, espacés de quelques pas, Guni et quatre soldats. À deux mètres derrière, en quinconce par rapport aux premiers, quatre autres militaires emmenés par Chuluum. Une puissance de feu de dix fusils sur une largeur de dix mètres à peine. Que je tente une nouvelle flèche et la salve me fauchera, pense Kariakine. Les soldats qui s'enfoncent dans le taillis, eux, n'en sont pas convaincus. Mais je ne perce le cœur d'aucun d'eux. Ils avancent jusqu'à l'endroit où j'étais embusquée et trouvent ce que j'ai laissé pour Kariakine. Un jeu de *gashyk.* Des osselets, des astragales de jeunes moutons blanchis et polis. Quand ils les rapportent au colonel, trébuchant à reculons de peur que je ne leur plante une flèche dans le dos, Kariakine observe celle fichée dans le mélèze. La même que celle suspendue au bivouac de la colline du Chant de l'ours. Un bois d'orme armé d'une pointe en corne de bouquetin. Elle m'a permis de clouer à l'arbre une vieille épaulette de major. Sauf que cette flèche-là, je l'ai empennée de plumes différentes.

– Chouette, murmure Chuluum en examinant l'empennage. Ce n'est pas bon signe.

– Quoi, encore une de vos superstitions ridicules ?

Chuluum ne répond pas directement à Kariakine. Il parle sans quitter des yeux l'empennage de ma flèche, assez fort pour que tout le monde entende.

– Parce qu'elle voit dans la nuit et qu'elle entend tout, la chouette est l'oiseau protecteur de ceux qui cherchent la vérité au-delà des évidences. Elle aide à démasquer les tromperies. Le masque qu'elle porte évoque ceux qu'elle contribue à faire tomber. Immobile comme une branche, surprenant ses proies d'un vol silencieux dans le noir, elle symbolise la patiente obstination de la vengeance.

Est-ce que Kariakine s'en souvient à ce moment-là ? Est-ce qu'il se souvient de Chechek ? La toute petite fille dans son *deel* rose brodé de jaune qui jouait aux *gashyk* sur une pierre plate en gardant ses chèvres. Le visage rond, les pommettes déjà rougies par toute une enfance insouciante dans le soleil et les hivers de la steppe. Les yeux comme des fentes quand elle sourit. Deux couettes de cheveux soyeux sur la tête. Une langue bien pendue. Des rires comme des clochettes. Mon petit cœur. Ma petite sœur. S'en souvient-il, petit frère, lui qui l'a abattue d'un seul coup de son pistolet sans même la regarder ?

Kariakine est blanc de rage. Il serre dans son poing les osselets qu'on lui a remis. Je le vois d'où je suis. Je n'ai pas fui sous la mitraille. J'ai choisi cet endroit pour l'éboulis de rochers, derrière les arbres. Il m'abrite de leurs tirs et fait résonner et disperse mes mots en touva.

– Bienvenue en pays Touva, major !

Ma voix fige les soldats. Kariakine se tourne vers Guni et demande ce que j'ai dit. Le bandit-lama a juste le temps de le lui traduire que j'interpelle Kariakine de nouveau.

– Merci d'être de retour !

Je me suis faufilée entre les rochers, par des trous et des grottes formés par leur amoncellement, j'ai rampé, glissé, sauté, et ma voix fuse d'un autre côté. Quand Kariakine se tourne vers là où il me croit et qu'il brandit son arme, je suis déjà ailleurs.

Il tire. Sans rien dire. Le visage livide d'une colère blême. Tout son chargeur. Et c'est encore la mitraille avant que Bazaan hurle au cessez-le-feu. Les soldats se regroupent, et il attire le colonel à l'écart pour lui parler à voix basse.

– Que se passe-t-il, Kariakine ? Pourquoi t'a-t-elle appelé major ?

– Ce maudit lama aura mal compris, ou mal traduit. Ou cette traînée ne sait pas reconnaître le grade sur mon épaulette. Retournons à son bivouac.

– Et ce galon, cloué sur l'arbre par sa flèche.

– Qu'est-ce que j'en sais ? siffle Kariakine sans le regarder. Une nouvelle manifestation de leurs croyances fétichistes d'arriérés.

– Kariakine, tu dois me dire si…

– Ferme-la ! Je n'ai aucun compte à te rendre. C'est encore moi qui commande, ici, non ? Que les hommes se préparent.

– Pour aller où ?

– À sa poursuite, où d'autre veux-tu aller ? Elle est ici, dans un rayon de moins de cinquante mètres et nous sommes quinze. Il suffit de nous déployer pour la piéger.

– Kariakine, elle a l'avantage du terrain. Elle vient de nous tendre une embuscade. Qui sait ce qu'elle a prévu d'autre…

Bazaan est sidéré de voir à quel point le colonel se retient d'exploser. Un silence vigilant s'installe entre eux, le temps pour Kariakine de retrouver une certaine maîtrise.

– D'accord, finit-il par concéder. Cherche un endroit sûr pour bivouaquer et envoie Guni, Chuluum et huit hommes inspecter les environs et retrouver sa piste. Les autres assurent la protection du camp. Demain, dès l'aube, nous recommençons la traque.

Ils choisissent un endroit dégagé. Une clairière qui s'ouvre en arc de cercle sur la rivière. De l'autre côté, un large pierrier puis une courte futaie de mélèzes jusqu'à la falaise du canyon. Les soldats qui ne sont pas partis avec Guni et Chuluum s'occupent d'abord des chevaux avant d'installer le camp et d'allumer un feu. Quand Chuluum, Guni et leurs hommes rejoignent le camp, j'ai remonté la falaise depuis longtemps et je les observe à travers mes jumelles, allongée au bord du canyon. Kariakine s'est isolé et Bazaan le rejoint.

Pas difficile, petit frère, de deviner de quoi ils parlent. Après mon embuscade, Bazaan doit demander au colonel ce qu'il lui cache.

– Qui est cette fille que nous poursuivons, Kariakine ?

– Une voleuse de chevaux…

– Une voleuse, ça fuit, Kariakine, alors pourquoi celle-là semble-t-elle nous suivre autant que nous la suivons ?

– Je n'en sais rien, mais compte sur moi pour le lui faire dire quand elle sera entre nos mains.

– Et tous ces objets sur ses flèches, quel est leur message ?

– Bimbeloterie chamanesque, s'énerve Kariakine, tous ces peuples, et les Touvans plus que n'importe quel autre, sont des sauvages superstitieux, adorateurs de tout et de n'importe quoi, du moment que ça brille.

– Tu le penses vraiment ?

– Bien sûr que je le pense. Ce sont des boulets. Par leur inertie et leur mode de vie imbécile, ils s'opposent à notre grande révolution prolétarienne.

– Kariakine, tu entends vraiment ce que tu dis ? Une révolution prolétarienne, dans des steppes sans aucun prolétaire ?

– Prends garde à toi, Bazaan, j'ai fait déporter des hommes au goulag pour bien moins que ça ! Les prolétaires d'ici, c'est au Parti de l'Union soviétique d'aider le Parti communiste mongol à les créer.

– Encore une fois, Kariakine, ce ne sont que des nomades dans des plaines immenses.

– Alors agissons comme l'ont fait les Américains : débarrassons-nous de ces nomades comme ils ont exterminé leurs Indiens. Les plaines libérées de ces parasites, nous pourrons y construire et y développer de grandes métropoles comme ils l'ont fait. C'est le sens de la révolution. Urbaniser et prolétariser la steppe.

Je pense, petit frère, que Bazaan ne répond pas à ça. S'en offusquer pourrait lui coûter dix ans de camp, c'est-à-dire un grand risque d'y mourir. C'est déjà très courageux d'avoir osé dire ce qu'il a dit. Comme il est intelligent, il change de sujet.

– Et cette épaulette de major ?

– Quoi, l'épaulette ?

– Celle clouée à l'arbre par la flèche. Elle provient d'un uniforme de l'Armée rouge. Quel en est le message, d'après toi ?

D'en haut, à travers mes jumelles, je devine que Kariakine soupire. Il frotte son visage dans ses deux mains, comme quelqu'un fatigué de toujours expliquer la même chose à un enfant idiot.

– Bazaan, de toute évidence, cette fille est plus qu'une voleuse. C'est une rebelle. S'en prendre à moi, avec le vol de Tara, c'est s'en prendre à notre armée. C'est à nous qu'elle en veut. C'est notre révolution qu'elle insulte. L'épaulette, c'est la même chose. Où qu'elle l'ait récupérée, c'est le même symbole contre-révolutionnaire. Ce qu'elle veut nous faire savoir, c'est qu'elle est en guerre contre nous. Alors nous sommes en guerre contre elle. Elle est comme ces koulaks profiteurs, ces poètes maudits, ces artistes dépravés. C'est une engeance à éliminer. Le succès de notre révolution est à ce prix. Et quiconque en doute, toi compris, devra en rendre compte.

Je vois Bazaan hésiter à répondre, puis hocher la tête en signe de résignation.

– Bien. Si tu le dis, camarade, si tu le dis…

Il tourne le dos à Kariakine, puis soudain s'arrête et se retourne.

– Kariakine, quand tu as participé à la campagne de pacification…

– Oui ?

– … quel était ton grade ?

– Ne joue pas à ce jeu-là, Bazaan. Contre-révolutionnaire, dans l'armée, ça signifie trahison, et les traîtres, dans l'Armée rouge, on les fusille. Sur place.

Ils se défient un long moment du regard, puis Kariakine congédie Bazaan en lui ordonnant d'organiser les tours de garde.

J'observe leur camp et ses environs, petit frère. Le soleil décline. La steppe s'ambre de ses derniers rayons, mais le soir s'est déjà coulé dans le canyon. Des ombres crépusculaires courent sur moi et deux hommes s'allongent à mes côtés.

– Comment va Kariakine ? demande Tumur.

– Nerveux à souhait.

– Rien de spécial ? s'intéresse Gombo.

– Je crois que Bazaan commence à comprendre.

– Je me suis renseigné, explique Gombo. Bazaan est un garçon intelligent. C'est un orphelin de Krasnokamensk, en Sibérie soviétique. Orphelinat, institutions de jeunesse, académie militaire. Carrière sans tache et sans éclat. Sans prise de risque. Il est l'officier aide de camp de Kariakine depuis cinq ans maintenant.

– Tu crois qu'il peut poser problème ?

– Je ne sais pas. Tiens, je t'ai apporté ce que tu as demandé.

Gombo me tend une sacoche en cuir souple. Je sais à quel point ça doit lui coûter de se séparer de ce qu'elle contient, mais il n'en laisse rien paraître et me sourit.

– Bon, j'y vais. Je vous laisse. Où est Semdjeet ?

– Il est déjà en place…

Il rampe à reculons pour ne pas donner l'alerte en bas, puis se relève, enfourche son cheval et s'en va dans la poussière d'or du couchant. Tumur le regarde disparaître, puis l'oublie et se colle à moi.

– J'ai deux belles couvertures en poil de *dri* roulées derrière ma selle, me dit-il.

– Une pour toi et une pour moi ? je me moque.

– Une pour mettre en dessous de nous, l'autre par-dessus…

Petit frère, la femelle du yack a un poil aussi soyeux que le cachemire des meilleures chèvres. J'espère qu'un jour la femme que tu aimeras et toi irez étreindre vos corps dans la steppe entre des couvertures en poil de *dri*.

J'ai cent six ans, petit frère, pour te dire que j'en ai connu, des amours. Dans des yourtes, dans des chambres, dans des bosquets. Dans un lit d'infirmerie, une fois. Mais, petit frère, tu n'as jamais fait l'amour tant que tu n'as pas aimé quelqu'un au milieu de la steppe immense, avec l'univers entier pour témoin, dans le murmure des herbes bleues, sous la caresse d'un vent doux et continu.

Tumur a été de loin mon meilleur amant. Le plus vigoureux. Le plus attentif. Mais surtout le plus conquérant. Moi qui n'étais qu'une fille des steppes, il m'a offert toute la steppe en jouissance. Il a tout engouffré en moi, le monde et l'univers, le ciel et l'espace, les rivières et les lacs, et tous les troupeaux en cavalcade.

Oh, tu peux sourire, petit frère, mais à mon âge, tu vois, mon dernier et unique souhait, mon seul désir, est d'aller m'allonger nue au cœur de la steppe sur une couverture en poil de *dri* et de penser à l'amour de Tumur. C'est même comme ça que j'aimerais mourir. Allongée là-bas, jouir une dernière fois de ce pays immense, et le laisser entrer en moi pour en disperser la vie. Il n'y aurait pas besoin de déranger un lama pour ouvrir l'enquête divinatoire sur où, quand et comment devrait être abandonné mon corps pour satisfaire à la tradition. Et encore moins, le jour de mon abandon, de recourir à un autre lama pour prendre les lieux et procéder à mon installation en assurant les esprits présents que l'endroit leur reviendra dès que mon corps aura disparu. J'aimerais juste aller seule m'allonger nue dans la steppe sur une peau de *dri*. Voilà comment j'aimerais quitter ce monde, petit frère, note-le bien.

Cette nuit avec Tumur reste la plus belle. Enfin, une des plus belles. En fait, toutes mes nuits avec Tumur ont été belles, petit frère, mais ce jour-là, entre les couvertures, je rêve de vivre encore cent ans dans ses bras. Une belle nuit, mais une nuit courte, car il a fallu redescendre dans le canyon.

15

Dormons.

Je les vois, petit frère. Je les vois et j'attends, cachée de l'autre côté de la rivière, derrière des bouquets de genévriers. Ils ont monté le camp, allumé d'autres feux. Ils ont mangé des provisions en boîte. Bu un peu. Et maintenant ils se reposent. Les soldats parlent entre eux. Bazaan et Bobrovitch sont avec eux. Guni et Chuluum restent à part, en silence.

Kariakine est plus loin, à l'écart, debout au bord de la rivière, à regarder dans ma direction. C'est ça, colonel, regarde-moi bien. Tu ne peux pas me voir, mais regarde-moi bien quand même. Je suis là pour toi. Les autres ne m'intéressent pas. Je suis là et je t'attends, colonel.

La nuit tombe et le camp s'endort. Deux hommes restent en sentinelles. De temps en temps, ils ravivent les feux d'une branche de mélèze qui crépite aussitôt et lance au ciel des nuées d'étincelles. Un nuage avale la nuit et le monde se vide. Les gardes se rapprochent d'un des feux et se parlent à voix basse pour se rassurer. J'attends encore longtemps. Je tends l'oreille. Je guette le bruit qui doit les surprendre. Quand ils entendent le tambour, ils se figent. Kariakine devait mal dormir, il se redresse aussitôt lui aussi. Il s'immobilise, attentif au moindre craquement, puis se lève. Guni et Chuluum aussi ont entendu. Ils sont debout d'un bond. Bazaan se réveille à son tour, et tous les soldats. Bobrovitch a plus de mal. Bazaan l'a vu avaler des somnifères. Pour que l'enfer de Kariakine ne vienne pas gâcher ses nuits en plus de ses jours, je suppose. Bazaan le réveille au passage et va rejoindre les autres.

– Qu'est-ce que c'est ? s'inquiète-t-il.

– En pleine nuit ? Qui peut jouer comme ça ?

– D'après toi, qui veux-tu que ce soit ?

– Elle ?

– Bien sûr que c'est elle…

– À quelle distance ? demande Kariakine.

– Difficile à dire, répond Guni, le son porte plus loin dans l'air sec et frais de la nuit, et il faut compter avec l'écho des falaises. Je dirais au moins trois ou quatre cents mètres, en aval de la rivière.

Kariakine cherche des yeux une confirmation de la part de Chuluum mais le chasseur reste silencieux, les yeux plissés et le front tourmenté.

– Quoi encore ?

– Ce rythme, grogne le chasseur à voix basse, écoute comme il est rapide et régulier. Seule une âme possédée peut frapper comme ça.

– Sornettes ! tranche Kariakine. Bazaan, prends Chuluum et quatre hommes et…

Il ne termine pas sa phrase. Un second tambour résonne à son tour dans la nuit, en amont de la rivière cette fois.

– Il n'y a pas qu'elle…, bredouille un soldat effrayé.

– Que cherche-t-elle ? panique un autre.

– Nous empêcher de dormir pour nous fatiguer.

– Imbécile ! réplique le colonel, elle et son complice non plus ne dorment pas s'ils jouent du tambour, et ils seront aussi fatigués que nous demain ! Quatre soldats pour garder le campement. Guni, Bobrovitch et quatre soldats avec moi pour le second tambour. On y va.

Le camp est installé dans une boucle de la rivière. Kariakine ordonne aux deux groupes de couper par la forêt pour rejoindre les berges plus loin et rester à l'abri de la végétation. Il prend la tête de son escouade et disparaît entre les troncs noirs des mélèzes. Ils progressent avec prudence, redoutant une embuscade.

Le rythme des tambours ne faiblit pas.

Maintenant que les soldats n'écoutent que lui, il semble résonner à des kilomètres dans la nuit. Mais Guni reste concentré et, une demi-heure plus tard, ils sont tout proches de l'endroit d'où retentit la chamade. Ils s'accroupissent au sol et observent à travers les taillis. Une fine lune s'est glissée hors des nuages et éclaire la nuit d'une clarté diffuse. À une vingtaine de mètres devant eux, la rivière se divise entre des pierriers sur lesquels ont poussé quelques arbustes. Les hommes scrutent le paysage sans rien apercevoir. Pourtant le battement régulier du tambour monte bien de là. Mais rien. Pas un mouvement. Pas une silhouette.

Kariakine fait comprendre à ses hommes qu'ils doivent se disperser, et qu'ils vont sortir de la forêt pour ratisser la rivière et les pierriers. Chacun arme son fusil et ils se risquent, dos rond et genoux pliés, hors de la futaie, dans la pâleur du clair de lune. Rien sur la berge. Kariakine entre dans le courant et les hommes l'imitent. Rien derrière les buissons du premier pierrier. Quand ils atteignent le second pierrier, le tambour résonne de plus en plus fort et Guni, d'un poing levé, commande aux hommes de s'arrêter.

Le son monte depuis un bouquet d'arbrisseaux touffus sur le banc de pierres. Les battements sont toujours aussi réguliers. Celui ou celle qui tape sur le tambour n'a pas remarqué leur approche. Guni arme son fusil en silence et bondit pour contourner les arbustes au moment où un autre nuage efface la lune.

D'abord il ne voit rien. Personne. Pourtant le son vient bien de là. Il monte de la rivière. De ses eaux sombres. Quand la lune s'extirpe des nuages, Guni le voit.

– Et merde, soupire-t-il en secouant la tête.

– Tu l'as ? demande Kariakine.

– Oui. Enfin, non...

– C'est oui ou c'est non ?

– Viens voir, colonel.

Kariakine se précipite et tombe en arrêt lui aussi. À leurs pieds, dans le courant, une sorte de moulin. Une broche sur deux courtes branches effeuillées en Y. Quatre pales en écorce. À l'extrémité d'une des pales, un caillou au bout d'une courte ficelle. En face, tenu par deux pieux plantés dans l'eau, un tambour. À chaque tour du moulin, la pierre frappe le tambour.

– Saleté de garce ! siffle Kariakine, la mâchoire crispée par la colère.

– C'est encore un tambour noir, murmure un soldat en reculant d'un pas.

– C'est la nuit, imbécile, tout est noir.

– Non, c'est un tambour noir de chamane. Un tambour en peau de loup. Je te l'ai déjà dit, les chamanes s'en servent pour jeter des sorts.

– Et moi je t'ai interdit de croire à ces idioties !

– Quoi, depuis que tu as détruit le tambour sur la colline, tu ne crois pas que nous avons eu notre lot de malheurs et de…

Kariakine, furieux, ne le laisse pas terminer sa phrase. Il piétine l'installation, l'écrase à coups de talon, perce le tambour, et d'un coup de pied furieux envoie le tout dans le courant qui emporte les débris.

Tu te doutes bien, petit frère, que le tambour résonne toujours. Pas celui-ci bien sûr, mais l'autre, en amont. De ce côté-là, la rivière et les rives sont plus accidentées. Bazaan et ses hommes ont mis plus de temps pour atteindre la zone d'où provient le battement régulier. Ils avancent encore avec précaution, quand les premières percussions se taisent. Personne ne sait s'il faut s'en réjouir ou s'en inquiéter, mais ce soudain silence, en aval, rend leur tambour plus menaçant encore. Bazaan et Chuluum doivent forcer les soldats à avancer, et il leur faut encore une demi-heure pour atteindre la berge de la rivière d'où semble venir le bruit.

À cet endroit, elle se brise sur un éboulis tombé de la falaise. Par endroits elle s'étrangle d'écume entre des rochers, disparaît sous une roche ou glisse, longue et lisse sur une pierre plate pour s'ourler de remous quand elle retrouve le courant. Le tambour est là, quelque part. Ils le cherchent longtemps, et le découvrent sur l'autre rive, tenu par deux bois fichés dans le tumulte du courant, et frappé par un caillou entraîné par la pale d'un moulin.

– C'est quoi, ça ? murmure Bazaan.

– N'y touche pas, dit Chuluum.

– Dis-moi ce que c'est.

– C'est un tambour de chamane. Un tambour noir. Il attire le malheur.

– Chuluum, je veux bien croire à vos histoires, mais comment ce tambour pourrait-il avoir des pouvoirs sans la présence d'un chamane ?

– Toute chose est habitée par un esprit. Certains sont bons, d'autres mauvais, et les pires sont maléfiques. Les *asalar âr*, par exemple, peuvent devenir dangereux. Le chamane qui a construit ce moulin a passé un accord avec l'esprit de la rivière.

Je ne sais pas si tu t'en souviens, petit frère, ni même si on te l'a appris, ou si tes parents eux-mêmes le savent encore, mais Chuluum, comme chasseur, est habité par un *bilir*, une force de savoir. Il a la compréhension des rites, des paroles et des gestes de la chasse. Il voit l'espace des lieux et sait reconnaître ceux qui sont *anna* ou *tuskaj*, ordinaires ou spéciaux, praticables ou défendus. Ce jeune Bazaan, tout officier russe et éduqué qu'il soit, devrait l'écouter.

– Officier, reprend Chuluum, ce lieu fait partie de ceux qui exigent de ne pas les brusquer. Ce sont des *éélig*, des endroits habités par un maître. Tu dois respecter l'esprit-maître de cette rivière.

– Et celui qui a construit le moulin, il l'a respecté, lui, ce lieu sacré ?

Chuluum redresse sa lampe torche et balaye le paysage de son faisceau. Il fouille la nuit et trouve vite ce qu'il cherche.

– Là, ces rubans bleus dans les branches, et là-bas, cet empilement de pierres, ce sont les demandes qu'il a faites à l'esprit-maître. Lui y a été autorisé. Pas nous, et nous nous exposons à la colère du lieu.

– Quoi, réplique Bazaan en regrettant aussitôt son ton moqueur, tu es chamane toi aussi, maintenant ?

– Non, mon *bilir* ne fait pas de moi un être qui sait, juste quelqu'un qui a appris. On devient chasseur par expérience, mais on est chamane de naissance, grâce à l'ascendance d'un ancêtre déclencheur. Un chamane parle avec les esprits-maîtres de toute chose, moi je ne sais que les reconnaître pour pouvoir les respecter.

Ils restent encore un long moment dans la nuit, à écouter la pierre du moulin frapper le tambour.

– Que fait-on alors ? finit par demander Bazaan.

– Je pense qu'il faudrait...

Chuluum ne termine pas sa phrase. Des craquements de bois sec dans la forêt, les pas d'une cavalcade, des taillis qui s'agitent.

– J'espère que l'esprit-maître de ce lieu n'est pas celui de la bête, s'inquiète Chuluum.

– Un ours ? Tu crois ?

Tous braquent leur lampe et arment leur fusil, mais c'est la voix furieuse de Kariakine qui répond à leur peur.

– Ne tirez pas, bande d'idiots, c'est nous !

Ils débouchent à travers les feuillages, essoufflés par leur course.

– Bazaan ! hurle Kariakine. Pourquoi n'as-tu pas encore fait taire ce moulin de malheur ?

Et sans attendre la réponse, il traverse la rivière en éclaboussant des perles de lune et vient piétiner le moulin et le tambour avec rage.

– J'espère que tu n'as pas cédé à leurs superstitions ridicules, Bazaan. Tu sais que toutes ces croyances idiotes sont passibles de la peine de mort. Surtout pour un officier de l'Armée rouge. Y croire, même un peu, ne serait-ce qu'y penser, est un acte contre-révolutionnaire, tu le sais bien.

– Nous venons juste d'arriver, ment Bobrovitch. Je me suis

tordu la cheville en me prenant le pied dans un terrier. Il a fallu que Bazaan me soigne et que le groupe marche à mon rythme.

– Bazaan, tu ne pouvais pas savoir qu'il ne s'agissait que d'un stratagème. Ça aurait aussi bien pu être un piège de notre voleuse. Il fallait abandonner Bobrovitch à son sort.

– C'est ce que je lui ai dit, intervient Bobrovitch.

– Toi, ferme-la ! Un soldat n'a pas à donner d'ordre à son officier.

– Bon, et maintenant ? demande Bazaan que l'attitude de Kariakine irrite de plus en plus.

– Que le colonel le veuille ou pas, si c'est cette femme qui a fait ça, son message est clair. Un tambour noir en peau de loup, c'est pour activer la menace d'une vengeance, murmure Chuluum.

Kariakine s'approche du chasseur et colle son visage au sien, front contre front.

– Écoute-moi bien, espèce de sauvage arriéré, même tendu en peau de fesse, ces tambours de fête foraine et toutes vos chamaneries ne m'effraieront jamais.

Bazaan intervient encore, sans vraiment maîtriser l'exaspération dans sa voix.

– Kariakine, peau de loup ou de fesse, ce n'est pas la question.

– Ah oui, et c'est quoi, alors, la question ? hurle Kariakine.

– Celle que tu devrais te poser, colonel : comment et pourquoi une fugitive se balade avec deux tambours sacrés dans ses bagages, par exemple.

– Quelle importance !

– L'important, déclare Chuluum encouragé par l'attitude de Bazaan, c'est qu'on lui a peut-être apporté ces tambours et que ça ne peut être qu'un chamane. Et si cette fille a pour complice un chamane...

– La belle affaire, se moque Kariakine, depuis qu'on a entendu les deux tambours, on sait bien qu'elle a un complice, chamane ou pas.

– Tes croyances, Chuluum, et ta haine, Kariakine, vous aveuglent tous les deux, s'énerve Bazaan. Si la présence d'un complice répond au comment, elle n'explique pas le pourquoi.

Chuluum et Kariakine et tous les hommes regardent Bazaan, inquiets de la réponse.

– Pourquoi alors, selon toi ? tente Kariakine dans une dernière provocation sans conviction.

– D'après toi, colonel, une ruse qui déclenche deux machinations simultanées, en pleine nuit, une loin en aval du campement, l'autre loin en amont, ça sert à quoi ?

Kariakine comprend avant les autres et blêmit.

– La sale petite pute de Touvane. Tous au camp ! Vite !

Plus rien. Désert. Vide. Les hommes restent sans mots, sidérés, en lisière de la clairière. Plus un homme, plus un cheval. Comment ont-ils pu se laisser prendre à une telle ruse ? Plus d'armes, plus de munitions, plus de vivres. Comment a-t-elle pu ? Plus de radio et la caserne à plusieurs jours de marche. Même les feux ont été piétinés.

La stupeur passée, les hommes pénètrent dans la clairière avec précaution, fouillant la nuit du faisceau de leurs lampes.

– Là ! dit Guni.

Toutes les lampes convergent vers l'endroit que désigne la sienne. Une selle, sous les banches d'un mélèze, là où Kariakine avait choisi de bivouaquer.

– Personne n'y touche, ordonne Bobrovitch, c'est celle du colonel.

Mais quand Kariakine s'approche, les yeux fixés sur la selle, quelque chose frôle son visage dans la nuit et il ne peut retenir un cri. Les hommes sursautent à leur tour et braquent leurs lampes sur le visage défait du colonel. Le regard fixe, les yeux écarquillés. Il faut du temps aux autres pour deviner l'objet suspendu à une branche basse par un lacet de cuir. Bazaan veut intervenir mais Kariakine, émergeant soudain de sa surprise, hurle à tout le monde de rester à l'écart et de cesser de l'aveugler avec leurs lampes.

Tu penses bien que je suis là, petit frère, dans l'ombre de la nuit, tapie dans les taillis. Pour rien au monde je n'aurais manqué ça. Cette panique chez Kariakine, quel bonheur dans mon cœur ! Tu comprends maintenant, colonel ? Regarde-le, petit frère, à caresser d'un doigt la cicatrice qui balafre son menton. Oui, il comprend ! Bien sûr qu'il comprend. Vois comme il arrache le lacet et l'objet. Comme il les serre si fort dans son poing que ses articulations en blanchissent. Voilà, tu as compris maintenant, petit major. Tu as compris qui je suis et ce que je veux de toi, n'est-ce pas ? Tu te souviens, maintenant, et c'est tant mieux.

Un soldat grommelle dans le noir et Kariakine se tourne vers lui, le pointant de son index menaçant.

– Qu'est-ce que tu as dit ?

– J'ai dit que nous ne sommes plus que onze. Nous étions trente au départ de la garnison, quinze après l'accident, et onze maintenant.

– Et alors, quel genre de soldat es-tu ? Onze, ce n'est peut-être pas assez pour toi contre une femme seule ?

– Chuluum dit qu'elle est aidée par un chamane qui la protège et...

– Mais foutez-moi la paix avec vos chamanes ! Le prochain qui prononce ce mot, je l'abats pour propagande antisoviétique. C'est compris ?

– N'empêche qu'on n'est plus que onze, maugrée un autre soldat. Sans chevaux, sans vivres et sans radio.

– Eh bien puisque ça vous travaille tant que ça, tous les deux, préparez-vous à partir. Nous ne devrions être qu'à quatre ou cinq jours de marche de la caserne. Confisquez la monture du premier nomade que vous rencontrez, cheval, renne, chameau, je m'en fous ! Et ramenez des renforts au plus vite. Allez !

– Allez quoi ?

– Allez ! Vous y allez maintenant !

– En pleine nuit ?

– En pleine nuit, maintenant, tout de suite !

Chacun plaint en secret les deux soldats qui n'ont même pas de barda à préparer. Je leur ai tout volé, petit frère. Bazaan leur donne une carte qu'il gardait sur lui et une boussole. Guni leur indique la bonne direction et ils entrent dans la forêt comme s'ils allaient à l'échafaud.

Dès qu'ils sont partis, Kariakine ordonne aux hommes de compter leurs armes et leurs munitions. Puis ils font le point des vivres. Il leur reste juste assez pour un frugal petit déjeuner le lendemain. Kariakine décide que Chuluum devient le chasseur du groupe pour pourvoir aux provisions. Il lui adjoint d'office un des soldats, puis la fatigue les fracasse sur place. Quand Bazaan s'allonge sur le dos, il remarque les chaussures.

– Kariakine...

Le colonel s'approche et lève la tête pour suivre le regard de

Bazaan. Au-dessus d'eux, dans les branches, à peine visibles dans la nuit, quatre paires de chaussures attachées par leurs lacets. Celles des quatre soldats disparus. Bazaan se rend compte alors qu'ils n'ont même pas pensé à les chercher.

– Inutile, lâche Kariakine. Si elle les a tués, ils l'ont mérité, et s'ils sont ses prisonniers, ils sont déjà loin. Nous verrons ça demain. Dormons.

16

... les soldats disparaissent dans la nuit.

Tu le sais déjà, petit frère, je n'ai dessellé que le cheval de Kariakine. Je chevauche en tête, suivie des soldats aux pieds nus, mains liées dans le dos, surveillés par Tumur. Les autres chevaux sont derrière, attachés les uns aux autres, et surveillés par le chien jaune et par Semdjeet. Nous arrivons à la sente qui escalade la falaise. Olygbay nous y attend pour prendre ma place. Elle sait quoi faire. Elle remonte jusque dans la steppe, déharnache toutes les montures sans cavaliers et les libère. Je suppose que les bêtes hésitent, étonnées de cette brusque liberté.

Le cheval bleu de Tumur est là quelque part, j'en suis sûre, prêt à les rassurer, comme il l'a fait avec l'Akhal-Teke de Kariakine. J'aurais bien aimé y être pour les voir oser petit à petit, puis gambader de joie, pour enfin partir au galop avec la harde. Tumur et Semdjeet enlèvent le mors et les rênes des chevaux qui restent et changent les liens des soldats pour leur attacher les mains devant.

– Ça sera plus pratique pour chevaucher et pour boire à la gourde que je vais vous donner, mais je vous recommande de rester au pas pour ne pas tomber. Et ne cherchez pas à revenir dans le canyon.

Il claque la croupe du premier cheval, qui entraîne les autres à sa suite, et les soldats disparaissent dans la nuit.

17

... pour lui, ou pour toi.

Depuis le fond de la steppe, les cadavres jonchent le sol par milliers. Tout est mort, les animaux comme les hommes. Éventrés, châtrés. Le vent sent le sang. Le rouge des rivières se reflète jusqu'aux nuages. Il n'y a plus que lui. Les autres, les siens, ont fui, effarés par les combats.

Il ne reste que lui, debout dans une boue de tripes et de sang. Lui et, tout au loin, une femme et sa fille. Pourquoi jouent-elles aux dés au milieu de ce carnage ? Pourquoi n'ont-elles pas peur de lui ? Peut-être ne l'ont-elles pas vu. Il hurle pour se faire entendre. Pour dire qu'il est là. Qu'il est le vainqueur de tout ça. Qu'il est là pour elles aussi. Elles ne lèvent pas la tête. Alors il court vers elles, sabre au clair, hurlant qu'elles doivent mourir pour que demain soit le genre humain. Il court, il patauge dans le ventre des cadavres, il crie et enrage qu'elles l'ignorent. Ce qu'il veut, c'est voir leur regard, la panique dedans, la peur, la terreur, la mort. Il se jette sur elles mais la mère devient alors une ourse furieuse et défend son enfant. Elle résiste à son sabre qui la transperce. Elle lui dispute l'enfant. *Elle est à moi !* hurle-t-il. *Elle est à moi !* Mais quand son arme lui troue le cœur, la femme redevient une vieille qui se putréfie et tombe en poussières qui sont autant de corbeaux sinistres qui s'éparpillent en gerbes innombrables pour se nourrir des morts qui les implorent. Lui est aveuglé par le battement de leurs ailes. Un chaos noir qui lui fouette les yeux, un tourbillon obscur et lustré, et, quand soudain l'envol se disperse, la fille qu'il tient par les cheveux est une ourse à son tour qui lui lacère le visage de ses griffes en coutelas. Alors il enfonce son sabre dans son ventre et la fille est une fille à nouveau. *Elle est à moi ! Elle est à moi !* Tout autour de lui, les cadavres ont disparu. La steppe ondule d'une herbe bleue sous un vent tiède et parfumé. Il ne reste plus qu'eux deux. Lui, debout, sabre à la main, le sexe hors de son pantalon d'uniforme, et elle, sans vie, qu'une meute de loups, surgie de nulle part, emporte au galop pour la dévorer à l'horizon.

– Elle est à moi !

Le hurlement de Kariakine réveille les hommes qui cherchent à se rendormir aussitôt.

– Cauchemar ? s'inquiète Bazaan.

– Ce n'est rien, ment le colonel, juste un mauvais rêve.

– Kariakine, qui est cette fille pour toi ?

– Rien. Personne. Dors.

– Ce n'est pas vrai, Kariakine, qu'est-ce que tu nous caches ? C'est du temps où tu étais major, c'est ça ? C'est pour ça, le galon au bout de la flèche ?

– Tu racontes n'importe quoi ! Ferme-la et dors !

– Ne me prends par pour un idiot, Kariakine, cette fille a volé ton cheval pour que tu la suives, et maintenant elle te tend un piège à chaque étape. Tu devrais nous affranchir. Les hommes ont le droit de savoir dans quoi tu les entraînes.

– Depuis quand les soldats doivent savoir où les mène leur

officier ? Un officier, ça commande, et un soldat, ça obéit. C'est la dernière fois que je te le dis : ferme-la et dors.

– N'empêche qu'il a raison, dit une voix dans la nuit. On aimerait bien savoir, quand même !

Kariakine ne répond pas et les hommes finissent par se rendormir. Sauf lui, qui craint de retomber dans son cauchemar.

L'aube brode le rebord de la falaise d'une clarté évanescente, et la détonation claque, lâchant les oiseaux surpris dans l'air frisquet du petit matin. Les hommes qui ont encore une arme bondissent et s'en saisissent. Le coup de feu a été tiré à proximité, dans la forêt, en aval.

– Chuluum vient juste de partir pour la chasse de ce côté-là, dit Kariakine. Peut-être qu'il a déjà abattu une proie ou peut-être qu'il a des ennuis. Avancez avec précaution.

– C'est moi, colonel, crie Chuluum. Je ne suis pas très loin, il faut que vous veniez voir ça.

Kariakine se précipite à travers les taillis, suivi de Bazaan et de Guni, ordonnant aux autres de garder le camp et d'ouvrir l'œil sous le commandement de Bobrovitch. Ils n'ont pas fait cinquante mètres qu'ils rejoignent Chuluum dans une clairière.

– Qui a tiré ? demande Kariakine.

– Moi, dit le soldat d'un air penaud.

– Sur quoi ?

– Sur rien…

– Nous avancions dans la pénombre, explique Chuluum, quand quelque chose a frôlé son visage. Dans la panique, il a appuyé sur la détente.

– Il aurait pu te tirer dans le dos, s'inquiète Bazaan.

– Il ne l'a pas fait, et peut-être que si j'avais été à sa place j'aurais réagi de même.

– Pourquoi ? Qu'est-ce qui a touché son visage ?

– Ça, répond Chuluum en désignant deux paires de chaussures suspendues par les lacets dans les feuillages.

– Et merde ! murmure Bazaan.

Kariakine soupire et rebrousse chemin.

– Bazaan, décroche-moi ça. Et toi, Chuluum, rapporte-nous du gibier.

Quand le colonel est parti, accompagné par Guni, Bazaan fait signe à Chuluum d'attendre.

– Comment pouvait-elle savoir que tu passerais par ici pour aller chasser ?

– Elle se doutait bien que nous allions devoir chasser puisqu'elle a pris tous nos vivres. Elle savait aussi que nous y partirions par cette sente qui va dans le sens de notre progression. Elle est la plus praticable des deux autres voies possibles. Probablement ouverte par un gros animal. Un cerf ou un ours, je n'ai pas encore repéré d'empreintes. Cette femme possède un réel *bilir*, Bazaan. Elle jouit d'une vraie compréhension des lieux, et si elle est aidée par un chamane pour négocier avec les esprits-maîtres, alors c'est une adversaire à respecter.

– Qui t'a dit que nous ne la respections pas ?

– Kariakine ne la respecte pas. Kariakine, pour une raison qui m'échappe encore, la considère comme une ennemie, c'est-à-dire quelqu'un à éliminer, et je n'aime pas cette idée.

– Moi non plus je n'aime pas ça, Chuluum. Reprends ta chasse et trouve-nous de quoi manger. C'est tout ce qu'on te demande pour l'instant. Et toi, soldat, ne t'en fais pas, n'importe lequel d'entre nous aurait eu peur dans de telles circonstances. Suis Chuluum. Obéis-lui et il ne t'arrivera rien.

De retour au camp, Bazaan s'inquiète de trouver Kariakine

renfermé sur lui-même. Il fait les cent pas, à l'écart des hommes, et marmonne des propos incompréhensibles. Les soldats aussi murmurent entre eux. Les renforts, les chevaux et les vivres ne sont pas pour demain.

– Plus que neuf, maintenant.

Kariakine explose.

– Je t'interdis de dire ça, tu m'entends ? Je te l'interdis ! Cette saboteuse ne m'aura pas ! Elle ne m'aura pas, est-ce que vous comprenez tous ?

Il vocifère qu'à ce petit jeu, il est plus fort qu'elle. Qu'il est colonel de l'armée soviétique, putain ! De la grande Armée rouge. Que ce n'est pas une traînée de petite nomade touvane de merde qui lui fera peur. Il n'a peur de rien. Ni des Touvans, ni de leurs chamanes, ni de leurs saloperies de superstitions.

Bazaan tente de le calmer, mais Kariakine le repousse. Alors, le jeune officier attrape le colonel par sa veste et le colle à lui pour lui parler à l'oreille.

– Pas ici, Kariakine, pas maintenant et pas devant les hommes. Reprends-toi, bordel. Arrête de vociférer et donne des ordres.

– Mes ordres sont simples, Bazaan, on plie le camp et on va chercher cette salope.

– Conneries, siffle Bazaan en resserrant ses poings sur le col de Kariakine, les mâchoires crispées. Il ne faut pas bouger et risquer de nous éloigner des renforts. Tu as six hommes dans la nature. Quelques-uns ont peut-être réussi à s'échapper et à prévenir la caserne. Il faut rester là où ils savent pouvoir nous retrouver.

– Ils sont sans chaussures, Bazaan !

– Et alors ? De toute façon, il ne faut pas bouger. Chuluum rentrera bientôt de la chasse. Les hommes ont besoin de reprendre des forces et il aura peut-être trouvé une piste. Je t'en prie, Kariakine, ressaisis-toi !

Ils ont entendu les coups de feu. Pas une fusillade. Trois coups espacés d'une heure les uns des autres. Moi aussi je les ai entendus, petit frère. Je suis dans les taillis à les épier. Des tirs de chasseur. Chuluum, sûrement. Trois lièvres quand il revient au camp en milieu de journée. Les hommes sont rassurés. Chuluum dit qu'il a repéré des traces de cerf. Maral ou rouge, il ne sait pas encore, mais s'il le tue, ils auront de quoi survivre et ils pourront même rapporter de la viande à la caserne. Il y retournera dans l'après-midi pour mieux pister l'animal. Il a aussi repéré un meilleur endroit pour établir le camp. À deux heures de marche. Sur un étroit plateau qui s'adosse à la falaise, à mi-hauteur. Pas vraiment une grotte, mais un bon abri protégé du vent et de la pluie par un lourd bourrelet rocheux au-dessus. Les soldats, rassérénés, allument un feu et cuisent les lièvres que Chuluum a dépouillés et vidés. Seul Guni ne semble pas s'en réjouir.

– Le colonel dit qu'il ne faut pas quitter ce campement pour que les renforts nous trouvent plus facilement.

Bazaan devine la jalousie de Guni envers Chuluum et prend la parole.

– Le colonel a raison, mais maintenant que nous sommes rassurés pour les vivres, trouver un meilleur abri me semble une bonne idée. Nous jalonnerons notre chemin d'indices pour guider les renforts jusqu'à nous.

– Des repères qu'elle s'empressera de détruire ou de déplacer dès que nous aurons le dos tourné.

– Guni, si nous marquons le tronc d'un mélèze tous les dix mètres, elle ne va pas abattre la forêt pour brouiller notre piste.

– Non, mais elle peut marquer autant d'arbres qu'elle veut dans toutes les autres directions.

Bazaan ne peut retenir son exaspération. Il n'apprécie pas l'attitude du bandit-lama depuis leur départ. Toujours en retrait des hommes, collé au colonel, et ostensiblement jaloux de Chuluum. Mais c'est Kariakine qui intervient.

– Ça suffit, Guni. Puisque les hommes ont mangé, nous reprenons notre progression. Le meilleur moyen pour que cette fille arrête de nous pourrir la vie, c'est de lui mettre la main dessus. Va pour l'abri repéré par Chuluum. Départ dans quinze minutes.

Je sais où ils vont, petit frère, je connais cet abri et ça me laisse une demi-journée de répit. Je n'ai pas le temps d'aller jusqu'à la clairière où campent Olygbay et Tsuyann maintenant, mais j'ai le moyen de penser à elles. De ma besace en peau de yack, je tire les délices qu'elles m'ont préparés. Des *boorsag* et des *bortscha*, petit frère. Les galettes de froment dur cuites à la graisse de yack craquent sous la dent, et la viande séchée au vent de la steppe me berce de souvenirs d'enfance.

Et toi, petit frère, qu'auras-tu comme souvenirs gourmands de ta jeunesse ? Le *khan*, boudin de sang brûlant des abats d'agneau cuit aux oignons ? La farce à la viande des petits *pengschi* ? Ou te gaves-tu déjà de hamburgers dans un pub irlandais d'Oulan-Bator ? Si j'avais encore des dents, petit frère, je ne mangerais que de l'agneau tué sans verser son sang.

Mes dents, ce jour-là, je les ai toutes, blanches et solides, et je croque dans ces gourmandises en me réjouissant des colères de Kariakine et de ses déprimes qui se dessinent.

Quand sa petite troupe libère la clairière, je remonte le courant pour trouver l'endroit idéal. Une vasque d'onde transparente, alimentée par plusieurs jets d'écume jaillissant d'entre les rochers.

J'ôte mes vêtements, puise une pleine outre d'eau, et je m'éloigne de la rive pour m'en laver le corps. Quand je me sens propre, j'entre alors dans la rivière en l'assurant de tout mon respect. Je suis pure et sans souillure. Je la remercie aussi de m'accueillir en elle et de redonner force et vigueur à mon corps.

Crois-moi, petit frère, au fond de ce canyon, au cœur de notre pays, sous notre ciel immense, parmi les mélèzes, j'ai l'impression, un court instant, un très court instant, que mon âme et l'esprit de la rivière ne font plus qu'un. Que je suis de même nature. Un élément du monde. Tu te souviens, petit frère, tu te souviens au moins de ça, j'espère, de notre devise, notre credo : *Notre terre mère et notre ciel père.*

– On dit qu'à découvrir une chasseresse nue sur la berge d'une rivière, un ours en est tombé amoureux, mais qu'en la serrant trop fort contre son cœur en émoi, il a transpercé le dos de la belle des dix poignards de ses griffes…

Gombo a le nez au ciel pour ne pas me regarder sortir nue de l'eau pour m'habiller.

– Tumur n'est pas avec toi ?

– Tumur est retourné à la garnison avec Semdjeet pour s'informer. Un commissaire politique est arrivé hier. Il semble que les Russes soient décidés à remettre un peu d'ordre dans cette caserne.

– C'est l'affaire de Kariakine, pas la nôtre.

– Ça pourrait le devenir. On dit de ce commissaire que c'est un communiste pur et dur. N'oublie pas que tout a commencé, dans le passé, par l'arrivée de ces commissaires. La destruction de nos monastères et de nos sanctuaires, l'exécution des moines et des chamanes, le remplacement de notre écriture.

– Gombo, Staline est mort.

– Peut-être bien, mais pas le Parti et sa funeste volonté de faire de nous des prolétaires soviétiques.

Je sais les craintes de Gombo. Même si notre pays a été intégré à l'Union soviétique en 1944, nos pratiques ont réussi à survivre dans nos contrées les plus lointaines. Cette tolérance pourrait bien causer notre malheur s'il venait l'idée à un quelconque commissaire d'imposer ici la stricte application de la doctrine. J'en veux un peu à Gombo d'avoir brisé ce moment d'étreinte et d'union avec la rivière.

– Et toi, que fais-tu là ?

– Je suis venu m'assurer que tu allais bien.

– Tu ne pouvais pas le deviner de loin en jetant les pierres ?

– Si, c'est vrai, mais en fait, je suis aussi venu pour Chuluum. J'ai su qu'il devenait le chasseur de Kariakine. J'ai eu le pressentiment qu'il fallait protéger quelqu'un.

– Qui ?

– C'est le problème, je ne sais pas si les esprits m'ont alerté pour lui, ou pour toi.

18

... et il bascule dans la mort.

Le blizzard a diffusé sa neige glacée à travers les arbres. Une tempête subite, poussée par des vents hurlants. En quelques minutes les troncs se sont encroûtés de glace. Les cristaux de neige tourbillonnent comme de la limaille et leur abrasent le visage. L'homme marche dans la neige, courbé contre la fureur du vent, son fusil à la main. Derrière, protégé par le dos de son père, accroché à sa veste, son fils le suit. La tempête les a surpris alors qu'ils cherchaient des rennes égarés. Une tempête de fin d'été, brusque et imprévisible. Quelques nuages dans le ciel bleu qui soudain se mêlent et s'affrontent comme des lutteurs de *khurech*. Dans la seconde, un combat de titans dans les cieux.

La température tombe de quinze degrés en moins de temps qu'il leur faut pour s'en apercevoir. Moins dix degrés, plus le vent. Les cheveux qui dépassent de leurs capuches se givrent aussitôt. Les sourcils aussi. L'homme n'a pas peur, il connaît ces tempêtes soudaines. L'affaire de trois ou quatre heures. L'enfant n'a pas peur, il connaît son père. Les deux savent que le pire reste à venir. Le grand blanc. Quand la neige efface tout repère et piège les hommes aventureux qu'elle perd dans le froid.

Quand l'homme s'arrête, son fils, tête baissée contre les rafales, se cogne à lui. Il fait bien trop froid pour se parler. Le père désigne ses pieds d'un geste, et le garçon la voit. Une empreinte, profonde, dans la neige récente. Une longue paume surmontée de cinq doigts prolongés par des griffes longues comme des poignards. Juste un peu plus en avant, la même empreinte, avec une paume moitié moins longue. La postérieure et l'antérieur d'un ours adulte. Le père arme son fusil. D'un geste, il ordonne à son fils de rester sur ses gardes, les sens aux aguets. Il regrette aussitôt d'avoir pensé à l'ours. Il aurait dû dire la bête, même dans sa tête. Dire le nom de la bête, c'est déjà être à moitié mort.

Il y pense quand l'ourse surgit du grand blanc, à deux mètres de lui. Debout, furieuse, grondant sa rage. Gueule grande ouverte sur sa langue mauve et ses crocs jaunes. Ses deux poignées de griffes acérées en éventail. C'est une charge. Aucun doute. Trop près pour être une intimidation. Probable qu'ils viennent de couper la piste entre la bête et son petit.

Dans le même geste, l'homme pousse son fils le plus loin possible derrière lui et tire une première balle. Elle pénètre dans l'animal sans le stopper et l'homme n'a pas le temps d'en tirer une seconde. Le premier coup de patte lui déchire la poitrine et il roule hors de vue de l'enfant dans le grand blanc.

Le fils a culbuté dans la neige. Assis, adossé à un arbre, il voit son père disparaître dans la tempête, la bête rugissante après lui. Le fusil est tombé pas très loin. Il s'allonge pour le ramasser quand l'ourse surgit du néant blanc et se jette sur lui. Il tire au moment où une ombre traverse la tempête, jaillie de nulle part, et saisit l'ourse à la gorge. D'autres ombres suivent. De nouveau, le garçon ne voit plus rien. Il n'entend que des hurlements et comprend. Des loups ont attaqué l'ourse et se battent à plusieurs contre elle. Il entend gémir ceux qu'elle éventre, et gronder le monstre quand une mâchoire lui étrangle la gorge. Il pense à son père. Il espère que l'ourse et les loups ne se disputent pas son cadavre. Ou qu'il est déjà mort si c'est le cas. Soudain, face à lui, une ombre se dessine et prend forme dans le blizzard. Un loup. Énorme. Puissant. Le poitrail couvert de sang. Il reste à quelques mètres, immobile. Il le regarde. Dans le grand blanc, le garçon n'entend plus l'ourse. Bientôt, d'autres loups sortent de la tourmente. Ceux-là grognent, truffe au ras du sol, tête baissée, un collier de poils hérissés autour du cou, l'œil jaune et cruel. Ils se déploient en arc de cercle et le garçon n'ose pas les quitter des yeux pour voir si d'autres s'approchent par-derrière. Sûrement. C'est comme ça que chasse la meute. Mais quand l'un d'eux s'avance, le grand loup lui fait face en grognant plus fort, le poil hérissé à son tour. Ils s'affrontent du regard et d'un long grondement guttural, puis se bondissent à la gorge. Plus rapide et plus puissant, le grand loup plante ses crocs dans l'épaule de l'autre qui se dérobe et fuit. Le vainqueur jappe, et la meute disparaît derrière le vaincu.

Le grand loup, assis à distance, veille jusqu'à ce que le froid engourdisse l'enfant. Quand il devine qu'il va s'endormir et ne peut plus réagir, il s'approche et se couche sur lui pour le garder au chaud jusqu'au retour du soleil.

C'est comme ça, petit frère, que Chuluum a tué son premier ours, à dix ans. En perdant son père et en faisant du loup son animal totem. Un chamane a expliqué qu'un oncle du garçon n'avait pas mérité d'être réincarné en bonne personne, c'est-à-dire en humain, et que son âme avait fini dans le corps de ce loup. Il aurait cherché à se racheter de sa mauvaise ancienne vie en sauvant Chuluum. Quand les secours sont arrivés, alertés par la tempête, le loup avait disparu. Dans ce qu'il restait de la carcasse de l'ours, un chasseur a repéré les deux balles. La première, celle du père de Chuluum, avait déchiqueté un poumon. Pas de quoi arrêter la bête. La seconde, celle de Chuluum, avait arraché la pointe du cœur. Même sans les loups, la bête en serait morte. Voilà pourquoi, petit frère, on dit que Chuluum a tué son premier ours à dix ans, et qu'il n'a jamais chassé le loup de sa vie.

– Là ! murmure le soldat.

– J'ai vu, répond Chuluum.

Loin à travers les arbres, immobile dans les feuillages, un maral magnifique. Le cerf mâle dont ils suivent la trace depuis plusieurs heures. Chuluum arme son fusil. Le tir est difficile à travers les troncs. Il attend que le cerf baisse la tête et recommence à brouter en avançant sa patte. Deux mains à droite de l'épaule, une main plus bas, c'est le cœur. Le meilleur moyen de tuer net l'animal, avec le moins de souffrance possible. Chuluum ajuste son tir mais un chahut agite les buissons. Il retient son doigt quand la pie fuse à tire-d'aile.

– Quel genre de chasseur a peur d'une pie ? se moque le soldat à voix basse en armant son fusil. Laisse-moi faire…

Mais Chuluum retient son bras, la tête au ciel. À travers les cimes des mélèzes, un corbeau au vol lourd passe en croassant.

– Quoi encore ? dit le soldat. Tu as aussi peur des corbeaux ?

– Et toi, quel genre de Touvan es-tu ? Tu ne connais donc rien de la taïga ?

– Qu'y a-t-il à savoir, sinon que nous allons perdre ce maral par ta faute ? raille le gamin prétentieux en uniforme.

– La pie et le corbeau sont les yeux de la bête. Ils lui rapportent tout ce qu'ils voient depuis le ciel.

– Quelle bête ? Le cerf ?

– La bête, idiot, celle dont on ne prononce pas le nom. Celle que je chasse depuis mon enfance.

– L'ours ?

– Mais tais-toi donc, imbécile !

– Tu parles, une pie et un corbeau qui racontent ce qu'ils voient à un ours, ça ne veut rien dire.

– Détrompe-toi. Ça veut dire que l'ours nous voit, maintenant, grâce à eux.

À l'idée, même saugrenue, même née d'une superstition imbécile et archaïque qu'un ours pourrait être tapi dans la forêt à les surveiller, le soldat perd de son insolence. Il se tait et scrute les environs, attentif au moindre bruit. Chuluum aussi. Un instant, le silence de la forêt se creuse, et soudain le cerf détale et se perd entre les arbres.

– Qu'est-ce que c'était ? s'inquiète le soldat.

Un bruit. Léger, infime, fragile, presque imperceptible. Il a alerté le maral. Chuluum tend l'oreille. Quelque chose tintinnabule, loin à l'intérieur de la forêt. Une petite musique céleste et sans mélodie. Suspendue et aérienne. Pure. Éthérée. Le chasseur fait signe au soldat de le suivre et de mettre ses pas dans les siens. En silence, ils progressent vers le son léger. La forêt entière semble se taire pour écouter cette douce musique désarticulée. Ils s'en approchent et Chuluum lève le poing pour arrêter le soldat.

Une faible voix, un murmure rauque, à peine audible, entrecoupé de longues pauses, accompagne les bulles légères des notes cristallines. Sans aucune concordance, sans aucun rythme, et pourtant d'une troublante et naturelle harmonie. Chuluum s'approche encore, jusqu'à deviner une clairière au-delà des taillis. Ils se glissent sans bruit à travers les buissons. Quand ils le voient, Chuluum devine la panique chez le soldat qui le suit. Il lui broie le bras d'une poigne de fer pour qu'il se calme. À dix mètres devant eux, de l'autre côté de la clairière, un ourson, debout sur ses pattes arrière, s'amuse, étonné et ravi, de quelque chose qui brille. Une sorte de mobile. Quelques branches décorées d'objets fragiles et scintillants qui s'entrechoquent et hypnotisent l'ourson.

– Dieu du ciel, c'est un ours ! s'angoisse le soldat à voix basse.

– Ferme-la et ne dis plus rien. Ce n'est qu'un ourson, murmure Chuluum. Essayons de repérer la mère sans l'alerter. Si elle nous devine entre elle et son petit, nous sommes morts.

Le soldat ne voit que l'ourson, au moins aussi grand que lui quand il se dresse pour humer la musique du mobile. Un ourson, c'est un animal petit comme un caniche qu'on peut chasser à coups de botte. Ça, devant lui, c'est déjà un ours !

– Tue-le avant qu'il nous repère, marmonne-t-il en supplique.

– On ne tue pas les petits. Ni les mères. On ne tue que les mâles, quand c'est nécessaire. Pour vivre ou survivre.

– Je me fous de tes croyances, vieux fou ! Un ours c'est un ours ! Descends-le !

Dans la clairière, l'ourson est obnubilé par les tintements suspendus du mobile. Des miroirs de métal poli, des boutons d'uniforme dorés, des munitions cuivrées. De temps à autre, un rai de soleil transperce le feuillage et rebondit sur l'objet dans un vif éclat de lumière. Surpris, l'ourson se laisse tomber sur son séant, assis, comme un enfant étonné. On pourrait croire qu'il sourit, ravi par la grâce du dispositif. La scène est belle, petit frère, de cet ourson qui découvre des sons nouveaux et des lumières inconnues. Te souviens-tu des bulles de savon de ton enfance, dans le soleil ? Ta joie de môme qui t'a fait battre des mains, trépigner sur place, de bonheur et d'excitation. Et soudain ne plus bouger, subjugué par la beauté de la chose.

Chuluum, en observant l'ourson, doit se poser la même question. Juste une seconde. Une seconde de trop. Le temps pour le soldat paniqué de se dresser soudain, l'arme à l'épaule, et de tirer.

L'ourson, surpris, se tourne vers le soldat. La balle le touche à l'épaule. Il roule à terre et dans le même mouvement se relève et court à quatre pattes se mettre à l'abri des buissons en glapissant.

– Imbécile, jure Chuluum, couche-toi à terre et ne bouge pas.

– Je l'ai eu ! réplique le soldat. Je l'ai touché. Il est blessé. Suivons sa trace pour l'achever. Il nourrira…

Un grondement de rage secoue la forêt tout entière et lui coupe la parole. Les taillis où a disparu l'ourson s'agitent comme sous un orage de tempête. Une tornade. Un ouragan. Des branches et des troncs craquent et s'écartent et soudain jaillit l'ourse, gigantesque, écumant de rage, qui déboule en furie dans la clairière.

– Reste au sol et ne bouge surtout pas. Nous sommes du bon côté du vent, elle ne peut pas nous sentir. Le temps de s'assurer que le danger a disparu, et elle retournera s'occuper de son petit.

Dans la clairière, l'ourse s'est dressée sur ses pattes arrière et éructe sa colère. Son rugissement est une sommation au monde entier. À tous les êtres vivants de l'univers. Une menace de mort. Le soldat tremble et Chuluum, dans un murmure, le supplie de ne pas bouger.

– Même si elle nous repère, fais le mort. C'est ta seule chance. Elle cherche l'agresseur de son ourson, pas un cadavre. Si elle te charge, ne sois plus qu'une charogne, un corps inerte.

Mais au même moment passe dans le ciel un lourd corbeau qui craille, et une pie tombe des arbres, frôle le mobile qui scintille au soleil, et rebondit en vol pour se percher dans un bouleau, juste au-dessus d'eux. Dans la clairière, la femelle furieuse arrache d'un coup de patte l'objet brillant et la branche avec. Chuluum ne peut retenir le soldat qui se dresse en hurlant sa terreur et vide son chargeur au hasard sur la bête furieuse. L'ourse encaisse tous les impacts sans même ralentir sa course et se jette sur le soldat. Un coup de patte lui laboure le visage de cinq profondes balafres. L'homme, sonné, la gueule en sang, déchirée, roule loin dans les buissons en hurlant de douleur et de terreur.

Au pied de la bête, Chuluum fait le mort. Elle se baisse pour humer son visage. Une haleine de mort. L'ourse hésite. Le renifle plusieurs fois. Le pousse de sa gueule. Chuluum se laisse bousculer sans résistance. La femelle hésite encore. Elle se balance, indécise, puis d'un brusque mouvement agrippe Chuluum d'une de ses pattes et le retourne. Il résiste à la douleur des cinq poignards qui lui déchirent les côtes et le dos. Elle pourrait maintenant l'éventrer et fouiller ses entrailles de ses crocs jaunes et puants, mais elle se contente de hurler au ciel avant de se tourner vers le soldat. Cet idiot n'a rien compris de la force de la bête, petit frère. Obéis à Chuluum, imbécile. Ne bouge plus. Reste immobile. Fais le mort. Cette ourse n'était pas en chasse. Il reste une infime chance qu'elle ne soit pas là pour t'achever et te tirer, ta tête dans sa gueule, jusqu'au trou sous les branchages qui lui sert de garde-manger. Stupide soldat, c'est ta seule chance. Ne bouge plus. Ne tente rien.

Mais le soldat, ivre de douleur et de peur, aveuglé de sang et de lambeaux de chair, rampe pour récupérer son fusil et se redresse, adossé à un arbre pour tirer. Inutile, ton fusil, soldat, tu en as vidé le chargeur dans ta panique. Et regarde, sombre idiot, dans sa première charge la bête en a tordu le canon.

Le soldat comprend, et hurle sa terreur. L'ourse, à quatre pattes, les antérieurs écartés en position d'attaque, gueule grande ouverte, se jette sur lui. Chuluum entend les rugissements vengeurs de la bête et les cris désespérés du soldat. Pas longtemps. Sans oser ouvrir ne serait-ce qu'un œil, il devine que l'idiot est mort et que l'ourse s'en satisfait. Ses grognements sont apaisés. Maintenant, elle rôde autour du corps. Il comprend qu'elle hésite. C'est une proie d'aubaine. Quelques grognements. Un bruissement dans l'herbe. Chuluum devine l'horreur. La bête a saisi la tête du cadavre dans sa gueule et le traîne à travers la clairière. Elle s'éloigne. Elle doit être à une dizaine de mètres, occupée à tirer le corps qui ripe entre ses dents et lui échappe de temps en temps, quand les taillis s'agitent à côté de Chuluum. Un museau mouille son visage et renifle le sang de son flanc déchiré. Une patte le pousse, plusieurs fois, pour vérifier s'il est bien mort. La gueule s'approche de son visage. Elle tente de lui mordre le crâne, abandonne, fouille ses cheveux, puis plonge dans son cou. Chuluum ne sait plus quel esprit implorer pour la pitié qu'il espère mériter. Les dents frôlent sa gorge. Elles se referment sur le col de sa veste et la bête le tire sauvagement en secouant la tête. Mais un rugissement de colère retentit. L'ourson cesse de jouer avec Chuluum et court rejoindre sa mère qui emporte le cadavre du soldat.

Chuluum reste plusieurs longues minutes sans bouger. Il ne veut pas prendre le moindre risque. Son sang bat dans ses plaies. Un sang qu'un ours peut sentir à plus d'un kilomètre. Il se félicite d'être resté sous le vent pour approcher le maral. L'ourse était du même côté. Quand il n'entend plus le moindre bruit, il ouvre les yeux, immobile, sur la clairière à l'envers. L'ourse a disparu. Mais un homme habillé de noir le domine de toute sa taille. Un esprit. Un chamane. Comme il veut se redresser pour lui faire face, une douleur lui déchire le cœur et il bascule dans la mort.

19

Et moi, alors ?

C'est un bon abri, Chuluum a eu raison de le leur conseiller. Un renfoncement au pied d'une falaise. Un toit naturel qui s'ouvre sur une large clairière. Une terrasse à mi-hauteur du canyon. Les trois soldats s'y réchauffent autour d'un feu. Guni inspecte son sac en détail et nettoie son arme. Bobrovitch garde un œil sur Kariakine qui s'est isolé. Depuis le départ du précédent campement, il affiche le visage fermé de ceux qui en veulent au monde entier.

Bazaan s'approche de Bobrovitch.

– Toi qui le connais bien, camarade, qu'est-ce qu'il a ?

– Il a qu'il est camarade, justement. Colonel soviétique. Révolutionnaire convaincu.

– Convaincu de quoi ?

– De ce que les Soviétiques ont inventé une nouvelle race, supérieure à toutes les autres, à tous les peuples et destinée à leur construire des lendemains heureux malgré eux.

– Et pourquoi en être convaincu le mettrait-il dans un tel état ?

– Parce que, avec l'âge, le temps qui passe et les désastres qui s'accumulent, il se rend bien compte que cette révolution n'était faite ni pour eux ni pour nous.

– Heureusement que nous sommes perdus dans les montagnes de l'Altaï, parce que tes propos pourraient te valoir…

– … ils pourraient me valoir ce que notre révolution vaut à tous les peuples qu'elle contamine, je sais : déportations arbitraires et génocides.

Bazaan, surpris de la franchise de Bobrovitch, le regarde d'un œil nouveau et ne répond pas tout de suite.

– Et qu'est-ce que tout ce que tu dis a à voir avec Kariakine ?

– Tu es trop jeune pour avoir connu ça, camarade, mais si tu t'étais fait le bras guerrier de la révolution à l'époque, et que tu voyais, trente ans après, où elle en est, peut-être bien que la colère et la rancœur te rongeraient, toi aussi.

– Bobrovitch, Kariakine est un militaire. Il exécute des ordres depuis trente ans et il n'a pas changé. Mener à bien cette révolution, construire l'Union soviétique des républiques socialistes, ce sont des tâches qui dépassent l'entendement individuel. Il existe au niveau du Parti un plan supérieur à nos propres vies.

– Foutaises ! Notre doctrine, c'est d'avoir raison contre le peuple, pour son propre bonheur que nous lui avons inventé sur papier.

– Tu exagères, camarade, dit Bazaan.

– Crois-tu vraiment ? Pourquoi leur imposer des cimetières au lieu de les laisser abandonner leurs morts dans la steppe ?

– Par dignité pour les morts, par mesure d'hygiène, pour leur permettre de se souvenir…

– Seigneur Dieu ! Je te croyais moins naïf. Eux n'ont pas besoin de lieux de souvenir. Quand le corps de leur défunt a disparu, son âme se réincarne et mène une autre vie, mais surtout son esprit imprègne le feutre de la yourte et ils trimballent leurs anciens partout où ils vont. Nous, par contre, avons besoin de leur imposer nos rites.

– Je ne vois pas quel parti nous en tirerions…

– Un cimetière, ce n'est pas comme le feutre de ta yourte, ça ne t'accompagne pas là où tu nomadises. Un lieu de souvenir fixe, ça te force à rester là où sont enterrés tes ancêtres. Nous ne leur imposons pas des cimetières par hygiène ou par respect, mais pour détruire leur culture nomade, pour en faire des sédentaires, qui deviendront enfin les prolétaires qu'ils auraient dû être quand nous les avons soumis à notre révolution.

Sûr, petit frère, que ce discours de Bobrovitch ébranle Bazaan. Ce cercueil dans lequel tu as peut-être déjà enterré un des tiens, il est issu d'une décision commune du Comité central du Parti et du gouvernement réunis. Rien de moins ! L'intérieur de la caisse, vert pour rappeler la steppe, et celui du couvercle, bleu pour rappeler le ciel : des décisions du Parti encore. Pour créer une nouvelle tradition. Aujourd'hui, alors que le monde communiste a disparu, on appelle ça de la colonisation culturelle. Mais à cette époque, c'était la pacification révolutionnaire.

– Bobrovitch, comment sais-tu tout ça ?

Bobrovitch va répondre, quand des taillis s'agitent en lisière de la clairière.

– C'est toi, Chuluum ?

La voix qui s'élève n'est pas celle du chasseur d'ours.

– Je ne suis pas Chuluum, mais je viens vous apporter des nouvelles de lui. Et un peu de gibier aussi. Ne tirez pas, je vais sortir des taillis.

– Les mains en l'air, ordonne Kariakine son pistolet au poing, et qui que tu sois, ne fais pas le malin, nous avons sept armes braquées sur toi.

– Je sais comment vous êtes armés. J'ai eu le temps de vous compter depuis que je vous observe. Des pistolets Tokarev TT-33 pour les officiers et des fusils, de vieux Mosin-Nagant modèle 1891/30 pour les soldats et un Sniperskaïa pour le pisteur.

– Vieux, peut-être, mais nous savons nous en servir, réplique un soldat.

– C'est bon, répond la voix, je sors. Je ne suis pas armé.

Tous se crispent sur leur arme et l'homme sort des fourrés. Chacun peut voir que son vêtement est maculé de sang.

– Qui es-tu ? Où est Chuluum ? Que viens-tu faire ici ?

Des mains levées de l'homme pendent deux gros lièvres.

– Je m'appelle Gombo. J'ai croisé la route de Chuluum dans la forêt. C'est lui qui a chassé ces deux lièvres.

– Tout ce sang sur toi...

– Chuluum a été attaqué par une ourse. Il est gravement blessé. Je l'ai porté là où il pouvait être soigné au plus vite.

– Et le soldat qui l'accompagnait ? s'inquiète Bazaan.

– Il est mort. L'ourse l'a déchiqueté et l'a emmené dans la forêt.

– Seigneur Dieu, murmure Bobrovitch, plus que sept maintenant !

– Ferme-la ! siffle Kariakine avant de revenir à Gombo. Que s'est-il passé ?

Gombo raconte l'attaque de l'ourse, la blessure de Chuluum et la mort du soldat.

– Comment sais-tu tout ça ? continue Kariakine suspicieux.

– Je n'étais pas très loin. J'ai entendu le coup de feu et l'attaque de l'ourse. Je cherchais où l'accident avait eu lieu quand un loup est apparu sur mon chemin et m'a guidé.

– Un loup t'a guidé ? ironise Kariakine.

– Le loup est le totem de Chuluum, lâche Guni sans lever la tête, occupé à récupérer les deux lièvres. Il a toujours prétendu que c'était son animal protecteur.

– Pour ce que ça l'a protégé, ce pauvre idiot !

– Quoi qu'il en soit, un loup m'a bel et bien conduit jusqu'à Chuluum. Du soldat, il ne restait qu'une longue traînée de sang qui disparaissait dans la forêt.

– Et tu en as déduit qu'il était mort ?

– Pas difficile à deviner, colonel. Et puis Chuluum a repris connaissance à deux ou trois reprises pendant que nous le transportions et m'a raconté. C'est lui qui m'a indiqué où vous trouver et m'a demandé de vous apporter les lièvres.

– C'est qui, « nous » ?

– Des amis à moi qui ont leur *aal* à deux heures de marche d'ici.

– Allons-y, décide Kariakine, nous récupérerons Chuluum et des vivres. Montre-nous le chemin.

– Non, répond Gombo, personne ne soignera Chuluum aussi bien que ceux qui s'en occupent en ce moment. Emmenez-le, et il mourra dans les deux jours. Vous n'avez rien ici pour le soigner.

– Et vous, vous avez un hôpital, peut-être ?

– Nous, nous avons toute la nature et nous savons nous en servir.

– Foutaises. De toute façon, je ne te demande pas ton avis. C'est un ordre.

– Je ne suis pas à tes ordres, colonel, je ne te conduirai pas là-bas.

Bazaan lui fait signe de baisser les bras et de jeter les lièvres. Il rengaine son pistolet et quand ils voient Kariakine l'imiter, tous les autres baissent leur arme. Guni, à l'écart, dépouille et vide les lièvres. Bazaan n'aime pas son regard. Gombo non plus.

– Kariakine, intervient Bazaan, les conditions de notre mission sont déjà difficiles. Pourquoi la compliquer encore en nous chargeant d'un blessé dans un tel état ?

Kariakine n'hésite pas très longtemps, petit frère. Abandonner ce pisteur assez crédule pour se croire protégé par les loups, et incompétent au point de se faire à moitié dévorer par un ours ne lui pose, à vrai dire, aucun problème. Ni le sort qui l'attend à se faire soigner par des racines, des mousses, des feuilles et des merdes d'il ne sait pas trop de quel animal. Grand bien lui fasse. Ils sont sept encore.

– Toi, je te réquisitionne comme chasseur. Tu nous accompagnes et tu nous fournis en gibier.

– Gombo n'est pas chasseur, dit Guni, les yeux rivés sur le lièvre dont il vide les entrailles.

– Il n'est pas chasseur ? Qu'est-ce qu'il fiche dans la forêt alors ?

– Bonne question, admet Guni qui passe au second lièvre. Gombo est chamane, et tu devrais lui demander ce qu'il fait à nos trousses.

– Tu nous suis ? s'agace aussitôt Kariakine.

– Ce n'est pas exactement ça, répond Gombo avec calme, c'est plutôt toi qui es dans ma forêt.

– Cette forêt n'appartient à personne d'autre qu'au peuple de ce pays !

– Je suis d'accord avec ça, colonel, et c'est comme ça depuis la nuit des temps. Mais toi tu n'es ni mongol, ni touvan. Tu es russe et ce pays n'est pas le tien, pas plus que cette forêt.

– Descends de ton arbre, chamane ! Votre Parti communiste

prend ses ordres à Moscou, et c'est l'Armée rouge qui commande à votre état-major. Et avant nous, vous étiez chinois. Vous n'avez jamais été indépendants.

– Tu confonds le pays et la nation, colonel. Les Empires mongols ou mandchous qui ont régné sur nous ont aujourd'hui disparu, mais nous sommes toujours là. Et sans vouloir t'être déplaisant, il en sera de même avec ton empire.

Gombo a raison, petit frère, j'ai rencontré un curieux bonhomme pour mon centième anniversaire. Un commerçant arménien, sec et tanné comme un clou de girofle. Il m'a expliqué qu'en cinq mille ans d'histoire, son peuple avait été asservi par douze empires. Je ne me souviens plus de tous leurs noms. Perse, séleucide, parthe, romain, sassanide, byzantin, arabe, turc, seldjoukide… Des noms comme ça. Y compris l'Empire ottoman. Y compris l'Empire soviétique. Eh bien, disait-il, ces douze empires se sont effondrés au point de disparaître, alors que son peuple, donc sa nation, a survécu. Peu nombreux, fragile, à nouveau menacé, mais vivant.

Gombo et le vieil Arménien disent vrai, petit frère, mais Bazaan comprend vite que Kariakine n'est pas d'humeur à entendre ça. Pourtant ce n'est pas du colonel qu'il devrait s'inquiéter, c'est de Guni.

– N'insiste pas, colonel, Gombo ne t'emmènera pas dans l'*aal* qui a recueilli Chuluum.

Encore une fois, Guni parle sans regarder personne, les mains souillées du sang des entrailles de second lièvre.

– Et pourquoi ça ? se vexe Kariakine.

– Parce qu'il est des leurs…

– Des leurs ? De qui parles-tu, Guni, sois plus clair ?

– Je parle de ceux qui protègent celle que tu poursuis.

Kariakine blêmit et se tourne vers Gombo.

– Tu es le chamane qui aide la voleuse que je poursuis ?

Gombo soupire en regardant Guni qui fuit son regard.

– Colonel, cette femme n'est pas une voleuse et tu ne poursuis personne. C'est elle qui t'emmène là où elle le veut.

– Elle a volé mon cheval ! Elle a volé mon Akhal-Teke ! hurle Kariakine furieux, et je la poursuis pour ça.

– Colonel, tu lui as volé bien plus que ça, toi et moi nous le savons. Quant à ton cheval, elle ne l'a emprunté que pour te forcer à la suivre. Tu sais très bien, colonel, que tout ça n'est pas une histoire de vol, mais de vengeance.

– Ferme-la !

Kariakine dégaine son pistolet et le pointe sur Gombo. Tout le monde sort son arme, sans trop savoir sur qui la pointer puisque le chamane n'est pas armé.

– Tu vas me conduire à elle ou je t'abats.

– La belle affaire, colonel. Si je suis mort, comment sauras-tu où la trouver ? Nous devrions plutôt parler, toi et moi. J'ai profité du malheur de Chuluum pour venir jusqu'à toi. Je peux la convaincre de renoncer à sa vengeance si tu renonces toi aussi.

Bazaan est stupéfait de voir à quel point la haine déforme le visage de Kariakine.

– Jamais, tu m'entends ? Jamais je ne laisserai cette chienne vivante. Je la veux morte, pendue, fusillée ou étripée, je m'en fous, mais morte !

– Tu n'as aucune chance contre elle, colonel. Regarde ce que ta petite troupe est devenue. Vous étiez trente, vous n'êtes plus que sept. Veux-tu vraiment entraîner le reste de tes hommes dans ce mauvais combat ?

– Qui sont ses complices ? Combien êtes-vous ? Qui l'aide ?

– Il n'y a qu'elle après toi, colonel, elle n'a engagé aucun de nous dans ce combat et tu devrais faire de même avec tes hommes. Si tu veux, viens avec moi, seul et sans armes, et je t'amène jusqu'à elle. Tu n'as qu'à me suivre... Ah oui, et puisque toi et tes hommes, vous bivouaquez sans équipement, je voulais aussi te prévenir que la première neige est pour demain.

Gombo tourne le dos à Kariakine et se dirige vers l'orée de la clairière.

– Soldats ! Arrêtez cet homme !

Aucun des soldats ne bouge et Gombo s'éloigne encore de quelques pas.

– Bazaan, arrête-le !

Bazaan ne bouge pas non plus, déconcerté par le calme et le courage de Gombo. C'est Bobrovitch qui le devine. Un reflet de haine dans le regard de Kariakine, sa main qui se crispe sur son arme, les muscles de son cou tendus comme des câbles. Il bouscule le colonel au moment où Kariakine tire dans le dos de Gombo qui s'effondre. Bazaan se précipite vers le chamane en désarmant Kariakine au passage.

– Soldats, emparez-vous du colonel, il est devenu fou et je prends le commandement !

Il faut quelques secondes aux soldats pour comprendre la situation et réagir. Trop tard. Guni bondit, son Sniperskaïa à la main, et leur ordonne de lâcher leur arme.

– Vous n'êtes qu'une bande de mutins trouillards et j'abats le premier qui ne m'obéit pas. Désarmez l'officier Bazaan. Toi, regroupe toutes vos armes et toutes vos munitions dans ce sac. Toi, les deux lièvres et ce qu'il vous reste de vivres dans cette besace. Kariakine...

Kariakine n'a pas bougé. La détonation l'a figé.

– Kariakine ! hurle Guni. Bouge-toi ! Récupère les armes et les vivres.

Le colonel revient à la réalité et ramasse son arme tombée à terre.

– Déchaussez-vous ! ordonne-t-il aux soldats.

Il récupère leurs chaussures, les attache par paires avec les lacets, et les balance le plus haut possible dans les branches, où elles s'accrochent.

– Je vous déconseille de me suivre, menace-t-il, j'abats le premier que j'aperçois. Retournez sur vos pas et priez qui vous voulez pour ne jamais nous recroiser.

Guni demande à Kariakine d'attendre une seconde encore. Il tend un sac en cuir et ordonne à chaque homme d'y vider ses poches. Briquet, canifs, allumettes, cigarettes. Même les portefeuilles, même les photos de famille.

– Bazaan, tu viens avec nous, ordonne Kariakine.

– Comment pourrais-je te suivre, Kariakine, tu viens de tirer dans le dos d'un homme désarmé.

– Viens, je te dis, hurle Kariakine en braquant son pistolet sur lui.

– Et quoi, tu vas me tirer dessus aussi ? Eh bien vas-y ! Tue-moi ! Tue tout le monde !

Il tourne ostensiblement le dos à Kariakine dont le poing se crispe sur son arme.

– Kariakine, insiste Guni, il faut y aller !

– Bazaan ! implore Kariakine d'un ton soudain suppliant.

– Kariakine ! grogne Guni en le prenant par le bras.

Et ils disparaissent dans la forêt.

– Plus que cinq, murmure Bobrovitch.

Un des soldats ramasse une pierre et la jette dans la direction où Kariakine et Guni ont disparu. Puis il se laisse tomber assis par terre et pleure.

– Ne pleure pas, soldat, lui dit Bazaan. Peut-être bien que la fuite du colonel et du pisteur est notre salut. Kariakine ne nous entraînera plus dans sa folie, quelle qu'elle soit.

Guni, malgré toute son arrogance et sa détermination, n'a pas osé exiger de Bazaan qu'il vide ses poches. L'officier sort un fer à feu et un couteau qu'il tend à Bobrovitch.

– Tiens, prends. Je n'ai pas de tabac, désolé, je ne fume pas. Faites trois feux. Un pour vous, et un de chaque côté du blessé. Nous allons faire le point et établir un plan. Bobrovitch, gère tout ça, veux-tu ?

Bazaan retourne près de Gombo. Le chamane tremble, mais fait signe à l'officier de s'approcher. Plus encore. D'une voix faible qui tressaille, il chuchote quelque chose à son oreille. De loin, Bobrovitch voit les traits de Bazaan se défaire à mesure que Gombo lui parle. De temps en temps, il regarde, incrédule, le visage du chamane, puis ferme les yeux en baissant la tête.

Quand les trois feux sont vifs et crépitent du bois sec des mélèzes, Bazaan commande aux soldats de l'aider à installer Gombo au chaud, avant de prendre Bobrovitch à part.

– Je te confie ces hommes, camarade.

Puis il s'adresse aux soldats.

– Camarades, le chamane m'a expliqué dans quelle direction aller chercher du secours. Je serai de retour pour la nuit, avec des vivres et de l'aide. Prenez soin du chamane et de vous-mêmes.

Il s'engage dans la forêt. Ils restent tous silencieux un long moment et, quand l'officier a disparu, Bobrovitch soupire de nouveau.

– Plus que quatre…

La voix douloureuse de Gombo le corrige dans un murmure :

– Et moi, alors ?

20

... ce qu'il sait de ma vengeance.

Je connais ce canyon, petit frère, je connais l'endroit où Bazaan fait une halte. Aujourd'hui c'est un lieu prisé des touristes. On y a cimenté un espace de pique-nique et des enfants turbulents glissent dans les rapides et les remous sur de grosses bouées bariolées, engoncés dans des gilets de sauvetage fluo et équipés d'une caméra sur le casque. Des sacs plastique bleus comme poubelles, du même bleu que les rubans que nous accrochions aux *ovoo*. Les corbeaux, qui ont perdu leur noblesse et sont devenus des oiseaux voleurs, les déchirent et y picorent leur pitance, à côté des pancartes pyrogravées recommandant de respecter la nature.

Ils ont scarifié notre terre mère pour creuser des marches. Les Touvans et les Mongols d'aujourd'hui ne savent même plus descendre une pente, figure-toi. Ils l'ont étouffée sous une dalle pour dégager un promontoire d'observation. L'endroit d'où prendre la photo. Que veux-tu qu'ils observent, avec tout le boucan de leurs enfants ? Il semblerait que l'avenir de leur progéniture prime celui de la nature. Je souhaite pour notre monde que leurs petits démons ne vivent jamais aussi longtemps que cette rivière. Quand on voit ce qu'on fait de ce monde le temps de nos courtes vies, imagine ce qu'ils en feraient en cent mille autres années !

Gombo, que tu commences à connaître, m'a expliqué un jour, dans sa grande sagesse, que l'eau de notre univers ne se détruit pas. Il y en aura toujours autant sur terre, la même quantité. Qu'elle se transforme en neige, en vapeur, en glace, en boue : toujours la même quantité. Ce qui change, petit frère, c'est sa nature : pure ou impure, c'est-à-dire impropre à la vie. Selon Gombo, il n'est pas impossible que toute l'eau du monde devienne impure et que les hommes soient condamnés à vivre sous des pluies acides ou sur les rives d'océans vénéneux – Gombo est triste quand il pense à l'avenir. C'est pour cette raison que la tradition interdit de souiller les rivières et les lacs. On n'y pisse pas dedans comme Kariakine l'a fait. On ne s'y lave pas. On entre propre dans l'eau. Mais ces gosses hurlants et sales qui y pissent depuis leur bouée…

Les vieilles de cent six ans radotent, petit frère. Tout ça, c'était juste pour te dire que je connais l'endroit où Bazaan fait une pause et que c'était, à l'époque, un lieu magnifique habité par un esprit-maître généreux. Il y accède par une pente raide, en se retenant aux branches basses. Il faut croire que des pans entiers de falaises se sont effondrés et que les rochers ont déboulé de chaque côté pour bloquer la rivière. Ils l'ont retenue en vasques profondes, la laissant culbuter par-dessus bord dans d'autres vasques, puis d'autres encore. Et encore et encore. Elle a cherché à les contourner, jaillissant d'une fente, creusant de remous de fausses sources qui se glissent sous les éboulis. Elle a raviné les berges, usé des goulets dans la roche, festonné des rebords. Elle y chante, murmure, roucoule. C'est une rivière joyeuse et sauvage, à l'écume soyeuse, qui chahute les reflets du ciel.

Blanche et bleue quand elle saute de cascade en cascade. Verte quand elle se calme. Transparente au repos. Bazaan s'agenouille pour se désaltérer quand le chien jaune saute dans l'eau et l'éclabousse, puis se tourne vers lui en grognant.

– Laisse le petit soldat tranquille, dit une voix dans son dos.

Bazaan se retourne, et je suis là, bien droite sur mon cheval, mon arc en bandoulière et mon fusil à la main.

– Tu es bien loin de ta troupe, petit soldat.

Bazaan se redresse et essuie ses lèvres d'un revers de manche.

– Il n'y a plus de troupe.

– Qu'est-ce que ça veut dire ?

– Kariakine est devenu fou. Il nous a abandonnés et est parti à ta recherche, avec un seul pisteur.

– Guni, je suppose.

– Oui.

Je lui demande s'il n'est pas ici en éclaireur pour repérer mon campement. Il me répond que non. Il ne me poursuit plus. Et il ajoute, ce qui fait tressaillir mon cœur, qu'il connaît les raisons de ma vengeance.

– Je sais ce que Kariakine t'a infligé, et je comprends ta vengeance, mais t'en prendre à lui, quoi qu'il t'ait fait, c'est t'en prendre à l'Armée rouge et au Parti tout entiers. Je t'aiderai à l'arrêter si tu veux, mais ne risque pas ta vie pour lui.

– Ne t'inquiète pas pour moi, petit soldat. Dis-moi qui t'a raconté tout ça.

– Gombo.

– Tu as croisé Gombo ? Où est-il ? Je suis à sa recherche.

– Il est venu jusqu'à notre campement.

– Qu'est-ce qu'il est allé faire là-bas ?

– Il est venu nous apporter le gibier chassé par Chuluum.

Je m'inquiète aussitôt. Gombo a porté Chuluum blessé jusqu'à nous. Pourquoi est-il retourné au camp de Kariakine ?

– Et il est votre prisonnier, c'est ça ? J'espère que Kariakine ne l'a pas…

– Si, Kariakine lui a tiré dessus, mais il n'est que blessé.

– Grave ?

– Dans le dos…

– Par le ciel, je suis à sa recherche parce qu'il est le seul à pouvoir soigner Chuluum. Monte en croupe, on y va.

Quel traître, doit grogner Guni. *Comment peux-tu me trahir, après tout ce que j'ai fait pour toi ?* doit murmurer Kariakine, depuis l'escarpement rocheux d'où ils nous surveillent.

À cent mètres de nous, couché dans la pierraille d'un promontoire, à l'abri d'un rocher, depuis le haut des cascades, Kariakine ajuste le viseur du Sniperskaïa qu'il a emprunté à Guni. Il a glissé le canon entre deux grosses pierres et pose son doigt sur la détente. En bas, là où la rivière reprend son calme, nous nous apprêtons à partir.

La détonation résonne entre les falaises au moment où le chien jaune bondit entre les pattes de ma monture pour filer en éclaireur. Surpris, mon cheval fait un écart et la balle qui m'était destinée se fiche dans son encolure. Il sursaute de surprise et trébuche de douleur, et finit par nous désarçonner. Aussitôt à terre, nous roulons nous abriter derrière des rochers. La deuxième balle manque Bazaan d'un centimètre. La troisième frôle ma main quand je récupère mon fusil. Je l'arme et je tire.

– Pourquoi ? gronde Bazaan.

J'ai achevé mon cheval, petit frère. Il saignait. La balle a touché une artère. Il allait perdre tout son sang. Si tu avais vu son œil effaré par la mort ! Je devais lui éviter la souffrance d'une agonie. Bazaan dit que je devrais plutôt m'occuper de celui qui nous tire dessus. Il est sur un promontoire rocheux, en haut à droite des cascades, et nous tient dans sa ligne de mire. Je demande à Bazaan d'attirer son attention. Je dois gagner les arbres pour trouver un angle de tir.

– Guni m'a désarmé, répond-il, mais je vais essayer de le distraire…

Il reste à couvert mais jette sa casquette en l'air du côté de la forêt. J'en profite pour bondir me mettre à l'abri derrière le tronc d'un mélèze et je cherche un angle de visée. Je le trouve, protégée par les arbres, et ajuste deux tirs sur les rochers d'où sont partis les coups de feu. Kariakine se découvre pour répliquer et quand une de mes balles ricoche sur la pierre, un éclat de roche le blesse au visage.

– Sale chienne ! siffle-t-il en essuyant le sang sur son visage.

Guni récupère son Sniperskaïa et aide Kariakine à ramper à reculons pour se mettre en sécurité. Quand ils le jugent prudent, ils se relèvent et disparaissent entre les rochers.

– Kariakine ? je demande.

– Ou Guni. Il me semble que c'était plutôt la détonation d'un Sniperskaïa. Je m'occupe d'eux. Porte secours à Gombo et occupe-toi de mettre les soldats à l'abri. Celui à qui j'ai confié le commandement s'appelle Bobrovitch. Tu peux te fier à lui.

Il m'indique comment les rejoindre et va disparaître quand je le rappelle.

– Prends ça, je dis en lui tendant mon fusil. Et n'hésite pas à t'en servir. Je ne sais pas qui sont ces hommes pour toi, mais maintenant, tu es bien placé pour savoir qu'ils n'auront aucun scrupule à t'abattre.

Bazaan prend mon fusil. Je récupère mes affaires sur le cheval à terre et nous nous séparons.

Les buissons s'agitent et les trois soldats se raidissent. Ils se lèvent, saisissent les bâtons qu'ils ont préparés, et les brandissent pour se défendre. Quand j'apparais, ils ne savent pas si je suis un danger ou un secours pour eux.

– Tu es cette femme chamane que nous poursuivions ?

– Non, le chamane, c'est lui, je dis en me précipitant vers Gombo. Comment va-t-il ?

Bobrovitch ne répond pas. À genoux près de Gombo, il me fixe sans répondre. Je m'accroupis face à lui et lui commande de m'aider à retourner le blessé, mais il ne bouge pas. Il reste là à me fixer, terrorisé, comme vidé de toute substance.

J'inspecte la blessure de Gombo. Bien au-dessus du cœur. Rien de vital ne devrait avoir été touché. Mais la balle n'est pas ressortie et il doit souffrir.

– J'ai un bon couteau et de la corde. Nous allons fabriquer une civière de fortune et le transporter jusqu'à notre *aal*. Vous quatre le porterez. Je vous guiderai. Nous en avons au moins pour deux bonnes heures de marche.

Les hommes cherchent du regard le consentement de Bobrovitch qui ne me quitte toujours pas des yeux.

– C'est toi, Bobrovitch ?

Il confirme d'un mouvement de la tête.

– Bazaan dit qu'il t'a confié le commandement de ces hommes et que je peux compter sur toi.

Il ne bouge toujours pas.

– Quoi, pourquoi me regardes-tu ainsi ? Je ne vous veux aucun mal, je veux juste tout tenter pour sauver Gombo parce qu'il est le seul à pouvoir soigner votre Chuluum qui est chez nous, et je t'en voudrais si nous perdons trop de temps par ta faute.

Je n'arrive pas à comprendre, petit frère, ce que je vois dans les yeux de cet homme. Quelque chose entre l'effarement et la stupéfaction. De la frayeur aussi. Soudain il se secoue, sort de sa léthargie comme s'il émergeait d'une trop longue apnée, et ordonne aux soldats de m'obéir.

Pendant que les hommes préparent la civière, Gombo me fait signe d'approcher et me murmure une série de choses à récupérer autour du campement. De la poix de sapin, de l'écorce d'aulne, de l'écorce interne de cornouiller, des rameaux de genévrier et d'autres choses encore. Il faut neuf plantes, dit-il, pour que le pouvoir de chacune s'ajoute aux autres. Il m'explique comment préparer un cataplasme pour couvrir sa plaie et la désinfecter. Comment immobiliser son bras pour que la balle, à chaque mouvement de son épaule, n'aggrave pas sa blessure. Je le soigne comme un frère. Comme un père. Comme un grand-père. Comme l'homme qui m'a soignée, en son temps, de l'indicible blessure, corps et âme, que m'a infligée Kariakine. Avec ses médecines et ses magies de chamane. Avec ses mots aussi. Sa présence.

Nous partons dès que la civière est prête. Tout le long du chemin, à travers la rocaille et la taïga, Gombo me demande de cueillir telle ou telle plante. Tige, racine ou fleur, selon l'espèce. Pas pour lui, mais pour ce que je lui ai dit de la blessure de Chuluum. Cinq profondes balafres en biais, du devant de l'épaule jusqu'au milieu du dos.

– Que faisaient ces miroirs, suspendus dans cette clairière ? murmure-t-il.

Il reprend des forces. Son regard est clair maintenant. Il garde sur sa poitrine, plaquées sous son bras valide, les plantes que je recueille.

– J'en ai suspendu trois sur ce que je pensais être le chemin de mes poursuivants. Je voulais effrayer les soldats avec des objets magiques, et Kariakine avec les boutons d'uniforme. Je voulais qu'il comprenne qui j'étais. Je n'ai pas pensé qu'il suivrait une autre piste pour trouver un abri.

– Tu crois qu'il n'a pas encore compris ?

– Je n'en sais rien. J'espère. J'ai tout fait pour.

– Il a compris, intervient Bobrovitch sans me regarder.

– Qu'est-ce qu'il a compris ? je m'inquiète.

– Qu'il ne te poursuit pas, mais que c'est toi qui l'entraînes là où tu veux pour te venger. C'est bien ce que tu cherches, non, à te venger de lui ?

Je ne réponds pas. Gombo en profite pour me désigner un arbre rare. Un olivier de Sibérie, dont chaque baie, de la taille d'une olive, est trente fois plus riche en vitamine qu'une orange. Il me recommande d'en faire une belle cueillette pour Chuluum.

– Ne perds pas de temps quand même, murmure Gombo, sinon nous n'arriverons pas au camp avant la neige.

Je regarde le ciel entre la pointe des mélèzes. Il s'alourdit. Il se matelasse de nuages sales. Je m'en inquiète et en oublie de demander à Bobrovitch ce qu'il sait de ma vengeance.

21

Pour toi.

Le soldat Bazaan est un homme courageux, petit frère, mais qui sous-estime ceux d'ici. Ils sont comme la taïga les engendre : durs et tenaces, endurants, rusés. Des chasseurs. Des pisteurs qui te traquent et te piègent. Comme le pays les façonne aussi, sous la tutelle du Parti : fourbes et vicieux, lâches, traîtres. Pour survivre longtemps dans ce système et cette forêt, petit frère, c'est le prix à payer : être un chasseur fourbe. Un trappeur vicieux. Bazaan est un militaire amputé de la moitié de son âme. Un homme de la conquête et de la victoire, qui n'a jamais connu la défaite. La moitié d'âme qui lui manque, c'est celle des souffrances, des peurs et des douleurs. Celle née de l'expérience de la force et des ruses de l'adversaire. Celle du doute de ses propres capacités qui pousse à apprendre de ses échecs. Seuls les neuf cieux savent par quel chemin il se lance à la poursuite de Kariakine, mais je sais déjà, petit frère, que c'est trop vite et trop irréfléchi. On ne traque pas un ours blessé sans craindre sa fureur. On ne traque pas un fou sans craindre sa déraison. Sans craindre la nature non plus, qui décide du terrain de chasse. Quand Bazaan entame sa traque, un nuage laiteux se déchire, et virevoltent les premiers flocons.

Il fait pourtant montre d'un bel instinct. Il ne cherche pas à grimper vers Kariakine. Il regagne au contraire le bord du canyon et escalade la falaise.

Au-dessus de la steppe, de bas et lourds nuages essorent l'horizon. Allongé pour surveiller le canyon, il pourrait les toucher du doigt s'il tendait le bras. Qu'il se lève, et il y perdrait sa tête. Le monde s'étouffe sous leur ventre gorgé de neiges à venir. Seul le canyon qui se givre échappe encore à leur oppression. Bazaan l'embrasse du regard et examine toutes les caches possibles. Il fouille de ses jumelles la moindre clairière, le plus petit abri rocheux. Les promontoires, les escarpements, les grottes. La plus petite anfractuosité. Il cherche des traces de passage, des signes de vie. À travers le rideau de neige qui se tisse lentement, il devine enfin un filet de fumée. Un feu. Un bivouac. Il le situe. Le triangule comme il peut avec des repères sur les deux bords du canyon. Il espère qu'ils resteront visibles d'en bas et redescend avec prudence. C'est une première neige qui va durer. Peut-être bien jusqu'à la nuit. Il doit être prudent. Se méfier de la roche qui glisse, du froid qui raidit les muscles, du nuage qui roule dans le canyon, de la neige qui altère les bruits et les distances.

Après une heure de marche, il aperçoit de nouveau la fumée sur un plateau intermédiaire. De ce qu'il a pu observer, l'étendue se rompt à l'ouest en une brusque faille, un à-pic de plusieurs dizaines de mètres. Au nord, c'est la vallée haute qui mène la rivière jusqu'au sommet des cascades, au sud et à l'est, la vallée rejoint l'autre bord du canyon, dans lequel il a deviné plusieurs passes.

Bazaan décide de remonter la faille. À quelques centaines de mètres, au nord du feu, elle se termine en cul-de-sac par un éboulis de roche qu'il lui est facile de remonter pour parvenir jusqu'au plateau. Une fois là-haut, à une cinquantaine de mètres de l'endroit d'où filtrait la fumée, il pourra gravir un escarpement qui lui permettra de dominer le bivouac.

Il crapahute longtemps. Le rideau de neige s'épaissit et étouffe l'espace. Il n'entend plus que son souffle. Haletant. La neige crisse sous ses pas. Rien d'autre. Pas un bruit. Pas un son. Seule la chute silencieuse et hypnotique des flocons par millions.

Bazaan commence à se poser la question de son imprudence. Pas de partir traquer Kariakine, mais d'y être parti seul. Ces neiges de fin d'été sont en fait les premières de l'hiver. Il n'y a pas beaucoup d'automne dans la steppe. Petit frère, tu as dû vivre ça au moins une fois dans ta vie de citadin, non ? Quitter Oulan-Bator encalminée dans son smog, en Toyota Corolla, pour un week-end de pêche en steppe. Jaillir de la pollution sous un soleil d'airain dans le ciel laqué de bleu, et te faire surprendre quatre heures plus tard par une neige en tempête. Ça t'est déjà arrivé, hein ? Tu pêches, au moins ?

La neige a un avantage, cependant. Elle brouille l'espace et le temps. Alors qu'il escalade l'éboulis pour rejoindre le plateau, sans repères, Bazaan pense avoir encore une centaine de roches à gravir quand il débouche déjà au sommet. Les nuages suspendent un instant leur lent et duveteux déluge. Il marque mentalement l'escarpement d'où il pense pouvoir surprendre Kariakine et Guni. Un quart d'heure plus tard, il l'atteint et rampe jusqu'à son bord. À cinquante mètres en dessous de lui, la clarté vacillante d'un feu. Une silhouette s'y réchauffe. Kariakine.

Tu ne m'as pas dit si tu pêchais, petit frère, mais je suppose que tu ne chasses pas, n'est-ce pas ? Tu dois, comme tous les citadins de ta génération, te faire livrer ce que tu manges et que d'autres, que tu ne connais pas, te préparent loin de chez toi. À moins que tu ne doives, comme l'autre moitié de ceux de cette ville, le voler ou le mendier pour survivre. Mais quoi qu'il en soit, je me doute bien que tu ne chasses pas. Alors comment pourrais-tu comprendre ? La règle, petit frère, c'est que tout chasseur peut devenir à n'importe quel moment la proie d'un autre.

Bazaan, ce jour-là, ne parvient pas à se convaincre que Kariakine est devenu sa proie. C'est pourtant bien lui qu'il épie depuis le promontoire, à travers les flocons, allongé dans la neige comme un trappeur à l'affût, son fusil à portée de main. Le colonel est seul. Il se réchauffe à un feu de bois, vêtu d'un *dshagal* en poil de yack. Un manteau touvan que Guni lui aura prêté. Bazaan ne l'a jamais vu vêtu d'autre chose que d'un uniforme réglementaire. Encore moins d'un vêtement de Touvan. Il lui semble soudain tassé. Fatigué. Ordinaire. Plus rien de la superbe arrogante qu'il lui a toujours connue depuis qu'il est son aide de camp.

Une chance. Un heureux hasard croit-il à l'époque. Kariakine le recrute à l'académie militaire. Personne ne comprend pourquoi il veut un officier soviétique, mais touvan. Il insiste et refuse toutes les autres candidatures. Lui, Bazaan, n'est pas candidat. On envoie quelqu'un le chercher au réfectoire des officiers. Il est le dernier recours de Kariakine. Le seul sous-officier de la garnison d'origine touvane. Le soir même il est affecté comme aide de camp au service de Kariakine et dispensé de toute autre obligation, sans vraiment comprendre ce qui lui arrive. Le lendemain matin, il est surpris de découvrir que Bobrovitch, un autre sous-officier beaucoup plus âgé que lui, est aussi détaché au service personnel du colonel. Longtemps, il craint d'usurper la fonction du vieux soldat. De passer pour le jeune ambitieux qu'on prépare à remplacer son prédécesseur usé. De ce qu'il a compris, Bobrovitch serait au service de Kariakine, d'une façon ou d'une autre, depuis plus de vingt-cinq ans. Mais il se rend vite compte que Kariakine considère Bobrovitch plus comme un majordome chargé des tâches domestiques que comme un aide de camp militaire. Il le traite en serviteur personnel. Souvent Bazaan s'en offusque en silence. Même s'il n'a, jusqu'à ce jour, jamais osé s'opposer de front au colonel à ce sujet. Ni à aucun autre d'ailleurs. Il a pourtant souvent été témoin de son mépris et de son arbitraire sévérité envers tous ses soldats en général, et Bobrovitch en particulier. Tous les soldats sauf lui, Bazaan. Dès le soir de sa nouvelle affectation, il dîne à la table du colonel, gêné que Bobrovitch les serve. Il est dispensé de toutes les tâches subalternes dont hérite Bobrovitch et n'assure que les missions de confiance, même si elles ne lui rapportent aucune reconnaissance.

Mais ce jour-là, petit frère, Bazaan découvre pour la première fois un Kariakine fragile et vulnérable, esseulé dans ce campement de fortune, replié sur lui-même, dans la neige et le froid.

– C'est pour ça que tu sembles soudain si désemparé, colonel ? Tu ne sais rien faire de tes dix doigts, c'est ça ? Rien d'autre que la guerre, murmure Bazaan entre ses lèvres qui gercent. Tu n'es donc rien sans Bobrovitch et moi…

Les âmes ne naissent pas noires, petit frère. Même quand une malédiction les frappe à la naissance, elles ont toujours été, ne serait-ce qu'un instant, lumineuses et immaculées. Dans notre tradition, l'âme naît blanche et heureuse comme le chemin que l'on souhaite au voyageur. Je suppose que celle de Kariakine aussi a été blanche avant de se gâter de fureur et d'aigreur. J'avoue que je n'ai jamais cherché à savoir pourquoi ni comment. Je ne l'ai connue qu'au plus obscur de sa noirceur, et aucune lueur n'aurait pu compenser ces funestes ténèbres. Pas Bazaan. Lui aura probablement vécu auprès de Kariakine quelques instants privilégiés. Ne serait-ce que quand le colonel se mettait au piano. *L'Alouette*, de Mikhaïl Ivanovitch Glinka. Aujourd'hui encore, petit frère, je ne peux écouter cette gracieuse et céleste mélodie sans m'étonner du mystère Kariakine. Mais j'imagine Bazaan, au soir, après une dure journée militaire, bousculé et rabroué par le colonel, qui partage avec lui un dîner silencieux puis l'écoute au piano. S'en étonnait-il aussi, le petit soldat, avant que Gombo lui confesse la vraie nature de Kariakine ?

– Comment as-tu pu commettre ces crimes ? murmure Bazaan. J'ai tout accepté de ce que tu m'épargnais mais dont tu accablais les autres. Les brimades, les punitions arbitraires, les vexations. Tout, parce que je pensais que sous cet uniforme se cachait le cœur blessé d'un homme qui m'avait donné ma chance. Mais ça, Kariakine ! Ça ! Le massacre de la famille d'Aysuun, son viol et celui de sa mère, et Gombo que tu abats d'une balle dans le dos. Tu ne serais donc rien d'autre que ça ? Que ce minable conquérant ? Que cet assassin maladif ?

Bazaan se force à croire que ce ne sont pas des larmes. Que seuls le froid et le vent qui se lève mouillent ses yeux. Il ne sait pas ce qui l'afflige le plus. Ne pas avoir su deviner qui était Kariakine, ou ne pas avoir cherché à le savoir.

Il se saisit de son fusil et l'épaule pour tenir le colonel dans sa ligne de mire.

– Mais c'est fini, Kariakine, tu ne feras pas de moi le complice de tes turpitudes…

Le canon glacé d'un fusil se pose alors sur la nuque de Bazaan qui se fige.

– Tu as raison, dit Guni dans son dos, c'est fini. Mais pas pour lui. Pour toi.

22

Et Bazaan ?

Dans le froid et la neige, les quatre soldats peinent pour porter Gombo jusqu'au campement. Je fais des détours et contourne des obstacles pour leur faciliter la tâche. Ils ne savent pas quoi penser de moi, petit frère. Ils me prennent pour une femme guerrière, une femme bandit, ou pire encore, une chamane. Je sais que je leur fais peur, mais ce sont des hommes braves. Ils ont vu leur colonel tirer dans le dos d'un homme désarmé, et ils savent que Gombo ne pourra être sauvé que s'ils atteignent au plus vite notre *aal.*

Bobrovitch m'aide à les convaincre en posant une question abrupte.

– Qu'est-ce que tu as fait des autres soldats ?

Je devine que c'est une perche qu'il me tend. Qu'il a déjà compris qui je suis, et qu'il me donne l'occasion de l'expliquer aux autres.

– Je leur ai rendu leur liberté, comme à leurs chevaux. Tous sont à pied dans la steppe, en route pour votre caserne.

– Mais c'est au moins à trois ou quatre jours de marche !

– Ils ont de quoi allumer un feu, et la steppe est riche en torrents et en rivières. Et un maigre de quelques jours n'a jamais tué personne.

– Facile à dire !

– C'est ce que vivent très souvent les nomades sous votre occupation et vos règles révolutionnaires.

– Rebelle ?

– Touvane ! J'ai l'âme nomade de mes ancêtres. Nous l'étions avant votre révolution et nous le serons après.

– Tu ne crois pas à la révolution ?

– Tu poses vraiment la question ?

J'hésite à continuer dans cette voie. Je pourrais lui répondre, petit frère, que la prétendue volonté de nos peuples, Mongols ou Touvans, n'était que celle d'un petit groupe d'étudiants formés par Moscou à l'Université des travailleurs de l'Est. Quelques illuminés, révolutionnaires hystériques, pressés d'appliquer les principes de la révolution urbaine prolétarienne à de vastes pays sans ouvriers. Ou si peu. Je pourrais lui répondre ça ou me taire, mais je ne peux pas. Peut-être que je me trompe sur Bobrovitch et que ce n'est pas une perche qu'il me tend, mais un bâton pour me battre. Après tout, ils sont quatre et, bien qu'armée, je suis seule. Ils pourraient me surprendre par une mauvaise ruse. Un coup à la russe.

– La Mongolie est devenue soviétique d'elle-même, camarade, répond-il, et la République populaire de Tannou-Touva s'est placée sous le protectorat de l'Union soviétique de sa propre volonté. Et l'Empire de votre Khan a lui aussi massacré et asservi des peuples, non ?

– On mène une révolution pour construire un avenir, pas pour se venger du passé.

Vraiment les mots qu'il ne fallait pas. Je les regrette avant même qu'il me réponde.

– Et toi alors, camarade, ta guerre contre Kariakine, tu ne la mènes pas par vengeance du passé, peut-être ?

Ses mots me prennent de court. Que sait Bobrovitch de mon histoire avec Kariakine ? Le colonel s'est peut-être laissé aller à de funestes confidences pendant un *zapoï*, une de ces fureurs éthyliques de plusieurs jours si communes à l'âme russe. Ou à des vantardises de soudard, l'arrogance irriguée de *pollitra* de mauvaise vodka et de carafons de *boukhlo*, la gnôle des *pochlosts*, les médiocres sans honneur à la trivialité obscène. Je préfère ne pas répondre, petit frère, et j'espère que ce Bobrovitch, pour qui je commence à ressentir un peu d'estime, n'est pas de ces hommes-là, lui aussi. Après tout, c'est un soldat. Russe et soviétique de surcroît.

Les flocons feutrent la taïga d'un épais matelas poudreux. J'espère qu'ils continueront à tomber en lourds rideaux pour masquer nos traces. N'importe quel pisteur mongol ou touvan serait capable de les relever même après plusieurs jours de neige, mais Kariakine n'est plus aidé que par Guni. Je ne suis pas certaine que l'expérience de pisteur de ce bandit-lama soit telle qu'il le prétend. Je le souhaite, petit frère, pour nous autant que pour Bazaan qui le poursuit.

Le reste du chemin se fait dans un long silence blanc. Les hommes, affaiblis par l'effort, ne pensent qu'à bien poser leurs pas. Il ne fait pas encore assez froid pour que la neige crisse sous leur semelle. Elle se tasse dans un bruissement étouffé. Je me retourne souvent, inquiète de l'état de Gombo, pour voir si tout le monde suit et supporte l'effort. Des fumerolles fugaces dansent au-dessus des hommes. Leur souffle chaud dans la froidure. Bobrovitch me regarde et s'en amuse.

– Nos âmes paniquées qui cherchent à nous fuir.

Un homme qui dit de si jolies choses peut-il avoir été un soudard dans une autre vie, petit frère ?

– Elles ne nous fuient pas, Bobrovitch, elles nous précèdent pour qu'on nous attende avec un thé bien chaud.

Et le thé est bien là. Bouillant. Nous en humons le parfum avant même de déboucher dans la vaste clairière où sont installées les deux yourtes. Thé vert au lait. Salé. Nous devinons son parfum dans l'odeur des bûches qui se consument. Dans le fumet gourmand d'un *khan*, les abats de mouton qui rissolent avec des oignons.

Quand nous sortons des bois, Olygbay nous aperçoit et se précipite pour nous aider.

– Tumur n'est pas là ?

– Non. Il s'occupe de son troupeau avec Semdjeet. Que s'est-il passé ?

– Kariakine a tiré sur Gombo. Il est blessé. Une balle dans le dos, à hauteur de l'épaule. Comment va Chuluum ?

– Il se remet doucement, mais ses blessures sont profondes.

– Emmenez-moi le voir, murmure Gombo depuis sa civière de fortune. Il ne faut pas laisser ses plaies s'infecter.

J'aide Gombo à marcher jusqu'à la yourte où se repose le chasseur d'ours. Tsuyann est assise près de sa couche, sur son tabouret rouge, le regard perdu dans son monde, fuyant le nôtre. Gombo s'agenouille à ses côtés et ausculte Chuluum. Je l'aide à se retourner pour montrer les balafres dans son dos. Gombo grimace de douleur lui aussi, mais s'enquiert des soins qu'a reçus le chasseur. Les cataplasmes, les racines, les herbes, les plantes. Quelle viande, quelle boisson. Fièvre ou pas. Il hoche la tête à chaque réponse.

– C'est très bien, finit-il par admettre dans un hochement de tête douloureux. Qui a fait ça ?

– C'est Tsuyann, répond Olygbay en regardant ma mère.

– Maman ?

– Oui, elle s'est mise à parler, sans bouger, et nous a donné des instructions.

– Je n'aurais pas fait mieux. Qu'elle en fasse autant pour moi dès que vous aurez extrait la balle.

Et soudain, à bout de forces, Gombo défaille et perd connaissance. J'appelle Bobrovitch pour m'aider à le porter jusqu'à un autre lit. Comme je pousse ma mère à quitter la yourte, ils se croisent à l'entrée et se figent. Petit frère, cette terreur soudaine dans les yeux du vieux soldat ! Cette panique ! Il est pétrifié. Livide. Et dans le regard de maman, petit frère, la même stupeur, mais sans peur. Elle le regarde, figée elle aussi, longtemps. Je devine qu'elle cherche des mots et que rien ne vient. Puis quelque chose la submerge et fait jaillir des larmes de ses yeux soudain plus attentifs.

– Maman, que se passe-t-il ?

Elle ne répond pas. Elle prend les poignets de Bobrovitch dans ses mains, les serre à s'en blanchir les articulations. Elle tombe à genoux devant le vieux soldat, dans un sanglot. Elle porte ses mains à ses lèvres mouillées de ses propres larmes et les baise comme une folle. Comme une exaltée. Une possédée. Je n'y comprends rien, petit frère, et encore moins quand je regarde Bobrovitch en pleurs qui ne la quitte pas des yeux.

– Que se passe-t-il, Bobrovitch ?

C'est maman qui me répond, ma petite maman, ma pauvre maman, mais d'une voix dont je ne me souvenais plus. Ferme. Sûre. Forte malgré ses sanglots.

– Aysuun, cet homme est le soldat qui m'a sauvée. Celui à qui l'officier a ordonné de m'achever et qui a tiré à côté de moi, un doigt sur sa bouche pour me supplier de ne pas le trahir en criant.

Je reste médusée par ce que j'entends. À la fois cette histoire, et la voix de ma mère…

– Bobrovitch… ?

C'est tout ce que je peux dire, et lui n'est pas en état de répondre.

– C'est la vérité, Aysuun, trois soldats venaient de me violer, et j'avais compris que l'officier abusait de toi dans l'autre yourte. J'ai entendu son ordre et le coup de feu. Puis cet homme est entré dans la tente où je gisais…

– … elle m'a supplié du regard, murmure Bobrovitch. J'ai cru qu'elle ne voulait pas mourir, puis j'ai compris qu'elle demandait le contraire, que je mette fin à son calvaire. Elle vous pensait tous morts. Elle voulait mourir, je l'ai vu dans ses yeux…

– … mais il a posé son doigt sur ses lèvres et m'a fait comprendre d'un signe qu'il ne t'avait pas tuée. Il a insisté pour que je ne dise rien, a écarté son arme de moi, et a tiré dans le sol. Il est parti rejoindre l'officier qui lui hurlait de se dépêcher. Il avait les larmes aux yeux…

Je ne sais pas lequel des deux embrasser, petit frère. Bobrovitch qui nous a sauvées, ou cette mère absente qui soudain me revient.

– Je vais tuer mon plus vieux renne, dit Olygbay. Je vais lui demander de mourir pour nous et nous mangerons tout de lui pour célébrer ce bonheur. Jusqu'à râper ses sabots et ses bois dans un ragoût.

Mais maman intervient d'une voix ferme, comme si elle n'avait jamais été prisonnière d'un autre monde pendant tout ce temps.

– Olygbay, occupe-toi plutôt de renouveler le pansement de

Chuluum. Toi, Aysuun, dis-moi avec quoi Gombo a concocté son cataplasme et montre-moi les herbes qu'il t'a demandé de collecter pour lui.

J'ai peine à réagir, petit frère. Maman était triste et terne comme de la cendre, et voilà qu'en soufflant sur les braises du passé, Bobrovitch ravive en elle la flamme qui s'était éteinte. Dans la seconde, elle redevient la femme forte et protectrice qu'elle était au matin de ce triste jour, avant l'arrivée des soldats de Kariakine. Je la regarde, sidérée, reprendre les commandes du campement. Elle fait nourrir les soldats puis leur assigne des tâches. Elle change les pansements de Chuluum sur les conseils de Gombo, puis s'apprête à extraire la balle fichée dans l'épaule du chamane.

– Aysuun, trouve cette pince à épiler dans mon coffret rouge. Et de la vodka pour la désinfecter. De la vraie, pas de la vodka de lait.

Le coffret rouge, comment s'en souvient-elle ? Vingt-cinq ans que tout le monde l'a oublié, elle autant que nous. Une petite boîte en bois laqué, une contrebande chinoise, un cadeau pour son mariage. Elle est exactement là où elle me dit de la chercher. Son coffret doublé de satin blanc à l'intérieur. Un petit nécessaire. Un miroir, un coupe-ongle, une lime, une pince à épiler, quelques élastiques pour tenir les nattes, des rubans de couleur, un coussinet piqué d'épingles à tête de nacre, des épingles à cheveux. J'en pleure de joie, petit frère. Ma mère fantôme et absente redevient la maman forte et belle que j'admirais tant. Vingt-cinq ans que je l'oblige à m'obéir pour qu'elle survive, et voilà que c'est elle qui me donne des ordres à nouveau, pour mon plus grand bonheur ! Elle m'affecte à la préparation des remèdes selon les instructions de Gombo qui souffre moins. Même Chuluum semble touché par la grâce du moment.

– Pourquoi as-tu accroché ces miroirs aux branches, dans la clairière ?

– Ce n'est pas moi, répond Gombo.

– C'est moi…

Ils me regardent tous les deux et je suis désolée d'avoir été la cause de leurs blessures. Je répète à Chuluum ce que j'ai déjà raconté à Gombo.

– C'est moi. Je voulais effrayer Kariakine et ses hommes, comme nous l'avions fait avec les tambours. Tout militaires soviétiques qu'ils sont, haïssant chaque croyance et chaque religion, ils n'en sont pas moins superstitieux et effrayés par le moindre mystère. J'ai dispersé des mobiles sur la piste que vous deviez suivre pour me rattraper. Je n'avais pas prévu que vous changeriez de chemin pour trouver refuge du côté de la falaise.

– Oui, c'était bien vu, soupire Chuluum, l'ours est myope, mais il a l'ouïe fine.

Au soir, le crépuscule retient la neige et les derniers flocons se dispersent. Nous sommes tous regroupés dans la même yourte. Les soldats sont définitivement rassurés. La soupe de renne d'Olygbay les surprend, mais ils la goûtent avec plaisir. Gombo et Chuluum vont déjà mieux. Les vulnéraires que j'ai concoctés sur la base des remèdes de Gombo ont apaisé leurs douleurs et purifié leurs plaies. Seul Bobrovitch reste silencieux, le nez dans sa soupe, le regard baissé. Même si maman ne le quitte pas des yeux et veille à ce qu'il soit toujours le mieux servi. J'aurais tant aimé que Tumur soit avec nous ce soir-là, petit frère, pour assister à la résurrection de maman. Je la regarde et je n'en reviens toujours pas. Comment a-t-elle pu rejaillir de cette si longue absence où l'hébétude l'avait plongée ?

– Quelqu'un sait quand Tumur doit revenir ?

Personne ne répond, sauf Bobrovitch qui relève la tête.

– Et Bazaan ?

23

... le coup claque dans l'air glacé.

Ils jaillissent des buissons dans un nuage de poudreuse. Kariakine sursaute et les braque aussitôt de son pistolet.

– Il t'épiait depuis le promontoire. Il te tenait dans sa ligne de mire.

Guni pousse Bazaan vers le feu de camp et garde son fusil braqué sur lui.

– Et la fille ? s'enquiert Kariakine.

– Je sais où elle est. Je l'ai suivie à la trace jusqu'à son campement. À une heure de marche, au sud-est des cascades, de l'autre côté de la rivière.

– Combien sont-ils ?

– La fille et sa folle de mère, une autre femme un peu demeurée elle aussi, quatre de tes soldats dont Bobrovitch, plus Chuluum et le chamane qui sont blessés.

– Mes hommes sont prisonniers ?

– Pas vraiment, ils ne sont pas entravés et ils se montrent plutôt coopératifs. Je les ai même vus participer aux corvées de bois dans la forêt sans chercher à s'évader.

– Je ferai traduire ces déserteurs en cour martiale, grogne Kariakine en rengainant son arme. Et tu dis que le chamane est vivant ?

– Qu'est-ce que ça change ?

– Rien, admet Kariakine, ça ne change rien. Et pour Bazaan ?

– Je suis tombé sur ses empreintes dans la neige en revenant de leur campement. Je les ai suivies et je l'ai surpris là-haut, sur cet escarpement, prêt à te descendre. Tu dois l'abattre, Kariakine, pas besoin de cour martiale pour ce traître qui a pactisé avec cette fille.

– Ferme-la ! aboie Kariakine, c'est moi le colonel ici. C'est moi qui décide !

Il se lève et se redresse, furieux. Plus rien de l'homme tassé et affaibli qui se réchauffait à la flamme du feu de camp. Il est de nouveau le Kariakine colérique et arrogant. Il se dirige vers le bandit-lama, et Bazaan décide d'en tirer profit. Quand il passe à sa hauteur, Bazaan le bouscule d'un coup d'épaule et le balance contre Guni. Le temps que le bandit-lama retrouve son équilibre, Bazaan se jette sur lui et lui arrache son fusil des mains. Mais l'arme échappe à ses doigts engourdis par le froid et les deux hommes se retrouvent face à face. Guni se jette aussitôt sur Bazaan, qui n'est pas de taille. Le pisteur est un ninja sournois. Il esquive les coups, mais les siens portent chaque fois. Secs. Précis. Douloureux. Bazaan encaisse et titube. Il recule. Il comprend que Guni le repousse loin du fusil pour pouvoir le récupérer. Il plonge sur lui pour l'en empêcher, mais son mouvement désespéré l'expose. Le pied de Guni cingle l'air et le frappe à la tempe. Bazaan est projeté deux mètres en arrière et s'affaisse dans la neige. Quand il cherche à se relever, ses jambes se dérobent et sa vue se trouble. Il a perdu toute maîtrise de son équilibre. Dans un flou épaissi par la neige qui reprend, il devine le sourire haineux de Guni qui ramasse son fusil. Sans se presser, Guni le nettoie de la neige que le froid y a déjà collée et l'arme. Bazaan tente de se relever, sans trop savoir pour quoi faire. Ne pas mourir au sol, peut-être. Mais aucun de ses muscles ne lui obéit. Tout en lui se désarticule. Ses membres comme ses pensées. Il voit le bandit-lama pointer le canon sur lui, sans prendre la peine de le viser, et retombe à genoux dans la neige, incapable de comprendre ce qui lui arrive, vaguement conscient qu'il va mourir.

Guni glisse son doigt sur la détente. Et Bazaan s'effondre quand le coup claque dans l'air glacé.

24

... prendre part à ma vengeance.

La détonation ricoche contre les falaises. Le coup de feu rebondit dans tout le canyon. Au campement, tous se figent et se regardent, inquiets. Seule Tsuyann continue de soigner Chuluum. Petit frère, tu ne peux pas savoir à quel point je suis sidérée par la force que je lis dans ses yeux. Dès l'instant où elle a reconnu Bobrovitch, elle a tout retrouvé de la femme qu'elle était. Dommage que Gombo soit blessé. Je lui aurais bien demandé de m'expliquer comment et pourquoi la vie qui l'avait quittée est revenue en elle avec la puissance d'un torrent de montagne.

– Il vaudrait mieux qu'il jette ses pierres pour nous prédire ce qui nous attend, murmure Chuluum.

– Ce qui nous attend, nous le savons, répond Tsuyann. Nous allons nous retrouver face à face avec cet assassin de Kariakine et je vais le tuer.

Son ton est d'un calme et d'une détermination qui me bouleversent. Je viens de retrouver ma mère après une si longue absence, ce n'est pas pour risquer de la perdre dans cette vengeance imbécile que j'ai déclenchée. Je me moque de Kariakine à présent. Qu'il crève dans le froid et la neige. Qu'il rentre chez lui à Iekaterinbourg ou à Léningrad faire des gammes sur son piano. Ou danser des boléros prétentieux sur des chevaux maniérés. Je m'en moque, petit frère, je m'en fiche, et je ne veux surtout pas que ma mère aille se faire tuer ou finisse dans un cul-de-basse-fosse à cause de cette âme noire. Erlik, notre seigneur du royaume des morts, saura s'occuper de lui en temps voulu. Et il se trouvera bien quelques-uns de nos pires *asalar*, de nos esprits dangereux, pour l'obliger à rendre des comptes pour le mal qu'il a fait.

Ou j'irai, moi, toute seule, le tuer. Dussé-je endurer à mon tour toutes ces années de prison que ma mère a dû supporter, enfermée dans sa propre tête. Jusqu'à ce jour, petit frère, j'avais imaginé piéger Kariakine pour le punir, sans vraiment savoir comment. Mais quand le fusil tonne dans le canyon, je décide de tout abandonner pour épargner à Tsuyann de prendre part à ma vengeance.

25

... un fils qui tue son père ?

Bazaan est étendu à plat ventre, le visage dans la neige rougie. Debout au-dessus de lui, Guni, immobile, le regarde, puis regarde son fusil, et son regard vacille. Il perd son sang et s'en étonne. Il tourne la tête vers Kariakine, puis vers Bazaan. Il cherche la force de redresser son Sniperskaïa. De viser de nouveau l'homme à ses pieds. Il ne comprend rien. Plus rien. Ni s'il a tiré, ni si c'est le sang de Bazaan, ni si ce traître est mort ou si c'est lui qui va mourir.

C'est quand il entend la seconde détonation que Bazaan comprend qu'il n'est pas mort. Il ouvre les yeux et voit Guni s'affaisser sur ses genoux, rester un instant immobile comme pour une ultime prière, puis s'affaler contre lui, le flanc troué et la moitié du crâne emportée par les balles de Kariakine. Bazaan se redresse sur ses coudes et cherche le colonel du regard. Il le devine à travers la neige. Kariakine rengaine son pistolet, se lève, et vient vers lui. Quand il le prend par l'épaule pour l'aider à se relever, Bazaan tente de dégager son bras. Mais il n'a pas encore récupéré ses forces et Kariakine le traîne sans mal jusqu'au feu.

– Je ne comprends pas..., balbutie Bazaan.

– Ce sauvage allait te tuer…

– Le plus sauvage des deux n'est pas mort, bredouille Bazaan.

Kariakine ne répond pas et ravive le feu.

– Qu'est-ce que tu vas faire pour Guni ?

– Il est mort, il n'y a plus rien à faire pour lui, répond calmement le colonel. Dans une heure la neige l'aura recouvert.

– Tu vas laisser son corps ici ?

– Et alors ? Ce n'est pas conforme à ses traditions de sauvage ? Pour une fois que je les respecte. Viens plutôt t'asseoir, il y a du thé et il reste un des lièvres de Chuluum que nous a apportés le chamane.

– Tu veux dire l'homme que tu as abattu d'une balle dans le dos ?

– Je veux dire l'homme qui est venu nous narguer et nous menacer après avoir poussé un ours à dévorer cet imbécile de Chuluum et cet idiot de soldat.

Kariakine se lève et, par prudence, prend le fusil de Guni. Puis il s'accroupit près du corps et le dépouille de tout ce qu'il peut récupérer, jusqu'à fouiller ses poches.

– Nous n'allons pouvoir compter que sur nous-mêmes à présent.

– Ne compte pas sur moi. Je ne t'aiderai pas à mettre la main sur cette fille. Je sais ce que tu lui as fait, et j'espère bien qu'elle te le fera payer.

Kariakine se tourne vers Bazaan.

– Qu'est-ce qu'on t'a encore raconté comme mensonges ?

– Tu le sais très bien, Kariakine. Tu as compris qui elle était depuis longtemps. Elle t'a d'ailleurs laissé assez d'indices pour que tu le devines.

– Tu dis n'importe quoi, c'est une voleuse et je suis après elle pour l'arrêter.

– Kariakine, c'est la gamine que tu as violée il y a vingt-cinq ans et tu ne lui cours pas après. C'est elle qui t'emmène là où elle veut, pour te tuer et se venger.

Bazaan répète à Kariakine tout ce que lui a rapporté Gombo. Dans le détail de l'horreur et de la sauvagerie. Le colonel fait mine de n'écouter que d'une oreille distraite. Il prépare le lièvre pour l'embrocher et le griller sur le feu.

– Tu es le roi des salauds, Kariakine.

– Tu te trompes, répond-il d'une voix calme. Je suis un soldat soviétique et nous étions en campagne de pacification. C'était en 1930, Bazaan. Tu ne sais rien de ce qu'étaient ces contrées à l'époque. Nous étions là pour faire triompher la révolution et éradiquer ceux qui s'y opposaient.

– Est-ce que la petite sœur d'Aysuun s'y opposait, elle aussi ? Tu te souviens d'elle, je suppose : Chechek, une fillette de six ans. Tu as joué aux osselets avec elle, il paraît. Tu l'as fait sauter sur tes genoux dans ta jeep. Avant de l'abattre d'une balle dans la tête devant sa famille.

– C'était la guerre.

– Quelle guerre, bon Dieu ? proteste Bazaan. L'Union soviétique n'a jamais été en guerre ni contre la Mongolie ni contre la République de Tannou-Touva ! Nous étions leur pays frère, Kariakine, tu entends ? Leurs grands frères !

– Bazaan, ne fais pas semblant de ne pas comprendre ! s'emporte Kariakine. Tu connais les textes. Tous les textes des grands meneurs de la révolution. Tous, tu m'entends, tous ont appelé à exterminer les forces contre-révolutionnaires.

– Mais quelles forces contre-révolutionnaires représentait la famille d'Aysuun, pauvre malade ? En quoi étaient-ils un danger pour la révolution ? Ce n'étaient que des nomades.

– Des nomades, justement. Qui refusaient de vivre comme le Parti le leur demandait et qui donnaient le mauvais exemple au peuple.

Bazaan ne sait pas quoi répondre à tant de cynisme. Il tourne en rond dans la neige, tape dans le feu d'un coup de pied rageur et fracasse la branche sur laquelle Kariakine a embroché le lièvre.

– Je prie le ciel pour qu'elle te tue, Kariakine. Si elle le fait, j'applaudirai à sa vengeance.

– Je ne suis pas encore mort.

– Tu parles ! Regarde-toi, tu es parti à sa poursuite avec une troupe de trente hommes et elle a obtenu exactement ce qu'elle voulait.

– Ah oui, et que voulait-elle exactement ? se moque le colonel.

– Elle te voulait toi, tout seul. Elle et toi, face à face, pour te regarder mourir les yeux dans les yeux. Où sont tes hommes, imbécile que tu es ? Trente d'abord, puis plus que quinze, puis plus que onze, plus que neuf, plus que sept et maintenant plus que toi.

– Et toi ?

– Moi, tu peux m'oublier, pauvre fou. Je ne veux plus rien avoir à faire avec toi. Je vais t'arrêter et te dénoncer aux autorités.

– Stupide, c'est moi qui ai les armes, et pourquoi voudrais-tu que les autorités me punissent pour avoir exécuté les ordres qu'elles m'ont donnés à l'époque ?

– Alors tu vas devoir m'abattre, moi aussi, parce qu'à la première occasion je te tue, même si je dois t'étrangler de mes propres mains !

Kariakine ne répond pas. Il répare sa broche de fortune et surveille le lièvre qui grille. La chair grésille dans la flamme, et la graisse goutte dans les braises. La faim tord les entrailles de Bazaan qui se jure de ne plus jamais partager le moindre repas avec Kariakine. Il regarde le colonel tirer un poignard de sa ceinture, découper une lamelle de viande grillée, et la saisir entre ses dents pour ne pas se brûler les lèvres. Il en coupe une autre, plus généreuse, et la tend à Bazaan qui refuse d'un mouvement de tête et lui tourne le dos.

– Ne fais pas l'idiot. Tu ne survivras pas au froid si tu ne manges pas.

Bazaan ne répond pas. Il enrage de ne pas pouvoir tuer cet homme sans âme et sans cœur. Il fulmine d'avoir été tout ce temps l'aide de camp d'un assassin. D'un criminel de guerre. Il écume d'appartenir à la même armée que lui, à la même prétendue glorieuse patrie…

– De toute façon, tu ne me tueras pas, finit par lâcher Kariakine.

– Je voudrais bien savoir ce qui m'en empêcherait.

– Le fait qu'en me tuant, tu deviendrais pire que moi.

– Quoi ? Comment pourrais-je être pire que ce que tu es ?

Kariakine se découpe une autre lamelle de viande, mais ne la mange pas tout de suite. Il regarde longtemps les reflets des flammes sur la lame de son poignard, soupire, et les mots qui sortent de sa bouche fracassent Bazaan.

– Se pourrait-il qu'il y ait pire qu'un fils qui tue son père ?

26

... le droit d'être son père.

Sidéré, Bazaan se tourne vers Kariakine. Le colonel ne le regarde pas. Accroupi près du feu, sous la neige qui grossit, il pique de la pointe de son poignard les râbles du lièvre qui cuit.

– Qu'est-ce que tu viens de dire ?

Kariakine porte un morceau brûlant à sa bouche. Il le saisit du bout des dents, avec précaution.

– Qu'est-ce que tu viens de dire ?

Kariakine prend son temps. Il mâche la viande et la savoure.

On m'a raconté cette scène, petit frère, mais j'imagine bien ce maudit colonel. C'est moins du lièvre qu'il profite que de la violence de son aveu. Il doit regarder Bazaan par-dessous, le deviner qui encaisse le choc, sonné debout. Jouir de la violence de sa révélation. Il sait bien que ses mots forcent leur passage jusqu'au cerveau de Bazaan, jusqu'à son âme qui se fend. Jusqu'à ses tripes qui se nouent et à son cœur qui s'assèche. Jusqu'au plus profond de lui. Kariakine est un serpent au venin mortel et il sait la force de sa morsure qui répand son poison brûlant. Il devine que le cerveau de Bazaan cherche en panique dans sa mémoire d'enfant, dans ses souvenirs ébouillantés. Dans son âme. Alors, il insiste.

– Tu es mon fils, Bazaan.

– Quoi ? Qu'est-ce que tu racontes ?

Ce n'est plus la question d'un homme abasourdi. C'est un écœurement, une nausée de dégoût, une vomissure. Une sommation à ne jamais répéter ce qui vient d'être dit. Cette fois Kariakine se lève et lui fait face.

– Tu es mon fils. Tu es né d'une femme de rencontre. J'ai appris qu'elle avait accouché d'un garçon et je voulais un fils. Je t'ai recueilli et élevé seul.

– Tu mens. Tu ne m'as pas élevé. Je ne t'ai jamais vu avant que tu viennes me recruter à l'académie militaire.

– Faux. Je t'ai pris dès que j'ai su que tu étais né. Je t'ai mis dans un orphelinat. J'étais militaire et affecté de caserne en caserne. Je ne voulais pas d'enfants, mais je voulais un fils pour en faire un homme plus tard. Je t'ai d'abord confié à une nourrice, puis à un établissement militaire des orphelins de guerre. Depuis que tu es né, je veille sur toi et je paye pour que tu ne manques de rien. Tu es mon fils.

– Jamais de la vie ! aboie Bazaan. Je n'en crois pas un mot. Et quand bien même ce serait vrai, ça ne fera jamais de toi mon père. Tout juste mon géniteur. Je ne te dois rien ! Rien de rien, ni respect ni gratitude !

– Tu me dois tout, au contraire. Comment crois-tu avoir obtenu ce poste d'aide de camp auprès de moi ? Pourquoi dînes-tu à ma table de colonel ? Pourquoi n'as-tu jamais participé à des opérations qui auraient mis ta vie en danger ? Parce que je veille sur toi depuis toujours. Depuis le jour où j'ai appris ta naissance.

– Écoute-moi bien, sale fils de pute, s'emporte Bazaan en le menaçant du doigt, jamais tu ne seras mon père, tu m'entends ? Jamais !

– Tu es mon fils, sombre idiot, que tu le veuilles ou non, tu es mon fils et c'est comme ça. La filiation, ça ne se décide pas. C'est mon sang qui coule dans tes veines.

Bazaan secoue la tête, dévasté. Il refuse d'admettre, partagé entre la fureur et le désespoir. Le sang de cet assassin, de ce tortionnaire, de cet homme égocentrique, cruel et pervers, dans ses veines ?

– Tu es ce à quoi je tiens le plus au monde.

– Ferme-la ! Toi tu n'es rien pour moi, rien, tu m'entends !

– C'est faux. Je suis celui qui vient de tuer pour toi. Je viens d'abattre Guni pour t'épargner. Sans moi tu serais mort. Mort, c'est tout. Pour m'avoir trahi, pour avoir pactisé avec la voleuse, pour avoir aidé le chamane, et pour avoir essayé de m'abattre. J'avais toutes les raisons de laisser Guni te mettre une balle dans la tête, et pourtant c'est lui qui est mort, là, à tes pieds, dans la neige.

Les flocons tirent soudain un épais rideau entre eux. Bazaan quitte la clairière et s'enfonce dans la forêt. Il revient avec une brassée de bois et allume un feu le plus loin possible de celui de Kariakine. Ils restent ainsi, prostrés, éloignés l'un de l'autre, silencieux, accroupis devant leurs propres flammes, chacun renfrogné dans sa colère et sa solitude.

– Je ne veux pas de ta paternité, déclare Bazaan après un long moment, mais si ce que tu dis est vrai, si vraiment tu es mon géniteur, alors je ne te demanderai qu'une seule chose.

– Oui.

– Le nom de ma mère…

Kariakine, qui a tourné la tête vers Bazaan, ne répond pas. Il perd de nouveau son regard dans les braises qui grésillent à chaque goutte de gras qui suinte de la viande.

– Elle est morte en couches à ce que je sais, finit-il par murmurer. Je ne me rappelle même pas son nom. Je te l'ai dit, une femme de rencontre dont je n'ai aucun souvenir.

– Espèce de salaud, hurle Bazaan en bondissant sur ses pieds, sale ordure, tu entends comment tu parles des gens ? Je vais te donner la correction que tu mérites !

Il marche vers Kariakine à travers la neige qui redouble.

– N'avance pas, dit le colonel en tirant son Tokarev hors de son étui.

– Quoi ? se moque Bazaan hors de lui. Tu vas tirer sur ton fils chéri ?

– Ne me force pas ! menace Kariakine.

– Mais qui te force, pauvre idiot ? Tuer est ton plaisir. Tu ne sais faire que ça, alors vas-y, tire ! Allez, tire, n'hésite pas, je préfère mourir que d'être ton fils.

Kariakine hésite et Bazaan en profite. Il se rue sur lui et lui tord le bras à deux mains. Le colonel lâche son arme. Bazaan l'écarte d'un coup de pied et saute sur Kariakine. Mais le colonel se redresse d'un mouvement si vif, se saisissant au passage d'un brandon dans les flammes, qu'il surprend Bazaan. Il cingle la neige de son tison et le repousse. La braise rougit et crépite à chaque mouvement que Bazaan esquive de justesse. Kariakine ne cherche même pas à récupérer son pistolet. Ses yeux sont de la même braise que le bois. Rouges d'une fièvre de colère. De folie meurtrière. Bazaan recule sous la menace du feu qui frôle son visage. Il faut qu'il attende le bon moment, le mauvais mouvement, pour reprendre le dessus. Mais il n'en a pas le temps. Le huis clos cotonneux de la neige a étouffé le paysage. Ils flottent dans un univers blanc et feutré, sans plus aucune dimension ni perspective. Ils ne sont plus que tous les deux. Ils ont oublié Guni, déjà sous la neige, à quelques mètres du rebord de la falaise. Bazaan trébuche à reculons contre son cadavre, part en déséquilibre, bascule en arrière et glisse vers le vide. Kariakine hurle. Il plonge dans la neige et attrape la main de Bazaan au dernier moment. Et les voilà, liés à la vie à la mort, l'un suspendu dans le vide au-dessus des rochers, l'autre cramponné à la neige pour ne pas glisser avec lui.

– Tiens bon, grogne Kariakine le visage congestionné par l'effort.

– Lâche-moi, murmure Bazaan les dents serrées.

– Qu'est-ce que tu racontes ?

– Lâche-moi, je ne veux rien te devoir.

– Je vais te sortir de là.

– Je préfère tenter ma chance contre les rochers, siffle Bazaan.

– C'est moi qui te tiens. C'est moi qui décide, grimace Kariakine, les muscles tétanisés.

Il s'arc-boute, reins cambrés, talons plantés pour chercher des appuis sous la couche de neige. Il hurle pour se donner des forces et remonte, centimètre par centimètre, Bazaan qui ne l'aide pas. Dès qu'il le peut, il saisit le col de sa vareuse, puis sa ceinture, et le hisse petit à petit jusque sur la falaise. Il n'abandonne pas. Il rampe en arrière, poussant sur ses talons, pour tirer Bazaan le plus loin possible du précipice, jusqu'à son feu de camp. Alors seulement il le lâche, épuisé et essoufflé, et reste étendu sur le dos, sous les flocons qui virevoltent au-dessus de lui. Quand il devine que Bazaan se relève, sans quitter le ciel invisible de ses yeux en larmes il redevient Kariakine.

– Je t'ai donné la vie, et maintenant tu m'en dois une autre.

– Tu ne m'as rien donné et je ne te dois rien, réplique Bazaan le cœur en rage. Demain je rejoins le campement de cette femme et je reviens te traquer avec elle. Tu as la nuit pour partir. Après, je serai sans pitié...

– Demain arriveront les renforts, et tous ceux qui ne seront pas de mon côté seront morts.

– Pauvre demeuré ! lâche Bazaan en secouant la tête, c'est toi qui es déjà mort. Un homme sans cœur, ça ne peut pas survivre.

Il regagne son feu et le ravive de bois mort, creuse la neige jusqu'à la terre, et se blottit dans son manteau, dos aux flammes, pour surveiller Kariakine à travers les flocons qui se dispersent. Le colonel s'est tassé en tailleur près de son brasier, immobile, et Bazaan ne veut pas chercher à comprendre à quoi il pense. Épuisé, il s'endort avant celui à qui il dénie le droit d'être son père.

27

... dans la ligne de mire de son fusil.

Dans la yourte surchauffée, malgré sa blessure, Gombo a revêtu son habit de chamane. Chapeau en écorce de bouleau bordé d'une queue de loup bleu et orné de plumes d'aigle, de corbeau et de hibou. Ample manteau bleu nuit, brodé de serpents chamarrés, cousu de clochettes et décoré de miroirs en métal poli.

Déjà, ce n'est plus le même, petit frère. Toi, tu ne connais que ce pays abandonné par les Russes et qui s'est proclamé république mondiale du chamanisme. Les grandes « écoles » de sorciers qui se font la guerre comme les bouddhistes aux bonnets rouges ou jaunes. Pas à coups de croyances et de sortilèges, mais par réclames et offres touristiques interposées. Grand bien nous fasse, petit frère, ces étrangers sont une manne pour notre peuple. Les revenus de notre sous-sol, de notre terre mère que nous étions supposés protéger de toute blessure, enrichissent par millions les banques étrangères, mais au moins les dollars des touristes restent-ils chez nous. La question, petit frère, c'est de savoir ce qu'il restera de nous.

La réponse est dans ce qui se passe dans la yourte, ce jour-là, et que tu ne peux plus comprendre.

Tsuyann a demandé à Gombo de s'assurer qu'elle est bien

revenue du bon côté du monde pour toujours. Elle veut l'avis des esprits sur sa renaissance. Elle est allongée sur le dos, dans le *dör* de notre yourte, l'endroit privilégié au pied de l'autel des anciens, les yeux clos, une pierre rouge dans sa main côté cœur. Gombo, une pierre dans sa main gauche lui aussi, mais noire celle-là, laisse planer au-dessus d'elle, d'un mouvement rond et léger, deux miroirs face polie vers le bas.

Toi, petit frère, avec tes mots d'aujourd'hui, tu dirais sûrement qu'il scanne le corps de Tsuyann. Tu te moquerais presque de ce que ses incompréhensibles murmures ne cherchent qu'à imiter le bruit ronflant de la machine. Et tu aurais raison. Presque. C'est ce que fait le chamane. Il puise en Tsuyann pour repérer les *doora*, les obstacles à son bien-être. Les miroirs, qui sont à l'origine des éclats de lumière pure saisis au passage par les chamanes, décèlent et capturent les *doora* dans leurs reflets. Quand Gombo retourne les miroirs vers le ciel de la yourte, et du même mouvement parcourt de nouveau le corps de Tsuyann plusieurs fois, ils renvoient cette fois les *doora* vers les cieux sacrés. Gombo, à leur passage, sait les reconnaître et les nommer.

Il est en sueur. La transe autant que la douleur, je suppose. Il a repris la pierre rouge de la main de Tsuyann et tient les deux pierres dans sa main gauche. Elles viennent d'un endroit proche de celui où il est né. Elles marquent le lien inné de sa force chamanique avec ceux de sa lignée. Il n'est de bon chamane que celui qui naît ainsi relié aux esprits par l'ascendance d'un ancêtre déclencheur. Il m'a demandé de donner le rythme sur un tambour en peau de loup. Il agite maintenant ses auxiliaires, des objets habités par les esprits qui l'aident et le protègent à la fois. Une clochette, un couteau, un diamant-foudre en bronze, une omoplate de mouton, des serpents en tissu. Chacun sait qu'il garde dans un sac en cuir de yack un crâne de serpent, des os, des plumes et des pattes d'oiseaux, des griffes d'ours et des dents de sanglier. Eux aussi sont ses aides.

Petit frère, aurais-tu vraiment oublié tout ça ? Ce sont ses *èèren*, ses esprits auxiliaires. Ils lui transmettent les capacités des êtres dont ils viennent. Voler, ramper sous terre, voir depuis le ciel ou dans la nuit. Ils font de lui un homme habité. Un esprit amélioré.

Tout ça, petit frère, dure bien plus longtemps que le temps de te le raconter. Trois heures au moins, avant que Gombo, après avoir purifié la yourte et ses occupants d'une flambée de genévrier, délivre son message.

– La *doora* de Tsuyann était l'âme noire d'un cheval. Je l'en ai libérée. Elle a quitté le corps et l'esprit de Tsuyann, mais elle continue de rôder autour de nous. Le sortilège ne nous épargnera que lorsque l'ombre du cheval aura piétiné son âme.

À ces mots, Olygbay saisit la vielle à tête de cheval. Sous l'archer de crin, les deux cordes en poil de queue de cheval de l'*igil* vibrent aussitôt d'une mélancolique et répétitive mélodie. La yourte s'élargit alors aux dimensions de la steppe immense. Son toit s'ouvre au ciel étoilé. Cette tente ronde, reliant la terre mère au ciel père par la colonne sacrée du feu central, symbole de l'univers, redevient le monde tout entier à elle seule.

Petit frère, nos esprits purifiés par le genévrier qui crépite flottent dans l'espace, comme flotteront, plus tard, ces hommes auxquels tu ne fais même plus attention. Ceux des Appolo et des Souyouz. Mais nous, nous sommes sans scaphandre. Nous ne sommes plus des êtres humains. Nous sommes des esprits purs. Même Bobrovitch et les trois soldats, longtemps ancrés par leur pensée-réflexe matérialiste, finissent par lâcher prise et nous rejoignent. Depuis l'espace, je regarde Tsuyann, ma petite mère, ma petite maman, remercier Gombo d'un regard. Lui est épuisé, malgré l'*erwen*, l'herbe des chamanes mélangée à la poudre de crottes de lièvre qu'il a fumée dans sa longue pipe en os et qui lui a permis de rejoindre l'esprit-maître de toute chose. Tsuyann aussi est exténuée, mais d'une saine fatigue. D'un corps et d'une âme apaisée. Elle se lève et refuse qu'on l'aide pour préparer le thé et le repas. Quand tout le monde est revenu, quand la yourte s'est refermée comme une fleur de lotus, nous enveloppant à nouveau de ses pétales feutrés et protecteurs, elle offre au feu la première viande de notre repas. La meilleure. La plus grasse.

– Esprit-maître du feu qui nous protège, je t'offre le meilleur.

Petit frère, le grésillement du gras dans la flamme, l'odeur de la viande qui brûle parfumeront-ils encore ton enfance comme ils l'ont fait de la mienne ? Je sais qu'on le fait encore dans les appartements de Kyzyl ou d'Oulan-Bator. Un bout de viande sur la gazinière. Un peu de gras sur la plaque électrique. Chez les plus pauvres. Les autres, ceux qui cuisinent sur des plaques à induction, je sais qu'ils ne le font déjà plus.

Quand le thé a infusé, Tsuyann prend la première tasse et sort en asperger le monde avec la cuillère à neuf trous. Elle remercie l'univers d'être ce qu'il est, la nature d'être là et de nous accepter, malgré tout le mal que nous lui faisons, comme une part d'elle-même. La neige ne tombe plus. Une lune de nacre ourle la nuit de reflets pâles. Tsuyann fait quelques pas dans la neige, trempe la cuillère dans le thé, et l'égoutte dans toutes les directions. C'est une belle nuit, sereine comme elle-même l'est redevenue dans son cœur. Et pourtant elle devine un chemin noir quelque part. Un frisson la parcourt. Un esprit mauvais rôde alentour.

Celui qui, depuis un sombre buisson, la tient dans la ligne de mire de son fusil.

28

Uniquement sur la clairière.

Guni ne s'était pas trompé. Il lui avait indiqué comment rejoindre le campement et maintenant il est là, à épier la femme. Il ne voit pas son visage. Elle est de dos. Ce n'est qu'une de ces sauvages qui se livrent à ces superstitions ridicules. Elle asperge les quatre points cardinaux d'un thé brûlant qui fume dans une tasse. Peuple arriéré, hermétique au progrès, boulet de l'évolution humaine. Il tient la femme dans sa ligne de mire, mais retient son doigt sur la détente. Ils sont nombreux dans la yourte. Sa voleuse, Chuluum qu'elle a recueilli, et le chamane. Plus Bobrovitch et les trois soldats qui ont probablement pactisé, selon ce que lui a rapporté Guni. Il résiste à l'envie d'abattre la femme et de se ruer dans la yourte pour tuer tout le monde. Ça, il l'a déjà fait par le passé, tant et tant de fois. Maintenant il veut pire. Il va regagner la caserne et rameuter la troupe. Des contre-révolutionnaires armés qui ont fait le coup de feu contre un colonel, des déserteurs de l'Armée rouge, un sorcier aux prédications anticommunistes : il a de quoi demander l'appui d'un hélicoptère et des troupes spéciales pour leur tomber dessus une bonne fois pour toutes.

Quand la femme marque un temps d'arrêt et se retourne, Kariakine se plaque dans la neige. Il sent le regard de la sorcière fouiller les buissons où il se cache. Si elle l'a vu, si elle a deviné sa présence, si elle dit un seul mot, il la tue. Mais elle lève les yeux à la lune, hume le parfum neigeux de la nuit, et retourne dans la yourte en refermant la porte.

Kariakine attend longtemps. Il devine qu'ils mangent à l'intérieur. Il laisse à la vodka ou à leur *arkhii* répugnant le temps de distraire les esprits et de fatiguer les corps. Alors seulement il se faufile à travers les arbres et contourne la clairière jusqu'à l'endroit où les chevaux sont attachés à une corde. Il choisit la bête qui lui semble la plus endurante, dénoue son licol et l'entraîne en silence le plus loin possible du campement avant de la monter à cru. Au pas d'abord, pour sortir du bois, au trot ensuite pour longer la rivière vers l'aval, et, deux heures plus tard, au galop enfin quand la gorge s'ouvre sur la steppe.

Une sorte d'ivresse le prend quand le galop l'emporte. Celle d'avoir survécu au piège tendu par cette folle. D'être plus fort que ce chamane de pacotille. Ces trouillards de soldats. Cet imbécile de Bobrovitch. Ce sournois de Guni. Que croyaient-ils, tous ? Qu'il allait se laisser prendre ? Son esprit s'emballe à l'évocation de la vengeance qu'il leur prépare. Les sabots de son cheval martèlent le sol gelé sous la neige. Le bruit de sa cavalcade résonne dans la nuit. Fort. Puissant. Retentissant. Trop, beaucoup trop…

Il devine les chevaux quand ils surgissent de l'obscurité. De chaque côté. Sur sa gauche, une vingtaine, menés par un étalon bleu. Et sur sa droite, sidéré, Kariakine reconnaît Tara, son Akhal-Teke blanc, qui entraîne dans sa course une trentaine d'autres chevaux sauvages. La charge d'une harde, comme lors de l'accident avec la jeep et le camion. Il cherche des yeux le cavalier qui la guide, mais n'en trouve pas. Les chevaux mènent seuls ce galop furieux auquel son cheval obéit bientôt. Il ne le maîtrise plus. Sa monture cale son allure sur celle, sauvage, de la harde.

Sur sa droite, l'Akhal-Teke se rapproche jusqu'à peser sur la jambe de Kariakine. De l'autre côté, l'étalon bleu s'écarte, et le colonel comprend qu'ils poussent son cheval à incurver sa course. Chaque fois un peu plus. De plus en plus. Dans ce qu'il devine comme l'amorce d'un grand cercle. Quand il comprend ce que font les chevaux sauvages, la rage et le courage l'abandonnent et il se laisse faire. À qui ces animaux furieux obéissent-ils ? Leur dessein ne fait plus aucun doute. Dans une large boucle, la cavalcade le pousse à rebrousser chemin et le ramène à son point de départ, là où il est sorti de la gorge pour entrer dans la plaine. À ses côtés court Tara, qui le surveille de son œil rond et à qui son cheval obéit. Quand ils arrivent en vue de l'entrée de la gorge, les autres chevaux ralentissent. Seuls l'étalon bleu et l'Akhal-Teke blanc encadrent au grand galop la monture du colonel. Il ne comprend pas pour quelle raison ni sur quel ordre les chevaux le forcent à revenir sur ses pas, mais le message est clair : la harde lui interdit la steppe. Il s'y résigne, et quand l'étalon et Tara s'arrêtent, il poursuit sa route au galop et s'enfonce dans le canyon pour remonter la rivière. Aussi souvent qu'il se retourne, les deux chevaux sont là, à veiller à ce qu'il reparte bien vers là d'où il vient.

La peur et la surprise passées, la rage et la colère suintent de nouveau dans l'esprit de Kariakine. Il ne veut pas croire à la possibilité d'une action chamanique. Que cet homme sur qui il a tiré se soit incarné en cheval pour mener la cavalcade. Des chamanes qui se réincarnent, personne n'en a jamais vu. Les seuls dont ces sauvages parlent, ce sont des chamanes morts qui n'existent que dans les souvenirs tordus de vieillards séniles. La réincarnation n'existe pas. Elle est soviétiquement impossible. Et interdite. Mais il enrage d'avoir vécu pour la seconde fois cette expérience ridicule d'une harde qui prend le pouvoir sur lui. Pendant plusieurs heures, il rumine sa rancœur contre ce peuple aux croyances imbéciles. Quand il arrive au pied des éboulis qui mènent à son campement, sa haine est telle contre les chevaux qu'il descend de sa monture et l'abat d'une balle en plein front. La bête s'affaisse, surprise de mourir. Elle tressaute encore que Kariakine escalade déjà les roches.

Quand il rejoint son bivouac, épuisé et frigorifié, le jour se lève. Bazaan, accroupi près de son feu qu'il a ravivé, fait chauffer l'eau du thé. Kariakine récupère son quart près de son foyer éteint et rejoint Bazaan. Sans rien dire, le visage bleui par le froid, il tend son gobelet en métal. Bazaan le remplit en silence, sans regarder le colonel qui tremble de froid.

– Je ne t'abandonnais pas. Je voulais juste aller chercher des renforts, dit-il en se cramponnant des deux mains à la chaleur de son thé.

– Je me moque que tu m'abandonnes ou pas, et je me moque de tes renforts, murmure Bazaan. Dis-moi juste qui était ma mère, et retourne t'occuper de ton feu, c'est moi qui vais partir.

– Tu n'iras nulle part, réplique Kariakine, tu n'as ni armes ni vivres, et je suis ton colonel et ton père.

– Tu n'as jamais été mon père, et tu n'es plus digne d'être colonel depuis longtemps. Je sais, moi, où trouver du renfort sans avoir à courir la steppe.

– Si tu penses à…

– Oui, je pense à eux. Je trouverai chez eux les armes et les vivres qui me permettront de revenir t'arrêter. Je te livrerai aux autorités compétentes et tu paieras pour tes crimes. Ceux d'hier comme ceux d'aujourd'hui.

– Et quelle valeur l'Armée accordera-t-elle à la parole d'un ramassis de voleurs de chevaux acoquinés à un quarteron de déserteurs ?

– La valeur que je lui apporterai avec mon témoignage.

– Après tout ce que j'ai fait pour toi ! s'emporte Kariakine.

Il jette son thé bouillant au visage de Bazaan qui l'évite et bondit sur lui. Épuisé par sa cavalcade de la nuit, Kariakine ne résiste pas à la charge. Ils roulent dans la neige et Bazaan prend vite le dessus. À califourchon sur lui, il s'apprête à l'assommer d'un coup de poing rageur, mais suspend son geste. Derrière Kariakine, en lisière de la clairière, une louve sort des bois et les regarde. Un animal puissant aux poils gris-bleu. Kariakine en profite pour se dégager et va frapper Bazaan quand il s'arrête lui aussi.

– Qu'est-ce que tu regardes ?

– La louve. La louve bleue…

Kariakine, intrigué, parcourt la clairière du regard.

– Quelle louve ?

– Là…, dit Bazaan hypnotisé par la beauté et la puissance de l'animal.

– Qu'est-ce que tu racontes ? Il n'y a rien !

Bazaan ne répond pas. Il ne quitte pas du regard la louve qui le fixe de ses yeux jaunes. Lui et rien d'autre. Sans animosité. Sans menace.

– Regarde, dit-il, on voit ses empreintes dans la neige.

Le cœur de Kariakine trébuche dans sa poitrine. Les traces sont bien là, mais pas la louve. Quand un nouveau pas s'imprime dans la neige, comme si la bête invisible se dirigeait vers lui, il dégaine et vide le chargeur de son Tokarev en direction des empreintes qui s'avancent. Huit balles et pas une trace de sang dans la neige. La louve s'approche pourtant de Bazaan. Elle reste un long moment à le regarder droit dans les yeux, et fait demi-tour. Quand elle atteint la lisière de la forêt, elle se retourne par deux fois, et Bazaan comprend qu'elle l'invite à le suivre. Il n'hésite pas un seul instant. Quand elle se glisse entre les arbres, il la rejoint. Kariakine, sidéré, voit les traces de l'animal disparaître à mesure que s'impriment celles de Bazaan.

– Reste ici ! Reviens ! C'est un ordre, tu m'entends !

Il tend son arme pour tirer en l'air et arrêter Bazaan avant qu'il disparaisse, mais son Tokarev est vide. Le temps qu'il trouve un autre chargeur, le ciel se déchire comme un édredon et un tourbillon de neige tombe sur la clairière.

Uniquement sur la clairière.

29

... le cri aigu de l'aigle.

Au petit matin, Tsuyann est debout la première. Elle ravive le feu et le remercie de sa protection. Elle lui promet la première part du repas qu'elle préparera bientôt. En attendant, elle chauffe l'eau et le lait pour le thé au beurre salé. Elle y plonge une première coupe et sort de la yourte. De mémoire, elle n'a jamais été si heureuse d'en asperger l'univers en signe de reconnaissance et de communion. Ce jour est celui d'une nouvelle vie. Un premier matin dont elle respire tous les parfums, de celui du ciel frisquet jusqu'au blanc luisant de la neige.

Gombo sort à son tour de la yourte. Il tient un bol de thé d'une main, et de l'autre un *boortsog* dans lequel il a déjà croqué.

– Il paraît qu'en Europe, en France je crois, boire son café debout est signe d'une dispute à venir, dit-il en savourant le reste de son beignet frit à la graisse de mouton.

– Les hommes savent inventer tant de raisons de se quereller, répond Tsuyann sans se retourner, crois-tu vraiment qu'ils aient besoin de l'excuse d'un café debout ?

– C'est une croyance. Elle doit bien avoir un sens, comme toutes celles qui régissent l'ordonnancement de nos yourtes. Peut-être pour forcer les gens à prendre le temps de partager leur café.

– Tu es déjà allé en France ?

– Non. Un Français me l'a raconté à l'escale de son train à la frontière chinoise, pendant que les ouvriers changeaient les roues des wagons.

– On change les roues des wagons ?

– L'écartement des rails n'est pas le même en Chine. J'ai offert du thé salé et des *boortsog* au Français. Il était assommé et dérouté par les dix jours de voyage. Il m'a raconté qu'en France aussi, ils mangeaient des beignets. Des *bugnes*, comme ils disent.

Tsuyann sourit du bonheur de parler de beignets, de trains et de voyageurs étrangers dans le matin frais de son pays retrouvé. Elle se sent si forte. Sa longue et profonde mélancolie n'aura été qu'une parenthèse. Juste une absence, qui n'aura nullement affecté son corps. Elle n'a plus peur de rien.

– Il est venu cette nuit.

– Oui, confirme Gombo, je l'ai senti, moi aussi.

– J'ai repéré ses traces tôt ce matin. Il s'est embusqué en lisière de la clairière, puis l'a contournée pour nous voler un cheval.

– Il va chercher à rejoindre la caserne en espérant revenir avec des renforts.

– Tu réponds comme si tu n'y croyais pas, s'étonne Tsuyann.

– Il n'y parviendra pas. Il a offensé trop d'esprits et ils ne le laisseront pas faire.

– Que les cieux t'entendent, sourit Tsuyann en chouroupant son thé brûlant. Je vais préparer le millet bouilli pour les autres, ils ne vont pas tarder à se réveiller.

Moi je le suis, éveillée, petit frère. Depuis longtemps, dans le cocon chaleureux de notre yourte qui vrombit du ronflement régulier des soldats. À travers le feutre, j'entends ce que se disent Gombo et Tsuyann et je ne bouge pas. Je reste blottie dans les souvenirs de mon enfance, quand Tsuyann était la maman qu'elle est redevenue et que Chechek riait aux éclats de ses chatouilles. Du temps où on m'appelait « Nez caillou » pour décourager les esprits mauvais de s'intéresser à moi et que Chechek était « Moustache noire » pour les mêmes raisons. Du temps où on nous passait le bout du nez à la suie pour que les mêmes esprits confondent notre museau avec celui d'un veau ou d'un mouton et nous laissent tranquilles quand nous jouions autour du campement. Du temps où tout ce qui venait de nous, enfants, devait rester à l'intérieur de la yourte du coucher du soleil à son lever : urine ou excréments, renvois de lait caillé, couches souillées et culottes mouillées. La yourte, petit frère, avec toutes ces croyances qui berçaient notre vie jusqu'à la première coupe de cheveux de nos trois ans. L'instant magique et solennel pendant lequel on nous débarrassait de ces surnoms ridicules pour nous donner enfin nos vrais prénoms d'humains. Aysuun, Chechek… Nos cheveux qui crissent entre les lames des ciseaux. Les mèches qui tombent et que les oncles et les tantes recueillent. L'excitation craintive de devenir quelqu'un d'autre. Plus des bébés. Des enfants. Il y avait trente-cinq ans déjà, à cette époque-là, petit frère. Trente-cinq ans, te rends-tu compte ? Bien plus que l'âge que tu as, toi, aujourd'hui, alors que moi j'en ai cent six. Tu peux croire ça, petit frère ?

Bobrovitch se lève à son tour et rejoint Gombo dehors.

– Malgré les cachets que je prends pour dormir, j'ai entendu des coups de feu, cette nuit…

– Oui, j'aurais voulu qu'ils se soient entre-tués, murmure Tsuyann.

– Vous en doutez ? s'étonne Bobrovitch.

– Un d'eux était encore assez vivant pour venir nous voler un cheval, explique Tsuyann.

– Alors, c'est Kariakine. Bazaan a trop d'honneur pour ça.

Bobrovitch prononce ces mots au moment où je sors, et je l'approuve. Mais s'il y a eu fusillade et que le colonel est resté en vie, qu'est-il advenu de Bazaan ?

– Si Kariakine n'a volé qu'un seul cheval, dit Bobrovitch, c'est que Bazaan n'en avait plus besoin et qu'il est mort.

– Pourquoi la fusillade de ce matin alors ? Si Bazaan est mort et si Kariakine s'est enfui à cheval, qui a tiré ce matin ?

– Kariakine, répond Bobrovitch. Lui seul est équipé de son inséparable Tokarev avec un chargeur de huit. Bazaan a reçu la nouvelle dotation des Makarov. Ce que nous avons entendu ce matin, c'est quelqu'un qui vidait en panique un chargeur de Tokarev.

Nous restons tous en silencieux un long moment avant qu'Olygbay nous rejoigne.

– Heureusement que nous rêvons le contraire de ce que nous vivrons, me dit-elle avec un sourire, parce que j'ai rêvé cette nuit que Kariakine venait jusqu'à notre *aal* pour te tuer.

Je ne réponds pas. Je regarde une pie insolente sautiller jusqu'à nous dans la neige. Elle bascule plusieurs fois la tête de côté pour nous regarder, puis s'envole jusqu'à la branche d'un mélèze d'où nous surveille un grand corbeau aux ailes lustrées. Quand la pie se pose à ses côtés, il s'envole à son tour et monte haut dans le ciel. D'un battement lourd et puissant, il rejoint un aigle qui plane en rond sous les nuages. Et quand le rapace disparaît, un long hurlement jaillit des taillis derrière la yourte et les trois soldats sortent en trombe et se cognent à nous.

– C'est un loup ?

– C'est une louve, répond Gombo.

Les buissons frémissent. Majestueuse et puissante, la louve bleue apparaît et s'arrête en lisière de la clairière. Les soldats sont terrorisés. Moi aussi j'ai un peu peur, je l'avoue, petit frère. Olygbay s'en amuse et trouve la bête belle. Seuls Gombo et Tsuyann la saluent en silence. La louve s'avance d'un pas lent, les pattes droites et hautes, les oreilles dressées vers l'avant, les poils de son cou légèrement hérissés, mais la queue basse.

– Une dominante solitaire, murmure Gombo, mais sans colère. Ne bougez pas. N'ayez pas peur. Elle est porteuse d'un message.

Olygbay et moi nous sommes regroupées autour de Tsuyann. Ma mère affiche le même calme confiant que Gombo. La louve se dirige vers nous et s'assied à nos pieds, le regard tourné vers la forêt d'où elle est venue. Les arbustes s'agitent alors avec frénésie et les soldats se rapprochent les uns des autres dans un spasme de peur.

– La meute !

Mais c'est Bazaan qui surgit de la forêt, les mains en l'air, comme un fugitif qui se rend.

Je crie que je le connais et qu'il n'est pas dangereux, mais Bazaan préfère s'arrêter loin de notre groupe, les yeux fixés sur la louve.

– Je l'ai suivie, murmure-t-il essoufflé. Je crois qu'elle est venue me chercher.

– C'est bien ce qu'elle a fait, confirme Gombo en souriant, c'est ce que je lui ai demandé.

Bazaan le regarde droit dans les yeux. Il ne sait plus s'il doit croire ou douter.

– Pourquoi Kariakine ne pouvait-il pas la voir ?

– Ce genre de messager ne peut pas être vu par les âmes noires.

Bazaan hésite encore avant d'oser sa question.

– Cette louve était porteuse d'un message pour moi ?

– Demande-le-lui, s'amuse Gombo.

Mais avant que Bazaan prononce le moindre mot, la louve se lève, s'assure qu'il la regarde, puis se tourne vers nous et, plusieurs fois, passe entre nos jambes en se frottant aux miennes comme un chat câlin. Puis elle fixe Bazaan de nouveau et d'un pas calme et élégant regagne la forêt où elle disparaît.

À son bivouac, Kariakine rumine sa colère, prostré devant le feu sans flammes. Plus rien ne compte que sa haine maintenant, puisque même Bazaan l'a trahi. Tout ça par la faute de cette traînée. De cette putain. De cette petite salope que Bobrovitch avait juré avoir tuée à l'époque. Tous des traîtres, même Bobrovitch ! Il éructe de rage et se lève. Il récupère le Sniperskaïa de Guni et le charge, vérifie son pistolet. Louve ou pas louve, chamaneries ou pas chamaneries, il va les tuer tous…

Au même moment, alors que tout le monde regarde en silence l'endroit par où la louve a disparu, Tsuyann est soudain prise de convulsions. Son corps tremble et ses muscles se tétanisent quand elle déploie ses bras comme des ailes de rapace. À la stupeur de tous, elle lève la tête au ciel et trompette plusieurs fois le cri aigu de l'aigle.

30

... jetez vos armes à terre !

Le cri de l'oiseau surprend Kariakine au moment où il s'engage sur les traces de Bazaan. Il lève la tête au ciel et le rapace fond déjà sur lui. Ailes déployées pour freiner sa chute, pattes en avant pour attaquer sa proie. Les serres lacèrent le visage du colonel. Aveuglé par le sang de ses blessures, il recule sous les assauts de l'oiseau. À chaque charge, le rapace entaille le visage de Kariakine et le repousse vers le rebord de la falaise. Maîtrisant sa panique, le colonel réussit à dégainer son pistolet et tire sur l'aigle à l'aveugle.

Au campement, Tsuyann s'effondre dans un dernier cri de rapace, épuisée par sa transe. Gombo et Bobrovitch se précipitent vers elle, et les soldats restent sidérés par toutes ces étrangetés qu'ils ne peuvent pas comprendre. Moi j'ai compris, petit frère. Je récupère un fusil, empoche une poignée de munitions, et je me précipite dans la forêt en remontant la piste que la louve et Bazaan ont laissée dans la neige.

Je cours aussi vite que je peux. Même si l'air glacé abrase mes poumons, même si les branches basses giflent mon visage poncé par le froid. Je cours comme si la vie de Tsuyann en dépendait, et la mienne, et celle de Bazaan aussi. Je cours, petit frère, comme on court contre la mort, mais quand je débouche en bordure de la falaise, dans la clairière où fument encore deux mauvais feux mal entretenus, le campement est désert. La neige est piétinée et maculée de sang jusqu'au bord du précipice. Je m'en approche avec précaution et mon pied bute contre quelque chose. Le choc dégage la croûte de neige et laisse apparaître le visage glacé de Guni. Sa peau, tendue par la mort et le froid, a tiré sur ses lèvres bleuies un sinistre rictus.

J'enjambe le cadavre et me risque jusqu'au rebord de l'à-pic. Je suis saisie par la beauté de la perspective. Toutes ces roches, en bas, coiffées d'un épais bonnet de neige, et la rivière aux eaux d'acier qui miroite entre elles. Mais toute cette majesté s'effondre quand j'aperçois l'aigle blessé, l'aile ensanglantée, accroché à un escarpement de la paroi. Je ne peux rien pour lui, petit frère, sinon l'abattre pour écourter ses souffrances, mais ce n'est pas ce qu'il me demande. Il me fait savoir qu'il va s'en sortir. Qu'il planera encore longtemps, blessé, l'aile de travers, pour porter les messages de Gombo et de Tsuyann. Je cherche alors du regard le corps de Kariakine.

J'avoue, petit frère, être déchirée entre l'espoir qu'il soit au fond du ravin, désarticulé entre les rochers, et le regret qu'il ait ainsi échappé à ma vengeance. Mais il faut croire que les esprits sont avec moi. Kariakine n'est pas mort. Son corps n'est nulle part au pied de la falaise. Et quand je me retourne, il est derrière moi, les vêtements cartonnés de neige, le visage tanné par le froid et déformé par la haine, un sourire cruel aux lèvres et son fusil à la main, braqué sur moi.

– Que croyais-tu, petite pute, qu'un colonel de l'armée soviétique succomberait à tes sorcelleries de pacotille ? Apprends, avant de mourir, que je ne crains rien, ni les aigles, ni les loups, ni vos superstitions stupides. Vous n'êtes qu'un peuple inférieur et inutile, appelé à disparaître, et notre Empire soviétique vous survivra pour les mille ans à venir.

Mourir deux fois de la haine du même homme, petit frère, quelle ironie ! Mais ce n'était pas pour cette fois. À son tour Bazaan jaillit des bois, un fusil à la main. Kariakine, surpris, se tourne et braque son arme dans sa direction. J'en profite pour épauler la mienne. Kariakine dirige son Sniperskaïa vers moi et Bazaan le prend aussitôt dans sa ligne de mire. Mais contre toute attente, petit frère, piégé par deux fusils pointés sur lui, Kariakine éclate d'un rire de dément.

– Quel coup de théâtre ! Il va donc falloir que je décide qui tuer avant de mourir.

– Personne ne va mourir, Kariakine, répond Bazaan, pose ton arme, tu es pris entre deux feux. Abattre l'un de nous, c'est signer ton arrêt de mort.

– Pauvre imbécile, tu n'as donc rien compris ? Cette chienne est là pour m'abattre quoi que je fasse.

– Il a raison, Bazaan, je vais le tuer pour ce qu'il a fait à ma famille.

– Elle a raison, Bazaan, la famille avant tout, tu es bien placé pour comprendre ça, non ?

– Ne fais pas ça, Aysuun, le tuer fera de toi une criminelle et tu finiras tes jours en prison ou abattue dans le sous-sol d'une caserne.

– Laisse-moi m'inquiéter de mes jours à venir et ne va pas prendre ce risque pour moi, Bazaan. S'il me tue, il te force à l'abattre et à devenir toi aussi un assassin qui devra assumer le destin d'assassin que tu veux m'épargner.

– Bien résumé, pour une sauvage. Une vraie tragédie grecque, tu ne trouves pas, Bazaan : soit je tue mon fils, soit je le condamne à la prison.

Tu peux comprendre que c'est un choc, petit frère.

– Qu'est-ce que c'est que cette histoire de fils ? Tu crois vraiment t'en tirer comme ça ?

– Demande à Bazaan, se moque Kariakine.

– Bazaan ?

– C'est ce qu'il prétend. Je n'en sais pas plus…

C'est la colère qui me pousse à répondre, ni la ruse ni la raison. La rage de l'instant, celle qui force à dire des choses que l'on va regretter.

– Alors s'il est ton fils, s'il est de ta lignée, s'il a la moindre goutte de ton sang dans ses veines, tu peux l'abattre, je m'en moque. Et après je te tue et la terre ne sera plus souillée d'aucun Kariakine.

– Bien raisonné, s'amuse Kariakine, j'aurais la même réaction à ta place, mais que fais-tu de sa pauvre mère dans ce cas ?

– Ne l'écoute pas, Aysuun, il cherche à gagner du temps. Ma mère est morte en couches et j'ai été élevé dans un orphelinat.

Encore une fois, Kariakine se délecte de la situation. Je t'assure qu'à cet instant, ni dans son regard ni dans son sourire ne transpire la moindre peur de sa propre mort.

– Mais si elle était vivante, cette petite salope, et si c'était moi qui l'avais amenée à faire ce que je voulais d'elle.

– Qu'est-ce que ça veut dire ? murmure Bazaan d'une voix alourdie par le doute.

Kariakine se tourne, son arme pointée sur lui.

– Qu'elle soit prête à payer sa vengeance au prix de la mort de son propre fils par exemple. Enfin, je devrais dire : de *notre* fils…

C'est comme un coup, petit frère. Mon cœur éclate dans ma poitrine et mon sang bouillonne dans tout mon corps. De la lave incandescente me monte à la tête et torréfie mon esprit. Je vacille. Mes jambes flageolent et se dérobent. J'ai du mal à tenir mon fusil…

– Le capitaine Anatoly Vladimirovitch Bazaan – Vladimirovitch comme Vladimir Kariakine, tu remarqueras – est né il y a vingt-quatre ans, le 24 avril 1931. D'après toi, qui diable ai-je pu engrosser neuf mois plus tôt, à l'été 1930 ? Quelle petite putain touvane ai-je pu féconder de mon foutre ?

Chacun de ses mots est un poignard qui perce mon âme et mes entrailles, petit frère. Les souvenirs qu'ils en extirpent m'avilissent autant qu'ils me font souffrir. Le viol, l'accouchement, l'abandon. Tout ça me détruit encore une fois et Kariakine tient sa revanche sur ma vengeance.

– C'est un choc, n'est-ce pas, de revoir le fils qu'on a abandonné comme un déchet, comme un vulgaire détritus, à sa naissance.

Je suis vitrifiée de l'intérieur, petit frère, mon sang bouillant se glace comme une rivière à l'embâcle. Aucune pensée, aucun mot ne vient. La voix de Bazaan répond à ce monstre, mais c'est à moi qu'il s'adresse.

– Même si c'est vrai, Aysuun, je ne t'en voudrai jamais. Je comprendrai que tu n'aies pas voulu de l'enfant né d'un viol par un tel monstre.

– Quoi, fils ingrat, tu doutes de la parole de ton propre père ? Pourquoi crois-tu que tu t'appelles Bazaan, sinon parce que ça veut dire vendredi en touva et que tu es né un vendredi justement ? Demande donc à ta mère.

Je n'en sais rien, petit frère, je te jure que je n'en sais rien. Je me suis retrouvée engrossée par cet homme, mon ventre plein de sa violence, de plus en plus lourd comme une peine, un péché qu'on porte. J'ai traîné ma honte et ma douleur jusqu'à ce jour où j'ai expulsé cette malédiction. Une souffrance telle que j'en ai perdu connaissance. Je ne me souviens de rien. Je me réveille dans la chambre du dispensaire d'un kolkhoze. Le bébé n'est pas là et j'en suis heureuse. On me demande si je le veux et je dis non, bien sûr que je n'en veux pas. Si je l'abandonne et je dis oui. Oui, bien sûr. Quand je sors du dispensaire, il n'existe plus. On l'a donné. À un orphelinat, à une nourrice, à une famille : je n'ai pas le droit de savoir. Il n'est plus à moi et c'est tant mieux. Et aujourd'hui, c'est Bazaan…

– Qu'est-ce que tu veux ? je bredouille, défaite.

Kariakine sourit.

– En échange de quoi ?

– En échange de sa vie.

– En échange de la vie de notre fils ? Je veux tout. Prendre ta vie et récupérer mon Akhal-Teke. Ou plutôt récupérer mon cheval d'abord, et t'effacer de mon existence après.

Bazaan et moi avons notre arme braquée sur Kariakine. Lui ne vise que Bazaan.

– Quoi, me nargue-t-il, tu serais le genre de mère à abandonner une seconde fois ton fils, après le bel homme qu'il est devenu grâce à moi et qui pourtant a trahi son père pour toi ?

Mon esprit court après des idées, petit frère, je cherche ce qui peut sauver Bazaan, comment tromper Kariakine, comment gagner du temps, et je ne trouve rien.

– La vie de Bazaan m'importe peu. Il est peut-être né de moi, comme tu le prétends, mais il n'est que le fils du diable. Il ne vaut pas la vie de l'étalon.

Kariakine éclate de rire et approuve.

– Tu as raison. Qui voudrait d'un fils traître à son père, dit-il en armant son fusil.

– Non !

Je hurle à m'en déchirer la gorge, petit frère, honteuse de renoncer à ma vengeance. Kariakine éclate de rire une dernière fois puis redevient aussitôt cassant et autoritaire.

– Alors, jetez vos armes à terre !

31

Et de l'ours, jour et nuit.

Tsuyann s'est remise de sa transe. Gombo est à ses côtés.

– Je ne comprends pas ces visions qui me terrassent. Pourquoi cet aigle s'est-il glissé en moi et m'a-t-il vidée de toute force ?

– Tu te trompes, Tsuyann, c'est toi qui t'es glissée en lui, pas le contraire.

– Comment aurais-je pu faire une telle chose, et pourquoi ?

– Pour que l'aigle porte ton message à quelqu'un.

– Et qui aurais-je eu besoin d'avertir ?

– Tu n'avais peut-être pas besoin de l'avertir.

– Quoi, alors ?

– Peut-être voulais-tu juste empêcher cette personne de faire quelque chose.

Tsuyann ne répond pas. Gombo laisse durer le silence puis reprend :

– Avant de sombrer dans cette longue et profonde mélancolie, à la suite de ton viol, tu étais une chamane, toi aussi.

Elle tourne son visage vers lui et le regarde, étonnée.

– Comment peux-tu dire ça ?

– Parce qu'à l'époque je me formais à tes côtés. Pourquoi crois-tu que j'étais dans les parages, lorsque ce malheur a frappé ta famille ? Ce jour-là, tu as envoyé la pie me chercher pour voler à votre secours. Mais je n'étais que ton apprenti et je n'ai pas compris tout de suite. C'est la raison pour laquelle je suis arrivé trop tard.

– Tant mieux. Ils t'auraient tué toi aussi. Tu n'as rien à regretter.

– Bien sûr que je regrette, Tsuyann. Ce qu'ils ont infligé à ta famille, ce qu'ils vous ont fait, à toi et à Aysuun ; ce qu'ils ont fait à notre culture, à notre langue, à nos traditions, à nos croyances, bien sûr que je le regrette, comme je regrette que les esprits qui nous protègent, notre terre mère et les neuf cieux, n'aient rien tenté pour les détruire.

Elle ne répond pas.

– Tsuyann, tu m'as toi-même enseigné que les esprits n'ont que faire de nos querelles d'humains. Nos malheurs ne proviennent que de nos propres décisions.

Ils restent sans rien dire, à s'enivrer du silence de cette clairière capitonnée de neige, sous un ciel soudain laqué de bleu, dans l'air cristallin d'un jour glacé. C'est dans ce silence qu'ils entendent crisser la neige sous les pas d'Aysuun et de Bazaan. Ils se disent qu'ils n'ont pas retrouvé Kariakine. Qu'il s'est enfui. Que l'aigle a eu raison de lui. Puis ils le voient sortir du bois à son tour, le visage balafré et le fusil à la hanche, pointé sur les reins de Bazaan.

Quand son regard croise celui de Tsuyann, petit frère, je comprends qu'ils se reconnaissent aussitôt. Ma mère essaye de n'en rien laisser paraître, mais lui s'esclaffe aussitôt.

– Alors comme ça, tu n'es pas morte, vieille sorcière ?

– Toi non plus à ce que je vois.

– Quoi, tu croyais vraiment à la magie de ton imposteur de chamane ? Tu pensais qu'envoyer un aigle me crever les yeux suffirait ? Aucune de vos bondieuseries ne fait le poids contre une balle de Sniperskaïa.

Au son de sa voix, les soldats sortent de la yourte, terrorisés de voir réapparaître le colonel.

– Ah, vous voilà, traîtres et déserteurs, renégats, pleutres fuyards, judas pétochards. Je vous laisse une toute dernière chance d'échapper à la cour martiale à notre retour à la caserne. Saisissez toutes les armes de ce campement.

Les soldats hésitent, se consultent du regard, et se résignent à obéir.

– Toutes les armes, j'ai dit : fusils et couteaux, haches, ciseaux. Vous vous les répartirez et viendrez me rejoindre.

Bobrovitch retourne dans la yourte pour récupérer les armes de Chuluum, mais la voix de Kariakine claque dans l'air sec.

– Pas toi, Bobrovitch. Toi, tu m'as trahi plus que les autres, alors tu restes avec les prisonniers.

Le major marque le coup et nous rejoint. D'un imperceptible mouvement, Tsuyann lui fait une place entre elle et Gombo. Quand les soldats se sont armés et qu'ils se regroupent autour de lui, honteux de lui obéir, Kariakine ordonne à Chuluum de sortir de la yourte et de les rejoindre. Le colonel a les yeux écarquillés d'une froide fureur. Il prend tout son temps pour nous observer un à un.

– Ainsi donc voilà les bandits, la bande de contre-révolutionnaires, de voyous réactionnaires qui prétendaient me résister. À moi, Kariakine, colonel de l'Armée rouge ! Dites-vous bien que le simple fait d'avoir été visé par le ramassis de sauvages errants que vous êtes est une offense qui justifie à elle seule la vengeance que je vais abattre sur vous.

Il est ailleurs, petit frère, perdu dans un discours paranoïaque et grandiloquent qui ne sert qu'à le flatter et à nous abaisser. Je n'écoute pas vraiment. Je regarde les autres. Je tente de les réconforter. Je n'entends que des bribes…

– … le monde n'a aucun avenir sans le communisme, et vos traditions nomades n'ont aucune place dans une société soviétique…

Je cherche à deviner la moindre complicité chez les trois soldats. À sonder leur capacité à désobéir à Kariakine le moment venu.

– … vos croyances ridicules et stupides, vos superstitions et tout votre chamanisme sont pour le peuple un opium pire que la religion…

Comme si l'avenir radieux des peuples importait à Kariakine ! Comme s'il avait agi jusqu'ici, contre les peuples qu'il avait l'ordre de soumettre, par conviction idéologique. Comme si sa fascination pour sa propre violence et l'ivresse de ses mises à mort n'étaient pas ses seuls moteurs…

– … les peuples nomades n'ont aucune utilité dans la société exemplaire que l'Union soviétique construit pour le millénaire à venir.

Il n'est, petit frère, qu'un de ces chefaillons aigris et sans envergure qui profitent de la guerre pour se griser du pouvoir absolu de fracasser des vies. Et la terreur dans le dernier regard des victimes les grise plus encore que leur mort, si violente et cruelle soit-elle.

– … et nous allons bâtir en une génération un monde prolétaire et industrieux dans ces steppes immenses où vous n'avez jamais rien construit. Nous allons extraire de cette terre dont vous prétendez être les fils le fer pour construire nos canons et nos tracteurs, et l'or pour financer la révolution prolétarienne dans le monde entier…

Et soudain, petit frère, il ne parle plus d'idéologie et de révolution millénaire. Il parle de nous.

– Ainsi donc, la mère et la fille, vous n'êtes pas mortes ce jour-là. Toi, me dit-il, approche !

Gombo tente de me retenir, mais Kariakine braque son arme sur lui.

– Un geste de plus, bonimenteur de malheur, et tous verront qu'il ne s'échappera de ton crâne de charlatan que la bouillie immonde de ton cerveau perverti.

Je rassure Gombo et je m'avance. À peine l'ai-je rejoint que Kariakine déchire mon vêtement. Son geste est brutal. Il expose ma poitrine et mon ventre. Il s'acharne sur les manches et dénude les épaules.

– Tourne-toi...

Je lui obéis. Je n'ai curieusement aucune peur et, du regard, j'implore les autres de ne pas chercher à intervenir.

– Aucune cicatrice. Tu n'as donc même pas été blessée ce jour-là.

– Le viol est une blessure...

– Je veux dire, à part moi, rien d'autre ne t'a pénétrée ?

– Non. Je n'ai reçu que le pire.

Il se retourne et invite Bobrovitch à s'avancer d'un pas.

Le pauvre soldat se met au garde-à-vous.

– Major Bobrovitch, voyez-vous sur cette sauvage la moindre cicatrice ? Dans la poitrine ou dans le dos, je vous le demande ?

– Non, murmure Bobrovitch.

– C'est bien ce que je pensais, major. Faites donc approcher la sorcière maintenant.

Tsuyann précède le major, s'avance, et avant même que Kariakine l'ordonne à Bobrovitch, elle fait tomber son vêtement sur ses hanches, dénude son torse, et tourne sur elle-même.

– Et sur cette vieille peau de nomade, Bobrovitch, cicatrice ou pas cicatrice ?

– Rien, mon colonel.

Je me suis rhabillée sans attendre. Tsuyann fait de même et nous rentrons dans le rang à reculons, terrifiées par ce qui se prépare.

– Major Bobrovitch, quels étaient mes ordres à l'époque ?... Quels étaient mes ordres ? hurle-t-il soudain.

– De les achever.

– Qui, major, d'achever qui ?

– La mère et sa fille.

– Et pour quelle raison, major ?

– ...

– Peut-être parce que nous étions en mission de pacification dans cette région rebelle et que tels étaient les ordres de l'état-major, non ?

– Peut-être, mon colonel.

– Et l'avez-vous fait, major Bobrovitch ? Avez-vous obéi à cet ordre ?

– J'ai tiré, mon colonel. J'ai dû les manquer...

– Des cibles à terre, major ? À deux mètres ? Inconscientes ? Immobiles ?

Et soudain c'est à Bobrovitch d'exploser.

– Non, Kariakine, tu as raison, sombre brute. J'ai tiré à côté pour désobéir à tes ordres d'assassin pervers. Tu nous as fait traverser ce pays paisible et bienheureux en massacrant tous ceux que nous avons croisés pour la seule jouissance de ton cerveau détraqué. Tu n'as jamais été un soldat, pauvre con, tu n'as été qu'un violeur, un égorgeur, un éventreur. De ce jour, Kariakine, j'ai épargné autant de tes victimes que j'ai pu et elles doivent être une centaine à vouloir ta mort. Si tu réchappes à cette vengeance, mercenaire de petite guerre, des dizaines d'autres t'attendent à chaque tournant de ton chemin.

Mais Kariakine a retrouvé son calme menaçant.

– J'espère que tu te rends compte à quel point tu as été lâche, Bobrovitch, à continuer de me servir pendant vingt-cinq ans sans avoir jamais eu les couilles de me dire ce que tu viens de dire.

– J'aurais surtout dû avoir le courage d'arracher les tiennes, colonel.

– Mais tu n'as eu que celui d'avouer avoir désobéi à l'ordre d'un supérieur pendant une mission révolutionnaire.

Il se tourne vers les trois soldats.

– Toi, repousse les prisonniers de ce côté et abats le premier qui bouge. Toi, éloigne ce traître de dix pas, attache-lui les mains dans le dos et écarte-toi. Et toi, viens me rejoindre.

Au soldat qui s'approche de lui, Kariakine confie son Sniperskaïa et l'homme blêmit.

– C'est un ordre, soldat !

– Mais…

Kariakine se place derrière le soldat, dégaine son pistolet et pose le canon sur sa nuque qui se raidit. Les yeux du garçon se brouillent de larmes.

– Armez !

Par réflexe, le soldat actionne la culasse.

– Je vous en prie, colonel…

– Mon garçon, tu tires ou tu meurs. En joue !

Le soldat épaule l'arme que ses sanglots font trembler.

– Si tu le manques, je t'abats, murmure Kariakine à son oreille.

– Pardonne-moi, Bobrovitch ! lance-t-il en pleurs.

– Vise bien, répond le major, ne me fais pas souffrir.

Ce regard, petit frère ! Le dernier entre Bobrovitch et Tsuyann. Ce dernier lien avec la vie. Aucune haine, aucune peur, aucun regret. Un amour pur. Une fusion. Une vie qui passe de l'un à l'autre.

À cette distance, la balle du Sniperskaïa propulse Bobrovitch en arrière et il tombe sur le dos, sans voir l'aigle qui plane en rond haut dans le ciel.

– Soldat, dit Kariakine au tireur, la prochaine fois que tu hésites ou que tu t'adresses au condamné, je prendrai ça pour une désobéissance et c'est moi qui t'exécuterai.

L'homme reste sonné par ce qu'on vient de l'obliger à faire autant que par ce qu'on lui promet. Il cherche le pardon dans nos regards et le trouve dans celui de Tsuyann.

– Il faut l'enterrer, dit-il.

– Pas question, tranche Kariakine. Qu'il reste à pourrir comme il le mérite, ces barbares primitifs le font bien avec leurs propres macchabées.

– Tu peux le laisser se décomposer là si tu envisages de quitter le campement dans l'heure qui vient, dit Tsuyann. Mais si tu prétends y passer la nuit, je te conseille de l'enterrer bien profond ou de l'emmener beaucoup plus loin.

– Et pourquoi je ferais ça ? grince Kariakine. De peur que son âme vienne hanter la mienne ?

– Tu n'as pas d'âme… Qui pourrait la hanter ? réplique Tsuyann. Et ça ne te concerne pas. Mais l'aigle là-haut a tout vu et les loups vont vite remarquer son manège. Ils vont comprendre qu'il surveille un cadavre. De leur côté, le coup de feu a fait s'envoler une pie et un corbeau. Ils sont partis prévenir l'ours.

– Balivernes, se gausse Kariakine.

– Tu as raison, intervient Gombo. L'ours et les loups n'ont pas besoin de ça. Mais demande à Chuluum de quoi ils sont capables.

Kariakine, perplexe, regarde Chuluum.

– Si tu laisses ce cadavre ici, l'ours va le sentir à plusieurs kilomètres et rappliquer. Les loups ont entendu le coup de fusil et sont déjà en route. Il ne fera pas bon passer la nuit ici...

Kariakine hésite, et se tourne vers moi.

– Tout va dépendre de toi. Avant de décider ce que je vais faire de vous, je veux récupérer mon Akhal-Teke.

– Tu vas devoir enterrer ou éloigner le corps de Bobrovitch alors, parce que ton cheval est à l'autre bout de la steppe. Tu vas être obligé de bivouaquer ici en attendant que je te le ramène.

– Ne me prends pas pour un idiot !

– Kariakine, tu as bien vu toi-même l'autre nuit que ton cheval est en liberté dans la steppe avec la harde du cheval bleu. Ils doivent être en route pour la vallée secrète où Tumur regroupe le troupeau pour que les étalons saillissent ses juments. C'est à deux jours de cheval. Laisse-moi prendre un cheval et des vivres, et je te le ramène dans quatre jours.

– Je n'ai aucune confiance en toi.

– Tu as raison, colonel, je préférerais rester ici pour trouver le moyen de t'égorger pendant ton sommeil. Mais moi seule sais comment rejoindre Tumur, et tu sais que je ne t'abandonnerais pas les miens.

D'un long regard, Kariakine fait le tour du bivouac. L'inventaire des chevaux et des hommes, des armes, des yourtes et des prisonniers. Et il se décide.

– Très bien. Tu as trois jours.

– Trois jours, c'est trop court.

– C'est trois jours. Au-delà, j'exécute un otage par jour en commençant par ta mère. Et tu pars sans armes.

– Ne t'inquiète pas pour moi, dit Tsuyann, je suis déjà morte une fois. Et ne t'occupe pas de lui, il n'est plus de ce monde. Il est déjà mort, lui aussi, même s'il ne veut pas le savoir.

– Écoute ta sorcière de mère, plaisante Kariakine, et ne t'occupe de rien d'autre que de ramener mon cheval.

Sans plus me soucier de Kariakine et de ses sarcasmes, je demande à Olygbay de me préparer quelques vivres, à Tsuyann une couverture et une veste, et à Gombo quelques protections. Chuluum insiste pour m'aider à harnacher et seller le meilleur des chevaux. Quand je suis prête, j'enfourche ma monture, et Kariakine la retient par le licol.

– N'oublie pas, trois jours.

– Toi non plus, n'oublie pas. Ce bivouac est sous la protection de la louve bleue et de l'aigle. Si tu n'y crois pas, regarde dans un miroir ce que l'aigle a fait de ton visage, et dis-toi que c'est le même qui plane là-haut. Et que ce n'est peut-être pas le cadavre de Bobrovitch qui l'intéresse. Méfie-toi de l'aigle le jour, et des loups la nuit, Kariakine. Et de l'ours, jour et nuit.

32

Risqués mais décidés.

Je sais qu'ils sont là, petit frère. Qu'ils m'attendent à la sortie de la gorge, comme ils ont attendu Kariakine. Ce sont eux qui me trouvent et me rattrapent pendant que je galope. La steppe trépide sous leurs sabots et soudain ils m'entourent et m'entraînent jusqu'au campement de Tumur. Comment les militaires et les communistes peuvent-ils ne pas voir toutes ces cavalcades à travers la steppe ?

– Parce que la steppe n'est plus leur domaine, explique Semdjeet.

L'inséparable ami d'enfance de Tumur. Celui avec qui il a commencé, gamin, à voler des chevaux, à faire courir les Russes. Autour d'un feu de camp, il dévore à pleines dents une montagne de *boortsog*. Je me demande s'il a aussi volé les beignets à de pauvres nomades, et il devine le doute qui plisse mon front.

– Goûte-les, et tu verras qu'ils sont bien trop frais pour ne pas avoir été frits spécialement pour moi.

– Semdjeet a des connaissances dans beaucoup d'*aal* de la vallée, sourit Tumur qui se lève pour m'aider à descendre de cheval.

– Je veux bien te croire, dis-je en sautant dans ses bras.

Semdjeet est un nomade simple et jovial. Un homme à faire rire les femmes, à les appeler *gadyn* pour leur faire croire qu'elles sont des princesses, à les aider à picorer les *gurut* et les *aarschy* et toutes les autres gourmandises à base de lait aigre qu'il tend du bout des doigts à leurs lèvres rougissantes. Un homme à chanter le *khöömii* en bourdonnant de la gorge et en sifflant à la fois de la langue et des lèvres comme les ancêtres. Il a dû séduire toutes les jeunes filles timides qui lui démontraient leur amour inavoué avec des beignets, des galettes de froment frites, des bonbons de lait caillé séché, des petits farcis à la viande. Même s'il n'est, au fond de lui-même, que l'amoureux transi d'Olygbay.

Il a raison à propos de la steppe qui n'est plus le domaine des communistes, petit frère. Le temps des expéditions punitives de pacification est fini. Les Soviétiques, malgré leurs parades et leurs discours, ne sortent plus guère des embryons de villes qu'ils ont vainement tenté d'essaimer dans les plaines. Leurs villages et leurs kolkhozes sont des bastions où les enfants se promènent en uniforme et foulard rouge, où les hommes et les femmes s'appellent « camarade », et où les haut-parleurs scandent des hymnes à des lendemains glorieux et le nom des *udaarnik*, les Stakhanov locaux, les petits prolétaires exemplaires. Mais peu y croient encore vraiment. Les plus embrigadés ne sortent qu'en convois patriotiques et en fanfares. Peut-être que les cadres supérieurs du Parti craignent la contagion de cet esprit de liberté qui gagne tous ceux qui chevauchent ces terres immenses.

– Ils sont prisonniers.

– Qui ? s'inquiète Tumur.

– Tsuyann, Olygbay, Chuluum et Gombo. Et Bazaan aussi.

– Bazaan ? Pourquoi fait-il partie des prisonniers ?

Je cherche les mots justes, mais je ne les trouve pas. Seuls les plus directs me viennent à la bouche alors que les larmes me montent aux yeux.

– Bazaan est mon fils. Mon fils et celui de Kariakine. L'enfant né du viol, et que j'ai abandonné à sa naissance.

Tumur ne répond rien et me prend dans ses bras. Les bras de Tumur, petit frère, c'est le ciel tout-puissant qui t'embrasse. La montagne qui te protège. La rivière qui t'emporte à l'écart de tout danger. J'ai peut-être mal jugé Semdjeet, qui se lève et nous laisse au prétexte d'un rendez-vous oublié avec une de ses cuisinières de la steppe. Il saute à cheval et s'éloigne au galop. Nous restons seuls, Tumur et moi, et je me blottis longtemps contre lui, le corps secoué de sanglots.

– Et les soldats, combien sont-ils ? finit-il par demander quand il devine que je me reprends.

– Trois, plus Kariakine.

– Pas plus ?

– Kariakine a fait fusiller Bobrovitch.

Je sens tous les muscles de Tumur se contracter pour contenir sa rage.

– Et toi, pourquoi es-tu là ?

– Il m'a donné trois jours pour lui ramener son cheval.

– Et après ?

– Après, il nous tuera tous. Ou au moins Tsuyann et moi.

– Je ne le laisserai pas te tuer, ni toi, ni Tsuyann, ni personne d'autre.

Je reste dans ses bras, mais ce n'est plus pour cacher mon chagrin, petit frère. C'est pour sentir au contraire sa force et sa chaleur redonner vie à mon corps qui s'abandonne à lui. Je sens sa poitrine respirer contre mes seins, sa jambe entre les miennes, son souffle dans mon cou. Comment résister à un tel homme, petit frère ?

– Tumur, est-ce que tu voudrais… ?

– Bien sûr que je le veux.

Ce n'est qu'un bivouac, pas un *aal*. Pas de yourte. Des peaux autour d'un feu. Notre terre mère comme lit immense et tout le ciel comme couverture. L'amour de Tumur est un doux et puissant tumulte. Une longue rivière aux remous profonds, une chevauchée dans le vent, des montagnes et des vallées. Il est l'ours bienheureux et chaleureux, le loup aimant et caressant, l'aigle protecteur qui t'emporte au-dessus du monde. Il est tout à la fois, autour de toi et en toi. Il est le monde réenfanté. Je ne sais pas si les hommes peuvent ressentir ça, petit frère, cette sensation, après l'amour, d'être pleine d'une autre vie. Pas comblée au sens de savoir ses plaisirs assouvis, mais au sens d'être habitée par l'être aimé au point de vouloir le garder en soi, et le chérir dans ton ventre comme l'enfant à naître que tu voudrais qu'il devienne…

Quoi, tu rougis, petit frère ? N'oublie pas qu'à mon âge j'ai vécu tout ce que tu as vécu, que tu vis, et que tu vivras. À ce moment-là, l'amour de Tumur, au grand jour de la steppe immense, est une plénitude. Un absolu. Une promesse d'abondance. Et les mots que nous nous murmurons ensuite, caressant nos corps apaisés de tous leurs émois, sont justes. Courageux. Risqués mais décidés.

33

... me faire un enfant ?

C'était il y a quatre-vingt-treize ans, petit frère. J'ai treize ans et je pèse trente kilos à peine. Dans mon ventre, le bébé en pèse quatre au moins. Il est trop lourd et il me fait mal. Je suis terrifiée. Comment une telle chose pourra-t-elle sortir de moi ? Maman n'est pas là. Personne n'est là. Ce n'est même pas un hôpital. Tout juste un dispensaire. L'infirmerie d'un kolkhoze, où la femme en blouse blanche me regarde de travers. Elle a honte pour moi. Honte pour toutes ces filles des steppes qui se font engrosser par le premier venu. Je ne suis qu'une enfant, et déjà une disgrâce pour l'humanité. Une sauvage sans cervelle encloquée par un barbare de passage. Oui, je vais souffrir, et c'est tant mieux. Je le mérite. Qu'est-ce que je crois, petite dévergondée que je suis, que je peux courir après les jouissances sans avoir à en assumer les conséquences ? Nous mériterions toutes d'être stérilisées. Mongoles ou Touvanes, nos races de sauvages ne méritent pas de survivre. Je hurle que je n'en veux pas. Elle s'en moque : pour l'abandonner, il faut d'abord que tu le pondes, petite imbécile. Tu n'échapperas pas à ta punition. Il faut que tu l'expulses. Fallait y penser avant de te faire enfoutrer.

C'est douloureux, petit frère, violent à un point que tu n'imagines pas. Cette souffrance pour qu'il sorte. Ce supplice. Cette torture. L'ouvrière qui fait office de sage-femme m'insulte pour que je pousse plus fort et qu'on en finisse. Elle en a marre, elle fatigue, je lui fais perdre son temps. Je force, en nage, le cou tendu comme des cordes. Je sens le sang et l'urine entre mes cuisses. Je me lâche. Je sens la merde, petit frère, et il ne sort toujours pas. La sage-femme me glisse un gant de toilette entre les dents pour que je cesse de hurler. Je vais m'évanouir. Je perds la notion de l'endroit où je suis. J'entrevois des coins de murs auréolés de fuites et de moisissures. Un coin de fenêtre en verre dépoli. Mes genoux en grand écart devant moi. Un bout de couloir par la porte ouverte. Des têtes de malades qui me regardent et se moquent de loin. Je crache le gant et je hurle que je n'en veux pas et dans la contraction de mon ventre pour mugir ma rage et ma douleur j'expulse la chose dans les mains ensanglantées de la sage-femme qui se calme aussitôt.

– Tu veux le voir quand même ?

Je tourne la tête et le fuis des yeux.

– Je n'en veux pas.

– Fallait pas le faire.

– On me l'a fait de force.

Elle hausse les épaules et il me semble que je m'évanouis. Je ne sais plus où je me trouve. Dans la salle de travail encore. Dans une chambre, peut-être. Sur une civière dans un couloir, je crois. Je ne vois rien. Je n'entends que des mots et bribes de phrases. Elle n'en veut pas. Qu'est-ce qu'on fait ? Abandon. Orphelinat. Donnez-le-moi. Pas possible. Je sais qui. Premier secrétaire. Les images sont agitées, les visages sont flous. Je ne peux pas vous le donner. Je le connais. Gardez-le pour lui…

Moi, la fièvre me ronge, petit frère. Je secoue la tête d'un côté et de l'autre. Je ne répète qu'une seule et même supplique. Je n'en veux pas. Je n'en veux pas. Je n'en veux pas... Les couleurs et les odeurs se mélangent. Des mains, des formes, du sang. Des bruits. Des éclats de lumière aussi. Des grelots. Des grelots et des pierreries. Sur une botte précieuse et brodée...

– Fat Sandjay !

Je bondis hors de mon mauvais rêve, droite et raide comme une marmotte aux aguets. Je suis dans la steppe. Nue aux côtés de Tumur qui se redresse sur un coude.

– J'ai rêvé de...

– Tais-toi, coupe-t-il en posant un baiser sur mon épaule, on ne raconte pas ses rêves.

– C'était un cauchemar plus qu'un rêve.

– Raison de plus. Viens...

Nous nous enveloppons dans les couvertures et je le suis. Il a pris son couteau. À une dizaine de mètres du bivouac, il s'agenouille et creuse un trou avec sa lame.

– Jettes-y ton cauchemar, crache dessus et remets la terre par-dessus pour le couvrir.

Il me laisse enterrer mon mauvais rêve, et nous retournons au bivouac.

– C'était Fat Sandjay.

– Qu'est-ce que ce bandit dandy a encore fait ?

– Depuis qu'il m'a avoué que Bazaan est l'enfant né de mon viol, je me demandais comment Kariakine avait pu être au courant de sa naissance.

– Tu crois que c'est par Fat Sandjay ?

– Oui, je l'ai vu dans mon rêve. Il était dans le dispensaire le jour de mon accouchement. Je suis sûr qu'il s'est arrangé pour ne pas perdre de vue l'enfant et le marchander auprès de Kariakine.

– Et qu'est-ce que ça change ?

– Ça change qu'il connaît Bazaan et Kariakine, qu'il est responsable de la situation dans laquelle me met ce colonel de malheur, et qu'il est temps que je me serve de lui à mon tour. Est-ce que je peux compter sur toi ?

– Tu as vraiment besoin de le demander ?

– Non, c'est vrai, pardonne-moi. Tu veux bien me faire un enfant ?

34

... payer de sa personne !

Il est nu près de la rivière, loin au beau milieu de la steppe. Au moins respecte-t-il la tradition, petit frère. Il ne souille pas l'esprit de l'eau céleste avec son corps ventripotent. Il la puise dans une petite bassine émaillée blanche joliment décorée de motifs fleuris et se lave sur la berge, face à la rumeur du courant. C'est l'aube, ce moment suspendu quand le jour se glisse hors de la nuit. Les berges luisent de rosée. L'eau garde encore dans ses remous le reflet d'acier des glaciers. Il a arraché une poignée d'herbes bleues et s'en frotte les aisselles, la poitrine, le sexe sous son ventre, l'entrejambe, et enfin la raie des fesses. Il jette l'eau sur la berge et en puise une autre bassine dans la rivière. Cette fois il s'en asperge le visage, qu'il frotte dans ses mains alourdies de toutes sortes de bagues.

C'est Fat Sandjay, bien sûr que tu l'as reconnu. Quand il a terminé ses coquettes ablutions matinales, et qu'il se retourne pour s'habiller, son cheval et ses vêtements ont disparu et il n'y a que moi. Ses bottines brodées de perles dans une main, le fusil de Tumur dans l'autre.

– De quoi es-tu le plus fier, bandit dandy, de tes précieuses babouches ou de tes prétentieux attributs ?

Il ne répond pas. C'est sa façon de désarçonner l'adversaire. Il reste debout, nu, immobile face à moi, sans pudeur.

– Ne surestime pas ta capacité à me séduire, Fat Sandjay, je sors du lit de Tumur et la comparaison n'est pas en ta faveur.

– C'est toi qui as parlé des attributs de Fat Sandjay.

– Oui, mais pour savoir lesquels tu préfères conserver, entre eux et tes bottines.

– Il faut que le bandit dandy t'ait bien offensée pour lui imposer un tel dilemme, Aysuun.

– Si tu veux une juste estimation de ma colère, sache que je viens d'apprendre comment Kariakine a récupéré Bazaan.

– Ah oui, quand même, admet Fat Sandjay, nous en sommes là.

– Oui. Nous en sommes là. Sauf que toi, tu es tout nu et que moi je tiens le fusil.

Je lui rends ses vêtements mais pas ses bottines ni ses armes, et je m'invite à son petit déjeuner. Aussi précieux que lui. Du pain blanc tout frais, du beurre de yack bien jaune et goûteux, une merveilleuse confiture de myrtilles et un pot d'*öreme*, l'épaisse crème de lait, gourmandise de notre enfance. Plus des beignets, des galettes, des farcis à la viande et un reste de ragoût de marmotte.

– Cuit à la mongole, avec des galets brûlants cousus à l'intérieur, précise-t-il d'un écarquillement gourmet des yeux.

– Tu fais bien de prendre des forces, Fat Sandjay, parce que je vais avoir besoin de quelques réponses courageuses qui pourraient me faire perdre mon calme.

– Dans ce cas, pourquoi Fat Sandjay se risquerait-il à te répondre ?

– Pour ne pas mourir, par exemple.

Il ne dit rien et nous verse à chacun un bol de thé salé au

beurre de yack, auquel il rajoute, d'un geste amoureux, une pincée de farine. Il faut reconnaître que son thé est délicieux mais, comme il ne le fait pas, je me lève et en asperge les premières gouttes à la steppe et au jour qui renaît.

– C'est plutôt imprudent de ne pas respecter les esprits et les traditions quand on commence la journée avec ses attributs sous la menace d'un fusil.

– Aysuun, tu crois vraiment que les esprits se soucient encore de l'âme et des coucougnettes du pauvre Fat Sandjay ? Ça fait belle lurette qu'il ne croit plus à ces fariboles. Est-ce que toutes ces bondieuseries que tu respectes t'ont rendu la vie plus douce et plus facile ?

– Et toi, crois-tu que parler de toi à la troisième personne t'épargnera d'assumer les conséquences des forfaitures et des trahisons de ton personnage ?

Petit frère, la faute de Fat Sandjay est commune chez les humains. Revendiquer la croyance comme un marchandage. Des prières contre une vie meilleure. Encore une fois, nous ne sommes que les fragments d'un univers qui est, dans sa nature, fracas et chaos. Nos vies sont des instants minuscules de ce fracas et de ce chaos qui nous échappent. Nous n'avons rien à marchander contre une prière ou une aspersion de thé. Ceux qui le font dans cet esprit n'ont rien compris. Ce ne sont pas des gestes et des mots de commerce, de négoce ou de troc contre des faveurs célestes. Ce sont juste des signes de reconnaissance. Pour signifier que nous ne sommes pas une exception à la nature, mais une part d'elle-même. Nos croyances, petit frère, sont le signe que nous acceptons les incompréhensions de l'univers dont nous faisons partie, et non une sorte de barguignage pour les éviter.

– Est-ce que ton cynisme et ta prétention t'ont rendu la vie moins dure et plus facile ?

– Non, reconnaît-il, mais par sa façon de vivre et de ne pas croire, Fat Sandjay ne fait pas dépendre la sienne d'esprits et de forces hypothétiques.

– Grand bien te fasse si tu es heureux comme ça. Notre chamanisme n'est pas une religion. Il n'oblige personne. Par contre, je suis décidée à t'obliger à me répondre : Pourquoi as-tu vendu mon fils à Kariakine ?

Il est surpris par la question et hésite à parler. Il cherche à deviner ce que je sais et ce que j'ignore. Ce qu'il doit avouer et ce qu'il peut cacher pour s'en servir plus tard. Pour ou contre moi. Pour ou contre Kariakine. Pour ou contre Bazaan. Fat Sandjay est comme ça.

– Fat Sandjay n'a pas vendu Bazaan au colonel, minaude-t-il en léchant ses doigts bagués luisants de graisse de marmotte. Tout juste lui a-t-il demandé une raisonnable compensation de ses efforts pour avoir retrouvé son fils.

– Ça, toute la steppe sait que c'est dans ta nature, et ce n'était pas le sens de ma question. Ce que je veux que tu m'expliques, c'est pourquoi à Kariakine ?

– Eh bien parce que Bazaan est son fils. Ne l'est-il pas ?

– Et comment l'as-tu su ?

– Quoi ? tergiverse Fat Sandjay qui se trouble.

– Que Kariakine était le père ? Comment pouvais-tu savoir que je portais l'enfant de ce salaud ?

Mais il n'a pas besoin de répondre, petit frère. L'esprit-maître du vent le fait à sa place. Une brise fugace et légère se lève. Elle fait onduler l'herbe bleue de la steppe, ride l'eau argentée de la rivière, et roule jusqu'à un bouquet de buissons au-delà du bivouac. Le buisson qui s'agite… J'ai ma réponse dans une vision qui caille mon sang.

Fat Sandjay a l'esprit vif et l'œil attentif. Il le comprend et me devance.

– Oui, tu as raison, Fat Sandjay était là, ce maudit jour, et il le regrette tellement. Il s'apprêtait à demander l'hospitalité à votre *aal* quand il a entendu les soldats. Tapi dans le sous-bois, il a tout vu de votre malheur. Mais Fat Sandjay était seul et armé d'un vieux fusil de chasse à deux coups, que voulais-tu qu'il fasse contre une escouade de soldats armés de fusils de guerre et de pistolets automatiques ? Tu as vu les buissons bouger ce jour-là, et Fat Sandjay n'a jamais su si tu craignais d'autres soldats, ou si tu espérais du renfort. Fat Sandjay a bien cru que tu l'avais vu mais…

Bien sûr qu'il s'arrête, petit frère. Il est sur le point d'avouer le pire, comment pourrait-il continuer.

– Mais tu as vu Bobrovitch tirer depuis la porte des deux yourtes et tu as pensé qu'il nous avait achevées, ma mère et moi.

– Oui, s'empresse-t-il d'approuver, c'est exactement ce que Fat Sandjay a vu et a cru avant de fuir à reculons en s'enfonçant dans la forêt pour se cacher des soldats.

– Et pourquoi n'es-tu pas resté pour nous tirer des flammes et nous secourir une fois les soldats partis ? dis-je en armant mon fusil.

– Parce que Fat Sandjay a vu Gombo le chamane et les gamins sortir du bois pour le faire.

– Donc, tu n'avais pas fui. Tu es resté là, caché, à les épier, sans venir les aider.

– Fat Sandjay est faible, Aysuun, tout le monde le sait. Il est peureux et il fuit le malheur des autres de peur qu'il le rattrape. C'est sa faible nature et il faut le lui pardonner.

Il prend une voix plaintive et faussement humble pour m'apitoyer. Je ne suis pas dupe.

– Tu es resté caché pour savoir ce que tu pourrais tirer de cette affaire, n'est-ce pas ? Tu as fouillé le campement après notre départ, c'est ça ? Va-t'en savoir ce que tu auras récupéré dans ta macabre besogne.

– Pas grand-chose, Aysuun, pas grand-chose, presque tout avait brûlé…

– Et pour Bazaan et moi, alors ?

– Quand Fat Sandjay a entendu Gombo dire que ta mère et toi étiez vivantes, il a décidé de garder un œil sur vous jusqu'au jour où il a appris que tu étais enceinte…

– Alors tu as cherché Kariakine pour lui proposer l'enfant, n'est-ce pas ?

– Oui.

– Et qu'aurais-tu fait si je n'avais pas abandonné Bazaan à la naissance ?

– …

– Tu me l'aurais volé, j'en suis certaine. Peut-être même m'aurais-tu tuée pour ça, non ?

– Fat Sandjay a juste aidé un enfant dont tu ne voulais pas à trouver une vie confortable auprès de son père. Fat Sandjay a essayé d'aider tout le monde : toi à te débarrasser de l'enfant, et Kariakine à récupérer un fils…

– Et toi un peu d'argent.

– Oui, bien sûr, mais regarde ce qu'est devenu Bazaan aujourd'hui : un officier de l'armée soviétique dont la mère peut être fière. Fat Sandjay n'a-t-il pas mérité qu'on l'en récompense encore aujourd'hui ?

– Fat Sandjay, Bazaan est surtout devenu le prisonnier de ce fou de Kariakine qui menace de l'abattre si je ne lui ramène pas son cheval blanc dans les trois jours.

– C'est bien malheureux, Aysuun, mais qu'y peut le pauvre Fat Sandjay ?

– Je vais te le dire, moi, ce qu'il y peut : payer de sa personne !

35

... du premier qui parle.

Ils devinent le tintement des grelots avant d'entendre le bruissement des buissons. Des chevaux renâclent. Kariakine fait signe à un soldat de regrouper les prisonniers dans la yourte et aux deux autres d'armer leur fusil. Quand Fat Sandjay sort de la forêt, pieds nus sans ses bottes brodées, suivi de sa monture et de six autres chevaux qu'il tient par une corde, le colonel le tient en ligne de mire.

– Fat Sandjay ? Qu'est-ce que tu fais là ?

Le bandit dandy, essoufflé, les mains sur ses genoux, cherche à reprendre son souffle avant de répondre.

– Fat Sandjay t'apporte quelque chose de la part d'Aysuun.

Kariakine garde son fusil pointé sur lui et observe les chevaux.

– Tout ce que j'attendais d'elle, c'était mon Akhal-Teke et je ne le vois pas.

– C'est justement ce dont Fat Sandjay parlera au colonel dès que celui-ci aura baissé son arme. Fat Sandjay a sué sang et eau pour rejoindre ce bivouac au plus vite, et il en attend un peu plus de reconnaissance.

Pour toute réponse, Kariakine fait claquer la culasse de son arme. Le bandit dandy se laisse tomber sur les fesses, la soie de satin de son *deel* scintillant sous le soleil froid.

– Tue Fat Sandjay, soupire-t-il en massant ses pieds meurtris, et tu perdras ta dernière chance de revoir ton étalon blanc.

– Que sais-tu au sujet de mon cheval ? s'impatiente Kariakine.

– Il est entre les mains d'Aysuun. Elle est prête à te le rendre, mais pas ici. Elle dit n'avoir aucune confiance en ta parole et redoute de tomber dans un de tes pièges.

– Alors tu vas lui rapporter le cadavre de sa mère.

– Si le colonel veut l'humble avis du bandit dandy, ce serait un bien mauvais calcul. Tu tues sa mère, elle abat ton cheval. Et toi après.

– Tu crois peut-être que j'ai peur de cette putain touvane ?

– La question n'est pas de savoir de qui le colonel a peur, mais à qui il tient. S'il tient à son cheval, qu'il écoute plutôt ce que Fat Sandjay a à lui dire.

– Alors, parle et applique-toi, bandit, parce que cela risque d'être tes derniers mots.

Fat Sandjay répète à Kariakine ce que je lui ai dit de dire, petit frère. Je n'ai aucune confiance ni en l'un ni en l'autre. Je sais ce qu'ils sont capables de faire, tous les deux, et avec quelle cruauté, aujourd'hui comme hier. Fat Sandjay m'a tiré dans le dos quand il croyait son fusil chargé. Kariakine a tué son fidèle Bobrovitch sans état d'âme comme il a tué mes parents. Comme il a tué Chechek. Sans la moindre hésitation. Je lui rendrai son cheval là où il ne pourra pas me tendre d'embuscade. Là où je pourrai compter un par un ses otages pour m'assurer qu'ils sont tous vivants. Le voir les libérer et les regarder fuir se réfugier jusqu'à l'horizon avant que je lui renvoie son cheval blanc.

– Qu'est-ce que ça veut dire ? hurle Kariakine.

– Aysuun attendra le colonel au cœur de la steppe, là où elle pourra s'assurer à des lieues à la ronde qu'aucun piège ne lui sera tendu. Tout comme le colonel pourra vérifier à son tour, d'aussi loin que possible, qu'elle ne trahira pas sa parole.

– Et si je refuse ?

– Fat Sandjay a rapporté les mots d'Aysuun. Le colonel tue sa mère, elle tue son cheval et lui après.

Kariakine est décontenancé. Il change de sujet en attendant de trouver quoi répondre.

– Et ces chevaux ?

– Aysuun a compté ceux qui manquent pour que les otages la rejoignent. Elle ne veut pas que le colonel épuise les femmes et les blessés. Le rendez-vous est à trois jours d'ici.

– Trois jours ! fulmine Kariakine.

– C'est dans la steppe du nord, à trois bivouacs d'ici, là où Aysuun et Tumur gardent leurs chevaux volés. Fat Sandjay y conduira le colonel.

Tu imagines bien la colère de cet homme, petit frère. Il veut que rien ne lui échappe, que tous lui obéissent, qu'il reste le seul à décider du sort des gens et des événements. Mais j'ai joué sur sa faiblesse, tu l'auras déjà compris. Le prix et l'estime que Kariakine voue à son cheval. Cela ne sert qu'à humilier et à rabaisser ceux contre qui il est prêt à l'échanger. Il ne cherchera à nous tuer tous qu'après avoir récupéré l'Akhal-Teke. C'est son point faible, petit frère, son entêtement à avilir, à bafouer, à dévaloriser ceux qui l'entourent. Ce piètre colonel, cruel et cynique, n'est grand que parce qu'il force les autres à se coucher à ses pieds. Il ne pouvait qu'accepter, pour laisser croire qu'il en décidait ainsi. Pour ne pas perdre la face.

– D'accord. On plie bagage et on lève le camp. On entrave les chevaux des prisonniers pour les réduire au pas. Celui de Fat Sandjay aussi. On n'emporte que le minimum.

– Et mes rennes ? supplie Olygbay.

– Ils restent.

– Mais…

– On peut les abattre avant de partir, si tu préfères.

– La neige est passée, mais les nuits vont rester froides et nous sommes dix, dit Chuluum, on devrait charger des couvertures et des vivres sur deux rennes pour ne pas encombrer les chevaux.

– Et il faudra se nourrir pendant trois jours, ajoute Bazaan.

Tsuyann propose de s'en occuper et de préparer une provision de farcis à la viande, de beignets et de galettes, mais Kariakine refuse de perdre du temps.

– Alors, permets-moi d'emporter le thé, le lait et le millet pour le petit déjeuner, et la viande de renne qu'il nous reste pour la soupe du soir.

– Si tu crois que je vais te laisser m'empoisonner avec ta tambouille de sorcière ! Fais comme tu veux pour les autres, mais ne t'occupe pas de moi. Départ dans une heure.

Tout le monde s'affaire. Tsuyann s'éloigne, accompagnée par un des soldats, pour récupérer les herbes et les racines pour ses soupes. Gombo se prépare de son côté. Il emporte quelques *èèren*, les petits objets protecteurs contre d'éventuels *asalar*, les esprits mauvais qui peuvent s'en prendre aux hommes de passage. Rubans, miroirs, cuillère à neuf trous, dent de loup. Il rassemble aussi ses herbes. L'*erwen*, dont la fumée exacerbe ses transes, mais aussi celles qui soignent, cicatrisent, désinfectent, réveillent ou endorment.

Olygbay va voir ses rennes. Elle les étreint un par un. Certains mâles commencent à perdre leurs bois. Les femelles les arborent encore forts et couverts d'un velours rouge. Elle colle sa tête contre leur front. Elle pleure de les abandonner, mais elle ne peut pas les laisser dans leur enclos, prisonniers, à la merci des loups et des ours. Elle fait tomber la barrière de l'enclos, mais ils ne bougent pas. Elle doit les chasser à grands mouvements de bras. Ils la regardent, immobiles, étonnés, de leurs yeux d'ambre qui deviendront bleu d'acier avec l'hiver. Puis ils se dispersent lentement.

– Assez traîné, on y va, ordonne Kariakine.

Il enfourche son cheval et la colonne se forme. Lui et un soldat devant, les deux autres à l'arrière. La première journée les mène jusqu'à la sortie du canyon, là où une houle de collines, encore hérissées de quelques arbres, annonce la steppe.

– Il serait plus prudent de passer la nuit ici, lance Chuluum.

– Nous avons encore une bonne heure de jour pour progresser, répond Kariakine sans se retourner.

– Dans une heure, nous serons à découvert dans la steppe. Nous pourrions nous faire piéger par le vent et la neige s'ils reviennent.

– Quoi qu'il arrive, nous serons dans la steppe demain aussi, avec les mêmes risques.

– Prends ce risque deux jours de suite, et tu verras si ton corps t'en remercie. Dans la steppe, il faut savoir composer avec la nature. Les risques se gèrent un par un. Il faut éviter de les cumuler.

– Dit le chasseur d'ours qui s'est laissé surprendre par une ourse ! se moque Kariakine.

– Sans ton soldat, l'ourse n'aurait même pas su que j'étais

là. Et le pauvre gars est mort de ne pas m'avoir écouté. Maintenant, on s'arrête où tu veux, c'est toi le colonel. Mais dans une heure, il n'y aura plus de bois pour le feu…

– Fat Sandjay connaît un endroit, à cinq minutes d'ici, à l'abri d'un escarpement, dit le bandit dandy.

– Je le connais aussi, dit Gombo. C'est un bivouac de chasseurs de chevaux. Il est protégé par un totem.

Kariakine fait mine d'accepter à contrecœur, trop heureux d'un peu de repos. Gombo guide la colonne et, au détour d'un gros rocher, ils découvrent l'abri et son totem. Kariakine avait imaginé que ce serait une de ces huttes d'éleveurs de rennes touvans hautes de plusieurs mètres, en forme de tipi. Mais ce n'est pas une *chatgyyr*. Pas même un *delegej*, l'abri provisoire d'une sorte de yourte sans cerceau de toit. C'est juste un empilement en pointe de troncs ornés de tissus bleus et de rubans. Kariakine voit un crâne de cheval et marque un temps d'arrêt. Quand il en aperçoit d'autres, il s'inquiète.

– C'est quoi, ça, encore ?

– C'est un totem en l'honneur des chevaux morts, dit Gombo. Qu'ils meurent sous la cognée des voleurs, d'accident ou de vieillesse, on dépose leur tête sur le totem pour leur permettre de renaître libres ici.

– Quoi, vous tranchez la tête de ces bêtes que vous prétendez aimer ?

– Les voleurs touvans tuent les chevaux trop fougueux pour pouvoir être montés, et les plus faibles qui retardent leur fuite. Ils en découpent la viande pour la vendre et en abandonnent la tête. Les Mongols font de même avec leurs montures. Celles qui meurent de vieillesse, ou celles qu'on abat à la suite d'une irréparable blessure.

– Tous les mêmes sauvages, siffle Kariakine qui ne peut pas quitter des yeux le totem.

Peut-être, petit frère, imagine-t-il avec horreur la tête de son Akhal-Teke au sommet de ce sinistre mémorial.

– Kariakine, en trente ans, tu n'as jamais rien connu de la steppe que tes expéditions mécaniques et meurtrières, soupire Gombo. Tu n'as jamais rien voulu savoir, encore moins apprendre, de nous. Sinon tu saurais que le nomadisme, c'est une technique de survie en milieu hostile. Oui, tu peux avoir aimé un cheval comme un compagnon, et pour ta propre survie en manger la viande quand il meurt. C'est l'équilibre de la vie.

– Ah oui ? Alors vous vous sentez aussi le droit de dévorer vos enfants et vos femmes quand ils meurent ?

– C'est toi qui dis ça ? intervient Bazaan d'une voix lourde de colère. Et les six mille déportés de Nazino, en 1933, que nous avons laissés sans nourriture, sans abri et sans vêtements, et regardés se dévorer entre eux, avec des cadavres dépecés accrochés dans des arbres devenus des garde-manger ? Et tous les cas de cannibalisme pendant les famines de 1932 et de 1946 ? Crois-tu vraiment avoir la moindre leçon à donner à ces gens ?

– Foutaises que tout ça ! Propagande contre-révolutionnaire ! Calomnies antisoviétiques ! Je te ferai fusiller pour ces paroles.

– Ne te prive pas de ce plaisir, Kariakine, sors ton arme et finissons-en, ou ferme-la et épargne-nous ta haine nauséabonde.

Chacun se raidit sur sa monture, mais Kariakine ne réagit pas. Il descend de cheval et choisit une place bien à l'abri, au pied de la roche. Le plus loin possible du totem. Pendant que le premier bivouac s'organise, il fait venir un des soldats et lui murmure un ordre à l'oreille. Quelques minutes plus tard, le soldat part au galop dans le crépuscule.

Je l'observe depuis le sommet d'une colline, petit frère. À la direction qu'il prend, nul doute qu'il part chercher des renforts à la caserne. Je le suis à travers mes jumelles, puis je reviens sur le camp. Kariakine a recruté Fat Sandjay pour remplacer le soldat qui n'est plus là. Ils sont quatre hommes armés à surveiller cinq otages. J'aperçois Chuluum. Il tire un fer et une pierre à feu de sa ceinture. Olygbay l'aide à embraser la mousse d'écorce de bouleau et à allumer le feu. Elle l'a creusé dans la terre pour éviter que le vent n'épuise trop vite les flammes et les braises. De son côté, Tsuyann s'est écartée du campement sous la surveillance d'un des soldats. Elle rapporte trois grosses pierres qu'elle dispose en triangle pour y poser le chaudron. Je suis heureuse et étonnée de voir à quel point elle a retrouvé ses esprits. Elle a pensé à tout. Au passage, elle a rempli plusieurs *dorsuk* à la rivière du canyon, mais les gourdes en cuir fumé ne contiennent pas assez d'eau pour neuf personnes. Alors elle a aussi prévu deux *gögger* pour l'eau de cuisine. Les grandes outres en peau de yack donneront à la soupe le goût du lait de jument fermenté qu'on y conserve d'habitude, mais au moins elles peuvent contenir assez d'eau pour deux jours. Et elle a bien raison. Il a beaucoup moins neigé sur les collines que dans le canyon et elle n'aurait pas trouvé assez de bonne neige à faire fondre. Tsuyann fait bouillir l'eau avec des herbes et des racines, de la viande de renne et quelques poignées de millet pour l'épaissir. Quand la soupe est prête, elle pioche un morceau de viande du bout des doigts et l'offre au feu. *Accepte le meilleur pour toi, feu qui nous garde en vie.* Olygbay a déployé un *dastarkan* orangé sur l'herbe. Le tissu traditionnel et soyeux, sur lequel on présente la nourriture, chatoie dans le reflet des flammes. Tout le monde se regroupe alors et se régale de la soupe, dans la nuit frisquette qui se glisse entre les collines. Sauf Kariakine.

– Tu as peur que je t'empoisonne, colonel ? se moque Tsuyann en lui présentant une gamelle pleine. Tu vois bien que nous en mangeons tous.

– Pourquoi aurais-je peur d'une vieille folle ? se vexe le colonel.

– Tu as raison, garde toute ta peur pour Aysuun.

– Je n'ai pas plus peur d'elle que de toi.

Tsuyann sert le dernier soldat qui tend sa gamelle avant de répondre.

– Depuis le temps que tu chevauches nos contrées, sais-tu ce qu'est le *kys-kuar*, colonel ?

– Encore une de vos superstitions imbéciles, je suppose.

– Tu te trompes. Le *kys-kuar*, c'est un jeu.

– Débile, je présume…

– Ce n'est pas flatteur pour toi.

– Pourquoi dis-tu ça ?

– Parce que c'est le jeu auquel tu joues depuis des jours.

– Qu'est-ce que tu racontes, vieille sorcière, à quoi crois-tu que je joue ?

Kariakine s'en veut de s'être laissé entraîner dans cette conversation. Il devine que tous, dans la clarté du feu, le nez dans leur soupe, les écoutent. Mais Tsuyann ne lui répond pas. Elle laisse planer le mystère et rejoint les autres pour partager leur repas.

– Fat Sandjay adore le *kys-kuar*, dit le bandit dandy à la cantonade, sans lever les yeux de son bouillon. C'est un jeu où un homme et une femme se défient à la course, et où la femme a le droit de battre et de fouetter l'homme autant qu'elle le veut si elle le rattrape.

– Balivernes ! Ce n'est pas votre petite putain qui me poursuit, s'emporte Kariakine. Vous êtes bien placés pour voir que c'est moi qui suis à ses trousses.

– Kariakine, dit Chuluum, tu sais comment on chasse les marmottes, pourtant.

Le colonel ne répond pas et on n'entend, dans la nuit immense qui se pique d'étoiles, que les craquements du feu.

– Même si elles sifflent pour se prévenir et qu'elles filent dans leur trou plus vite que tu ne peux les voir, il suffit d'agiter un leurre pour qu'elles ressortent. Un morceau de tissu ou une queue de yack au bout d'un bâton suffit à les faire abandonner toute prudence et à s'exposer au chasseur.

– Et alors ?

– Et alors, toi, c'est avec un cheval blanc que celle qui te chasse t'attire là où elle veut.

– Pauvre idiot, elle ne m'attire nulle part. C'est moi qui vais là où je veux, et avec cinq otages à fusiller si elle tente de me piéger.

Plus la nuit grandit au-dessus d'eux et plus le silence les sépare. J'espère que tu as déjà connu, petit frère, ce sentiment d'ivresse de t'endormir à la belle étoile. De te sentir rapetisser dans l'univers qui se déploie au-dessus de toi. De n'en être bientôt plus qu'une infime esquille, une dérisoire existence, une insignifiance. Un rien, unique et incomparable. Mais un rien capable de se sentir part d'un tout. C'est le vrai mystère des bivouacs à ciel ouvert, petit frère, celui qui, après un long silence, pousse à s'interroger à voix basse.

– Comment retrouvez-vous la tête d'un cheval qu'on vous a volé ? murmure Bazaan.

– Les voleurs s'en débarrassent toujours, explique Gombo. La tête et la peau. Ils les enterrent à la va-vite dans des creux ou des failles. Nous partons sur leur trace avec un fusil et un chien. Le fusil pour nous défendre des bêtes et des voleurs, et le chien pour repérer les fosses.

– Conneries que tout ça, hurle Kariakine, fermez-la et laissez-moi dormir !

Un silence immense distend le temps et l'espace avant que Gombo reprenne :

– Mongols et Touvans se volent les chevaux depuis toujours. Personne ne saura jamais qui a commencé. Les deux peuples en mangent pour survivre, même si les Mongols n'en font pas commerce comme les Touvans. Les Soviétiques font la même chose. Chaque nomade doit au kolkhoze un pourcentage de son troupeau. Les chevaux qu'ils ne peuvent pas monter, ils les abattent. Sauf qu'eux le font sans aucun respect, ni de la bête, ni de son esprit, ni de son âme.

– Les animaux n'ont pas d'âme, vocifère Kariakine.

– Oui, je sais, soupire Gombo. Les hommes non plus, à en croire Lénine. Seule la nation aurait une âme collective, c'est bien ça ?

– La nation nous est supérieure. Elle est la seule âme qui doit nous guider. Toutes ses décisions, à travers le Parti et son Comité central, sont justes, même si leur finalité nous échappe.

– On dirait que tu parles d'un Dieu, se moque la voix de Tsuyann.

– Toutes ses décisions sont justes ? ironise Bazaan. Alors pourquoi le Comité central a-t-il donné l'ordre d'abattre tous les Akhal-Teke de l'armée ?

– Le Parti n'a jamais donné un tel ordre.

– Bien sûr que si, et tu le sais très bien. En 1950, au prétexte que les Akhal-Teke étaient trop capricieux et trop imprévisibles pour être obéissants. Pourquoi aurais-tu racheté le tien, à titre personnel, sinon pour lui éviter de finir à l'abattoir ?

– Ils ont vraiment fait ça ? s'indigne Chuluum. Les Soviétiques seraient donc encore plus sauvages que nous, pauvres nomades ?

Kariakine bondit hors de sa couverture. Il se dirige d'un pas rageur vers le feu, se saisit d'un brandon dans chaque main et va les jeter, blanc de rage, au pied du totem. Le bois, sec depuis des années, crépite aussitôt et le totem s'embrase comme un bûcher de sorcières. Le feu est si ardent que tous s'en éloignent, sauf Kariakine. Debout contre les flammes, bras en croix, il hurle sa rage contre nos croyances et nos traditions, Mongols ou Touvans mélangés, tous sauvages, tous superstitieux, peuple indigne et hermétique à la grandeur du projet soviétique.

Quand l'enchevêtrement des troncs enflammés s'effondre, des nuées d'étincelles et de flammèches s'enroulent en torsades et grimpent en tournillant jusqu'aux étoiles. Kariakine recule et trébuche en arrière. Gombo se précipite pour le retenir, mais le colonel refuse son aide d'un geste de colère. Il regagne sa couverture, se tourne dos au feu, et jure de venir mettre une balle entre les deux yeux du premier qui parle.

36

... quand notre galop s'emballe.

Il vient me rejoindre dans la nuit. Allongée sur ma couverture, je sens d'abord vibrer la terre sous les sabots. Puis j'entends le martèlement du galop de la harde. Les chevaux s'arrêtent à bonne distance. Je les devine sans les voir dans l'effacement du monde. Et je sais que Tumur s'approche quand le chien jaune s'agite et tourne en rond en gémissant de jalousie. Je me redresse et passe la couverture sur mes épaules. Tumur s'agenouille et m'embrasse.

Les baisers de Tumur, petit frère ! Ces bonheurs sucrés qui fondent entre mes lèvres. Il a sous le bras le même lourd manteau matelassé que celui qu'il porte et me l'offre. Pour la nuit, dit-il. Il a aussi apporté quelques gourmandises. Des *buzz* et des *khuushuur* mongols, de grosses ravioles au gras de mouton ou à la viande de yack. Cuits à la vapeur ou frits, nous avons pris l'habitude de les réchauffer et de les dorer sur la braise d'un feu de camp. Un peu comme font certains Chinois avec leurs ravioles. Et du *tsuivan* aussi, des nouilles à la viande et aux légumes, plates et épaisses, que nous chauffons dans une gamelle.

– Bolchakov ne me recherche plus, dit Tumur en se brûlant les lèvres et les doigts au premier *khuushuur*.

– Tu l'as semé ?

– Non. Il a reçu des ordres. En épiant son dernier bivouac, j'ai vu arriver une estafette au grand galop. Bolchakov l'écoute, rassemble son escadron, et repart aussitôt vers la caserne.

– Ils ne s'intéressent plus à toi ?

– Je me suis renseigné. J'ai parlé avec des cavaliers. Ils disent qu'un nouvel homme est arrivé. Les Russes auraient créé l'an dernier une nouvelle police politique, le KGB. C'est l'homme chargé par Beria d'arrêter Iejov, le chef du NKVD, qui en a pris la tête. Il a envoyé le colonel Kaminski, un de ses plus fidèles officiers, un ancien responsable du troisième département spécial du NKVD, un spécialiste des opérations secrètes contre les ennemis du peuple. Sa mission est de régler ce qu'ils appellent, à Moscou comme à Kyzyl ou à Oulan-Bator, « les comportements contre-révolutionnaires et les sabotages économiques des voleurs touvans ».

– Ce n'est pas une bonne nouvelle, alors...

– Je ne sais pas encore. Peut-être que ça peut nous débarrasser de Kariakine sans t'entraîner dans la mort.

– Que veux-tu dire ?

– Si tu tues Kariakine, comme je sais que tu veux le faire, tu deviendras une terroriste nationaliste qui a assassiné un colonel de l'armée soviétique. Dans le meilleur des cas, ils te fusillent. Dans le pire, ils te torturent avant de t'achever d'une balle dans la tête. Mais tu peux éviter ça en les laissant s'occuper de Kariakine. Laisse-leur lui mettre la main dessus et ils le fusilleront.

– Tu en es sûr ?

Tumur hésite. Je devine qu'il a fait quelque chose dont il hésite à me parler.

– Aysuun, je m'en suis ouvert à Bolchakov. Je me suis arrangé pour que nous nous rencontrions. C'est lui qui m'a parlé de

Kaminski. Bolchakov est un brave type, le moins soviétique possible. Il n'a pas mis beaucoup de hargne à me poursuivre, et j'ai compris qu'il avait une certaine estime pour les nomades, en secret. Pour lui, Kariakine est un fusible condamné. Kaminski a été nommé en tant que commissaire politique. Il est supérieur à Kariakine dans tous les domaines. S'il est là, selon Bolchakov, ça ne peut être que pour avoir la tête du colonel.

Je ne sais pas, petit frère. Comment faire confiance à ces Russes ? Combien avons-nous vu d'assassins dans leurs rangs être récompensés par des grades, des honneurs et des médailles ? Je ne tiens pas à ce que ma vengeance m'échappe. J'ai rendez-vous dans deux jours avec l'histoire et le destin de ma famille. Je ne veux laisser aucune chance à Kariakine.

– Qu'as-tu dit à Bolchakov ?

Tumur ne répond pas. Il craint ma colère, mais je ne veux pour rien au monde me fâcher avec lui. Je me blottis contre sa poitrine.

– Que lui as-tu dit ? je murmure en caressant sa joue.

– Que vous étiez ses otages. Qu'il voulait vous exécuter pour un cheval. Qu'il avait mené ses hommes au désastre et qu'il avait tiré dans le dos d'un prisonnier désarmé.

– Qu'a-t-il répondu ?

– Qu'il le savait en partie. Certains des hommes que tu as neutralisés et libérés sont rentrés tant bien que mal et sont parvenus à rejoindre la caserne. Le récit qu'ils ont fait du comportement de Kariakine est sans appel. Quand je lui ai raconté ce qu'il s'était passé en 1930, ce que Kariakine avait fait à ta famille, Bolchakov a promis de faire un rapport à Kaminski et d'y dénoncer Kariakine pour avoir entraîné ses hommes dans une vendetta personnelle destinée à effacer les preuves de ses crimes passés.

– Et tu crois qu'il le fera ?

– Oui, je crois. La seule inconnue, c'est la réaction de ce Kaminski.

Je reste serrée contre lui. Il me tient dans ses bras. Le chien jaune se roule sur mes cuisses pour ne pas être exclu de mon amour. Et nous sommes bien, tous les trois.

Les bivouacs sont des instants privilégiés, petit frère, je te l'ai déjà dit et je te le redis, parce qu'ils sont l'essence de notre vie de nomade. Des moments suspendus où tu n'es plus qu'un caillou dans l'univers. Une pierre immobile et millénaire. Sur le dos, ton corps finit par appartenir à cette terre qui te porte. Au-dessus de toi, la contemplation vertigineuse du ciel constellé d'étoiles t'aspire au-delà de toute limite. Et tu te sens appartenir à tout ça. À ce vertige. Et si tu aperçois une étoile filante, dis-toi que nos existences sont comme ça. Des petits bouts d'univers qui filent et se consument. Et disparaissent.

Cette nuit-là, j'aurais tant voulu que nous devenions, Tumur et moi, et le chien jaune aussi, pourquoi pas, une de ces comètes qui illuminent le ciel de leur fusion. Dans ces moments, je pense que l'univers nous appartient, et je le pense encore aujourd'hui alors que je n'ai plus grand-chose à vivre. Il nous appartient à nous, les nomades. Avec nos légendes et nos croyances dont se moquait le monde mécanique d'hier et dont se moque celui, virtuel, d'aujourd'hui. L'humanité peut disparaître, petit frère, et nous serons toujours là. Parce que la nature, elle, ne disparaîtra pas et que nous sommes passés depuis longtemps de son côté.

C'est ce à quoi je pense, tout contre Tumur dont j'entends battre le cœur. Comme un tambour. Celui d'un chamane. Quand, dans la nuit, au loin, une vive lueur découpe la silhouette d'une colline. Nous nous redressons sur nos couvertures.

– C'est Kariakine, je murmure.

– Cet idiot a dû mettre le feu au totem des chevaux.

– Oui, ça lui ressemble…

– Tant pis pour lui, laissons les chevaux régler ça.

Je glisse mes mains sous la couverture. Elles m'échappent et courent sur le corps de Tumur. Il s'allonge, me laisse le chevaucher, la tête dans les étoiles. Le chien jaune bondit et jappe autour de nous quand notre galop s'emballe.

37

... plus joyeux et plus charnels.

Kariakine se réveille. Il sort d'un sommeil froissé. Tsuyann a déjà fait bouillir le millet pour le petit déjeuner. Chuluum et Gombo ont récupéré des morceaux de troncs épargnés par le brasier du totem. Ils les ont empilés en cône à l'écart des braises. Ils ont dû s'éloigner du camp pour rapporter quelques longues branches et Kariakine enrage. D'un coup de botte, il réveille le soldat qui devait assurer le dernier tour de garde.

Maudits sauvages et leur entêtement de nomades, ils reconstruisent un totem en regroupant les crânes de chevaux que le feu n'a fait que noircir. Kariakine comprend qu'ils les ont poncés avec de la cendre et lavés dans la neige. Mais il s'en moque. Quelque chose d'autre le travaille. Une mauvaise pensée l'obsède. Un calme étrange le prend et il comprend que ce n'est pas sa haine qui s'apaise. C'est lui qui abandonne sa colère. Il n'en a soudain plus la force et se dit, pour excuse, qu'ils ne la méritent pas. C'est un matin aiguisé comme une lame, blanc et frisquet, qui entaille sa résistance. Il a mal dormi. Le froid et la faim crispent son ventre et il est fatigué. Au diable leur sauvagerie. Qu'ils restent là, à croire que les chevaux ont une âme et qu'il faut donner à manger à leur foutu feu. Il regarde les autres se réchauffer le cœur et le ventre de leur infâme bouillie de millet. La faim le tenaille, mais pour rien au monde il n'ira quémander sa part. Les quelques biscuits dans ses sacoches feront l'affaire. Assez pour tenir deux jours encore. Juste le temps qu'il faut. Il se dépêche d'avaler sa maigre pitance et va vérifier que leurs chevaux sont toujours entravés pour les empêcher de fuir. Quand il est rassuré, il enfourche sa monture et s'en va au pas, ordonnant aux soldats de regrouper les prisonniers et de le suivre. Après deux cents mètres, il s'arrête et se retourne. Les autres sont toujours au bivouac. Fat Sandjay et les trois soldats sur leurs chevaux, et les autres à nettoyer le campement. Ces idiots remettent en place les pierres qu'ils ont utilisées pour le feu, enterrent les braises, et effacent toute trace de leur nuit. Peuple imbécile.

Même alourdi de nuages et capitonné de neige, le ciel reste en démesure. À perte de vue, il lamine l'horizon. Il l'essore. Loin devant, peut-être qu'il pleut. Derrière, dans le canyon, il neige sûrement. Mais la journée les épargne et ils divaguent dans la steppe immense sous des cieux prêts à se déchirer au moindre oiseau qui les percera de son bec inquiet.

Je les suis, petit frère, juste en deçà de la ligne de crête pour que Kariakine et les soldats ne me voient pas. Je sais que Chuluum, le chasseur, a deviné ma présence, et que Gombo l'a sentie. Le chien jaune caracole entre les pattes de mon cheval. De temps en temps il prend un peu d'avance et s'arrête pour grogner après leur caravane qui passe au loin. Puis il revient en gambadant, heureux d'être de nouveau seul avec moi. Je garde sur mon corps le parfum et les baisers de Tumur. J'aime m'abandonner quand je sais qu'il va repartir. Il l'a fait avant l'aube et je crains pour lui. Je sais qu'il ne m'a pas tout avoué. Tumur ne ment pas, petit frère, il évite de dire les choses, comme beaucoup de nomades. Je le crois quand il m'assure avoir parlé à Bolchakov, mais je ne suis pas sûre qu'il m'ait tout rapporté de ce qu'ils se sont dit. J'espère surtout qu'il n'a pas poussé l'imprudence jusqu'à rencontrer ce Kaminski. Qu'il s'en tienne à notre plan, c'est tout ce que je lui demande. Je pousse mon cheval et bascule de l'autre côté de la colline. Je dois trouver un autre point de vue pour profiter de leur surprise.

– C'est inespéré, murmure-t-il en apercevant la tente. Fat Sandjay connaît cette yourte et l'homme à qui elle appartient, mais il se demande ce qu'elle fait là !

La petite troupe s'est arrêtée en haut d'une colline et regarde la yourte isolée dans la steppe. Une yourte mongole, à en croire la perche rangée à la verticale près de la porte close. Les Touvans ne s'en servent pas, ils capturent leurs rennes au lasso ou à la main. Les voleurs de chevaux non plus.

– Prends un soldat et va voir, ordonne Kariakine.

– Fat Sandjay n'ose pas, minaude le bandit dandy, l'*ourga* plantée à côté de la porte fermée le lui interdit.

– Qu'est-ce que c'est encore que cette histoire ? Obéis !

– La porte d'une yourte est toujours ouverte à celui qui passe, le colonel devrait le savoir, depuis le temps. On n'y frappe même pas. Ce serait une injure à son propriétaire de penser qu'il pourrait se soustraire à son obligation d'hospitalité. Mais là…

– Là quoi ? aboie Kariakine qui s'impatiente.

– Là, l'*ourga* et la porte close indiquent qu'un couple profite de sa chaleureuse intimité à l'intérieur.

– Qu'est-ce que ça signifie ? Sois plus clair.

– En d'autres termes, Fat Sandjay pourrait dire, avec tout le respect qu'il porte au colonel, que dans cette yourte on s'accouple. On coïte, on fornique, on copule. On baise, quoi !

– Cette yourte serait un bordel de steppe ? s'amuse Kariakine.

– Non, coupe Tsuyann d'une voix blanche, c'est une yourte bénie et heureuse dont aucun Russe n'a encore violé l'intimité ni les occupants. C'est juste une yourte qui abrite un couple de nomades qui s'aiment.

La voix et le regard de Tsuyann se plantent en Kariakine qui ne trouve pas les insultes pour réagir.

– Qu'est-ce que tu attends ? lance-t-il à Fat Sandjay. Tu veux que j'y envoie mes soldats ? Tu as cinq minutes pour leur expliquer que je réquisitionne cette yourte. Après je considère que c'est une rébellion et je la prends d'assaut.

– Tu ferais bien d'y aller, Fat Sandjay, dit Tsuyann, évitons à cette pauvre femme d'être violée par un soudard devant le cadavre de son mari. Ce bon Bobrovitch ne serait plus là pour abréger ses souffrances d'un coup de grâce.

Encore une fois, Kariakine ne répond pas. Il regarde Fat Sandjay courir vers la yourte, ses breloques brinquebalant dans tous les sens. Il le suit à travers ses jumelles. Il le voit héler les occupants de la yourte depuis l'extérieur et attendre que la porte s'ouvre. Le vieil homme qui l'accueille, le visage ridé par les ans et les hivers, suit des yeux les gestes de Fat Sandjay. Quand il aperçoit la petite troupe, il hoche plusieurs fois la tête et Fat Sandjay fait signe à Kariakine qu'ils peuvent venir.

C'est bien une yourte mongole et Kariakine y pénètre sans saluer le vieil homme et sans rien respecter des traditions. Il sait pourtant, depuis le temps qu'il est en garnison dans ces terres nomades, qu'on enjambe le pas de la porte sans le piétiner, toujours du pied droit. Qu'on n'y entre jamais armé. Qu'on y circule par la gauche. Il sait tout ce qu'on doit faire ou ne pas faire dans une yourte, mais il s'applique à n'observer aucune règle. Il décide que ce taudis de feutre et de toile, même empuanti de gras et de crasse, comme il le dit tout haut, lui sera réservé. Tout le monde bivouaquera dehors pour la nuit. Quand il remarque la femme, il la toise avec dédain et ordonne qu'elle lui serve de quoi manger.

– Pour moi, pas pour les autres. Et ne cuisine rien. Ne me donne que des choses que tu as déjà préparées.

Dehors, le vieil homme regarde les cordes qui entravent les chevaux.

– Nous sommes ses prisonniers, explique Chuluum.

– Toi le chasseur d'ours, et Gombo le chamane aussi, mais pourquoi pas Fat Sandjay ?

– Fat Sandjay a été nommé éclaireur en chef de cette expédition par le colonel en personne, se vante le bandit dandy.

– Eh bien, réjouissez-vous, avec pareil guide, vous n'êtes pas près d'arriver à la prison. Depuis que je le connais, ce bandit de pacotille s'est toujours égaré. Dans ses chemins comme dans ses pensées. Sa vie n'est qu'une suite de mauvaises routes.

Il parle sans regarder personne. Il inspecte les chevaux. Vérifie que les entraves ne blessent pas leurs jambes. Apprécie chaque bête en connaisseur, comme un maquignon. Fat Sandjay boude. Les autres ont tous mis pied à terre et s'en amusent. Quand Kariakine sort de la yourte, les deux soldats sont les seuls à se raidir au garde-à-vous. Tous les autres l'ignorent.

– Où trouves-tu ton eau ? lance-t-il au vieil homme.

– Le torrent. Deux cents mètres au nord, dans un repli de la steppe.

– Je vais m'y laver. Quand je reviens, je veux que le bivouac soit installé à l'extérieur pour eux comme pour toi et ta femme. Je mange et dors seul dans la yourte. Et épargnez-moi vos épouvantables chants de gorge et autres interminables légendes. Le premier qui me réveille…

– Je l'abats ! se moquent en chœur Chuluum et Gombo à voix basse.

Dès que Kariakine s'est éloigné, Tsuyann entre dans la yourte à son tour.

– Comment va la petite sœur de Tumur ?

– Tsuyann ! Mais que s'est-il passé ? Tu es sortie de ta mélancolie ?

– Oui, j'ai revu des visages de l'époque et l'un d'eux m'a ramenée à la vie.

– Il y a quelques jours à peine, quand nous t'avons aidée à installer ta yourte dans cette clairière, tu ne m'as même pas reconnue, et voilà que…

Elles se prennent dans les bras et se serrent fort, le nez sur la tempe l'une de l'autre pour marquer leur joie et leur affection.

– Et toi, Argaan, que fais-tu ici avec ton vieux mari ?

– Tumur nous a aidés à nous installer à cet endroit. Il a dit qu'un colonel russe y ferait halte avec vous, et vous voilà…

– Il t'a dit ça ? Que t'a-t-il raconté d'autre ?

– Rien. Que c'était une affaire entre Aysuun et le colonel.

– Est-ce qu'il t'a demandé autre chose ?

– Oui. Il m'a dit de préparer à manger.

– Bonne idée, nous avons tous faim.

– Non, pas pour vous. Pour le colonel.

Quand Kariakine revient, Argaan a étendu au sol un *dastarkan* jaune brodé de rouge sur lequel elle a disposé sa nourriture. Un *khorkhog* de marmotte où la viande, mélangée avec de l'eau et des pierres chauffées à blanc, a été enfermée dans un bidon de lait en métal posé sur un feu de braises. Et du *izig-khan*, aussi, du sang brûlant d'agneau.

– Il restera du *khorkhog* et du boudin demain pour la route, colonel Kariakine, murmure Argaan en baissant les yeux. Je vous en préparerai dans une gamelle que vous n'aurez qu'à réchauffer sur les braises au bivouac du soir. Dans la journée, c'est mieux de manger des biscuits ou des galettes. Je vous en donnerai aussi. Il y a de l'eau dans cette outre, et de l'*arkhii*, de la vodka de lait de jument fermenté dans cette cruche.

– Vodka de lait ! peste Kariakine. Et pourquoi pas de la pisse de chameau !

Argaan prend congé à la chinoise, soumise et courbée, trois pas en arrière, les yeux baissés, avant de faire demi-tour et de sortir sans se retourner.

La nuit va être fraîche. Déjà un fond d'hiver se fige dans l'air. Argaan et son vieux mari ont sorti tous leurs manteaux. Des *dshagy* en fourrure épaisse, de renne ou d'ours, ou en cuir souple. Même des *lawaschak* d'été et des *deel* longs en satin de soie matelassé. Quand le bivouac s'endort dans leur confort, une vérité échappe à Kariakine qu'un mauvais sommeil tourmente. Tous, à part lui, nous appartenons à ce monde immense et éternel qui nous entoure. Même notre silence est un lien avec l'univers. Nous partageons cette appartenance. Entre nous et avec les autres. Avec Tumur au loin. Avec moi dans les parages. Et avec n'importe quel nomade qui s'extasie de l'infinie beauté du ciel étoilé de sa nation. Hommes ou femmes. Mongols ou Touvans. Humains ou animaux. Moi aussi, quelque part dans la même nuit, blottie dans le souvenir de Tumur, sous ma couverture, je partage ce silence habité. Et Tumur aussi, bien sûr, où qu'il soit.

Le cauchemar de Kariakine le taraude toute la nuit. Debout, au milieu d'une steppe vaste et plate comme un océan, il reste face à l'Akhal-Teke immobile. Toute la nuit, ils se regardent à distance, le cheval n'a aucun mouvement. Il ne bouge ni ne renâcle. Lui, Kariakine, est pétrifié, le poids de ses péchés noirs sur ses épaules. Le ciel et la terre changent. Au-dessus de lui le bleu glacé se transforme en fournaise immobile. Sur ses épaules, ses péchés fondent et le figent dans un moule de plomb. Le cheval lève une jambe, marque un temps, puis l'étend devant lui sans la reposer tout de suite. L'Akhal-Teke s'avance, au pas espagnol, sans le quitter de ses yeux d'ambre. À chaque antérieur qu'il repose d'un pas militaire, le sol vibre en silence et l'herbe se transforme en poussière. Kariakine comprend que Tara marche sur lui qui n'est plus qu'une statue de plomb incapable de l'éviter. Quand le sabot tendu le frôle, il pleure. Quand il le touche, le plomb se fissure et se vide du sable froid que Kariakine est devenu. Même ses larmes s'assèchent et deviennent poussière sous le ciel de feu qui s'éteint puis se laque à nouveau d'un bleu de glace. Et chaque fois, il se retrouve debout, au milieu d'une steppe vaste et plate comme un océan, face à l'Akhal-Teke immobile. Chaque fois. Cent fois. Mille fois lui semble-t-il, tant il est épuisé par sa nuit de mauvais sommeil.

Il ne parle à personne et refuse d'un geste le thé et la bouillie de millet préparée par Tsuyann. Argaan s'en étonne d'un regard.

– Il a trop peur que je l'empoisonne, se moque Tsuyann.

– Pourquoi, il le mériterait ?

– Oh oui !...

Tout le monde se prépare et Kariakine vérifie lui-même les entraves des chevaux. Avant qu'il monte en selle, Argaan lui apporte les provisions qu'il a exigées d'elle. Il les range dans ses sacoches puis, comme la veille, dès qu'il est prêt, il part au pas sans attendre les autres, précédé de Fat Sandjay qui ouvre le chemin.

Bazaan prend la tête du reste de la colonne, intrigué par quelque chose qui lui échappe. À quoi a servi cette étape ? De ce qu'il a entendu, Tsuyann, Gombo, Chuluum, Olygbay et même Fat Sandjay connaissaient Argaan et son vieux mari. Leur yourte n'avait été remontée là que deux jours plus tôt à peine. Quelque chose cloche. Il sait aussi qu'ils sont suivis. Il a surpris les regards en biais de Chuluum en direction des collines. Aysuun les pisterait-elle au lieu de les attendre au point de rendez-vous ? Pour les piéger avant qu'ils y arrivent ? Dans ce cas, c'est aujourd'hui, parce que, selon Fat Sandjay, ils seront à l'endroit voulu à la tombée du jour. Ou bien c'est Tumur, le compagnon d'Aysuun, le voleur de chevaux légendaire, s'il a bien compris toutes les allusions. L'un ou l'autre veut peut-être vérifier que Kariakine ne reçoit aucun renfort ? De toute façon, ils doivent se douter que le colonel en a demandé. Aysuun ou Tumur ont dû voir le cavalier envoyé vers la garnison par Kariakine. Alors quoi ?

Il ralentit sa monture jusqu'à chevaucher à côté de Gombo.

– Que se passe-t-il ?

Le chamane sourit.

– Que veux-tu qu'il se passe, Bazaan, sinon ce que Sardakhan, créateur du monde, aura décidé. Ou bien Gök Deeri, la divinité du Ciel Bleu. Ou encore Erlik, le seigneur du royaume des morts. Nos destins sont entre leurs mains.

– J'ai plutôt l'impression qu'ils dépendent de la violence des crimes de Kariakine et de la vengeance d'Aysuun.

– Et de qui crois-tu que leurs destins, à tous les deux, dépendent ?

– Je ne sais pas, mais je n'aime pas que le mien dépende de forces surnaturelles.

– C'est là que tu te trompes, soldat. Contrairement à vos religions, les esprits qui commandent nos vies n'ont rien de surnaturel, car rien n'est supérieur au naturel. Les esprits-maîtres sont issus de la nature, comme nous. Tout se joue entre elle et nous.

– Ça n'empêchera pas Kariakine de vous abattre quand il aura récupéré son cheval, et moi avec, probablement.

– Tout dépend de ce qu'aura décidé l'esprit-maître du cheval…

Bazaan chevauche un long moment à ses côtés, sans rien dire. Le chamane semble serein. Il porte, accrochés à son vêtement, ce que Bazaan sait maintenant être des *èèren*, ses auxiliaires protecteurs. Il a aussi glissé dans sa ceinture un fouet de courtes lanières en tissus de couleur.

– C'est mon *shawyd*, explique Gombo qui a surpris son regard. J'en fouette ceux qui viennent me consulter, et la poussière qui fume de leurs vêtements symbolise les mauvais esprits que je chasse d'eux.

– Mais ce n'est que de la poussière !

– C'est ce qu'ils veulent que ce soit…

Un long silence s'installe encore avant que Bazaan parle de nouveau.

– Gombo, si Aysuun et vous, avec ou sans l'aide de Tumur et des autres, préparez quelque chose, préviens-moi. Je suis de votre côté, j'espère que tu l'as compris. Kariakine n'hésitera pas à m'abattre comme il a abattu Bobrovitch.

– Bazaan, si Aysuun a prévu quelque chose, tu fais partie de ce quelque chose. Savoir ou pas ce que c'est n'y changera rien. Comme chaque matin, nous nous levons pour parcourir le petit bout d'éternité qu'est chaque journée. Quelques pas sur le sentier de notre destinée. Si nous devons mourir ce soir, en quoi le savoir nous aiderait-il à mieux vivre notre dernier jour ?

– Mais toi, Gombo, tu peux le savoir, non ? Tu es chamane, tu as des talents de divination. Tu dois bien t'inquiéter de ce qui peut t'arriver ?

– Tu n'as donc rien compris, encore ! Je ne suis pas un chamane noir, occupé à jeter des sorts et à me défendre contre ceux qui me sont lancés pour éviter la mort. Personne n'y échappe, Bazaan. Personne, jamais, même le plus puissant des chamanes. Tout meurt dans la nature. Même les planètes. Même les étoiles.

– À quoi te servent tes pouvoirs, alors ?

– Ils sont ceux d'un chamane blanc. Je ne cherche qu'à garder le plus longtemps possible les liens les plus harmonieux entre les humains et l'univers. Je démêle les fils dans lesquels ils s'empêtrent à force de vouloir les tirer. Je ne leur offre pas de réponses, je leur indique des chemins.

– Tu as de la chance d'y croire, répond Bazaan en poussant son cheval, moi je serais furieux de mourir ce soir.

– Tu ne seras rien, Bazaan, ni heureux ni furieux. Tu ne seras plus, c'est tout. Tu seras mort.

– Alors, disons que je serais heureux de survivre à ce qui se prépare.

– À la bonne heure, tu commences à comprendre…

Bazaan remonte vers la tête de la colonne et se rapproche de Chuluum.

– Quelle distance avons-nous parcourue hier ?

– Environ deux *örtöön*…

– C'est-à-dire ?

– Un peu plus de soixante kilomètres. C'est ce que parcourt un cheval au pas en dix heures.

– Est-ce que nous allons parcourir la même distance aujourd'hui ?

– Oui. D'après ce qu'a dit Fat Sandjay du point de rendez-vous, c'est à un peu plus de deux *örtöön* de la yourte.

– Donc nous n'y serons qu'à la nuit.

– Oui, pas avant.

Bazaan reprend sa place dans la colonne et son inquiétude s'apaise. Bien sûr, il sent toujours que quelque chose se prépare. Que ce délai de trois jours et cet itinéraire doivent correspondre à un plan. Mais l'angoisse de savoir quoi et comment l'a quitté. Il se perd bientôt dans la contemplation de ces terres libres, immenses et éternelles. Étrangères au drame que, peut-être, les êtres minuscules et si provisoires qu'ils sont trament et ourdissent entre eux. Du haut de leur petite vie dérisoire de soixante-dix ans à peine, ils chevauchent une steppe de plusieurs centaines de millions d'années avec la prétention d'y être les maîtres. Ils ne sont en fait que des animaux qui ne se tiennent debout que depuis trois millions et demi d'années. Sur une terre qui porte tout ce qui vit ou prépare la vie d'une façon ou d'une autre depuis quatre milliards et demi d'années. Rien. Ils ne sont rien. C'est ce qui les entoure qui est le vrai tout.

Il n'a plus aucune peur d'être là où il est. Il savoure l'instant qui passe, fuit et n'est déjà plus. Une risée soudaine qui effarouche l'herbe bleue. L'éclat mat et velouté des lichens roux sur les roches. La dérive immobile et cotonneuse des nuages épars. La sueur des chevaux. Le sifflet paniqué et curieux des marmottes. Un aigle suspendu. Au diable Kariakine !

Tandis qu'il chevauche en tête, une seule pensée obsède le colonel. Pas vraiment celle de récupérer son cheval, il ne doute pas d'y réussir. Ce qui le taraude, c'est le sort des prisonniers. Il fait son affaire des deux soldats et de Fat Sandjay. Il sait comment forcer les deux premiers à confirmer sa version des faits. Il achètera celle de l'autre bandit de pacotille au prix qu'il voudra. Le chasseur d'ours n'est pas vraiment un problème, ni la gamine éleveuse de rennes un peu simplette. La vieille et le chamane, par contre, sont une victime et un témoin direct de ce qu'il a commis en 1930 dans le cadre de la campagne de pacification. La voleuse de chevaux aussi, et peut-être ce Tumur, son compagnon, un voleur lui aussi. Ces quatre-là ne doivent pas survivre. Et puis il y a Bazaan.

Que dire de Bazaan, sinon que le vrai danger, en fait, c'est lui ? Les accusations ou la vie des autres, il peut s'en arranger, mais le témoignage de Bazaan serait dévastateur. C'est un officier. Son aide de camp. Son fils. Ce qu'il ressasse, pendant les longues heures de cheval de cette dernière journée, est à l'opposé du ravissement de Bazaan. C'est un mauvais remugle d'idées sombres. Un lourd bouillon de pensées fétides. Son esprit s'y enlise dans une mélasse de funestes hypothèses nauséabondes et vénéneuses. C'est son fils, c'est vrai, mais c'est sa vie. Celle du colonel Vladimir Alexandrovitch Kariakine, colonel de l'Armée rouge, fidèle serviteur du Parti et de la révolution, pacificateur de ces steppes immondes et superstitieuses depuis plus d'un quart de siècle. En quoi l'existence d'un fils bâtard et ingrat devrait-elle ternir ses glorieux états de service ?

Tout cela, je le devine à la façon dont Kariakine monte, petit frère, et son cheval aussi le sent. Il n'a plus le même pas. Il ne redresse pas la tête de temps en temps, comme les autres, pour secouer sa crinière, les nasaux au vent du ciel bleu. C'est la monture triste et soumise d'un cavalier tourmenté qui ne la flatte jamais de quelques caresses de reconnaissance sur l'encolure.

Mon cheval et mon âme sont tout le contraire. Lui chevauche gaiement, à flanc de colline, sans que j'aie à le commander. Il sait qui nous suivons et à quelle distance il doit rester. De temps en temps il piaffe et part au trot, s'amuse à gravir un escarpement, descend dans une ravine. Il joue avec le chien jaune qui court entre ses jambes et soudain cabriole entre les pierres, et je les laisse faire, petit frère.

Mon âme, elle, gambade autour de nous, aussi joyeuse et sereine que mon cheval. Elle sait où elle va, et elle sait ce que je veux. Que tout ça se termine et que Tumur me revienne. Il est quelque part dans la vallée avec l'Akhal-Teke, et quand tout ça sera terminé, nous retournerons nous aimer dans la nature. Dans la nacre des neiges de Charlig-Chaarkan, notre montagne sacrée, ou sur les berges du Homdu, le plus grand et le plus puissant de nos fleuves. Ou sur les rives du Lac jaune, dans la région où le géant Sardakhan, créateur de toute chose, menait les eaux radieuses du fleuve nouveau, comme on mène un troupeau de chèvres capricieuses.

J'espère que tu connais la légende, petit frère, sinon à quoi bon être touvan ? Le temps est léger, mais la route est longue sous le soleil caressant, et voilà Sardakhan pris d'une douce torpeur, d'une irrésistible paresse. Il s'allonge entre deux montagnes et se laisse engourdir par un sommeil délicieux. Un somme. Une longue sieste. Mais les flots capricieux qu'il conduisait en troupeau s'accumulent derrière lui, contre son corps de géant qui fait barrage. Les remous chahutent et bondissent les uns sur les autres, caprins espiègles dont la troupe enfle et se gonfle. Quand une pie alerte Sardakhan et le réveille, tout le pays en amont est inondé par la retenue d'eau. Le géant veut se lever, mais comprend que s'il le fait, les flots libérés emporteront tout sur leur passage en aval, ravageant le pays Touva. Alors, le dos en digue contre le courant, de ses mains de géant créateur, il creuse un trou profond devant lui. Si profond que, lorsqu'il se lève, toutes les eaux du Homdu s'y engouffrent et forment le Lac jaune si cher à notre peuple.

C'est là que nous irons, Tumur et moi, nous laisser emporter par d'autres flots et d'autres tumultes, plus joyeux et plus charnels.

38

... récupérer Kariakine.

Le camarade Dimitri Ivanovitch Kaminski fait les cent pas derrière le bureau qui était celui de Kariakine. Bolchakov, au garde-à-vous, ne s'y trompe pas. C'est un homme au physique insignifiant, mais dont on devine la détermination inébranlable. Un de ces hommes de l'ombre, impassibles, au sang-froid parfait, qui consolident jour après jour la révolution. Dans l'ordre et la violence. On n'a pas été responsable du troisième département spécial du NKVD sans se rougir les mains.

– Depuis combien de temps cours-tu après ces voleurs de chevaux, camarade ?

– Depuis des années déjà. Nous en arrêtons quelques-uns, mais les principaux nous échappent. Ils agissent de façon organisée, de chaque côté de la frontière, en République de Touva comme en République mongole.

– Et Kariakine, depuis combien de temps est-il parti ?

– Une dizaine de jours.

– Combien de chevaux nous a volés cette fille ?

– À dire vrai, camarade, nos chevaux se sont dispersés dans la steppe. La fille a juste volé le cheval de Kariakine.

– C'est quand même un cheval de l'armée, un bien du peuple.

– Pas vraiment, camarade, c'est le cheval personnel de Kariakine. Un Akhal-Teke qui lui appartient.

– Un Akhal-Teke ? Je croyais qu'un décret avait ordonné qu'on les abatte tous pour leur indiscipline et leur caractère récalcitrant ?

– À voir comment Kariakine a réussi à dresser le sien, c'était peut-être plus une incapacité des dresseurs que des chevaux.

– Attention à ce que tu dis, camarade, un décret ne peut pas être une erreur. Donc, tu dis que la fille n'a volé que le cheval de Kariakine.

Kaminski finit par s'asseoir. Il disparaît dans le fauteuil. Pour la première fois, Bolchakov remarque à quel point ses mains sont disproportionnées par rapport à sa taille. Larges et puissantes. Des mains entre lesquelles il ne doit pas faire bon tomber. Poigne de fer, sans doute.

– Et elle est vraiment venue à bout d'une vingtaine de nos hommes ?

– C'est ce que disent ceux qui en sont revenus. Mais elle n'en a tué aucun.

– On se moque de savoir si elle en a tué ou pas. Elle a ridiculisé Kariakine et ses hommes et, à travers eux, notre armée tout entière. C'est une chose que nous ne pouvons tolérer, tu le comprends ?

Bien sûr que Bolchakov comprend. Face à un commissaire politique, ancien cadre du NKVD envoyé par le nouveau KGB, il est plus prudent de tout comprendre. Sans la moindre hésitation.

– Tout ça est très ennuyeux..., murmure Kaminski.

Pas d'ennuis, se dit Bolchakov, surtout pas d'ennuis. Mais un coup à la porte le sauve comme le gong d'une fin de round.

– Qu'est-ce que c'est ?

Un soldat passe une tête dans l'entrebâillement.

– Camarade commissaire, un homme est là. Il est envoyé par le camarade colonel et demande à voir le camarade Bolchakov.

– Qu'il entre !

L'homme est essoufflé et couvert de poussière. Il explique avoir galopé jour et nuit pour porter un message à Bolchakov de la part de Kariakine.

– Raconte-nous, ordonne le commissaire.

– Le colonel a mis la main sur plusieurs complices de la voleuse, et il a arrangé un rendez-vous dans la steppe pour un échange contre son cheval. Il a besoin de renforts pour surprendre la voleuse et la capturer.

Le soldat est confus. Il ne sait pas à qui s'adresser. À Bolchakov, son supérieur, ou à l'homme qu'il ne connaît pas mais qui est assis dans le fauteuil de Kariakine ? Il donne au premier le jour du rendez-vous, et à l'autre le lieu.

– C'est à deux cents kilomètres environ, précise Bolchakov en pointant une carte dans le dos de Kaminski. Cinq à six heures de voiture en coupant à travers la steppe.

Le commissaire examine la carte.

– Combien d'hommes avec Kariakine ?

– Deux, plus un pisteur local. Fat quelque chose…

– Fat Sandjay ? Oublie-le, camarade commissaire, explique Bolchakov. Ce bandit dandy est fuyant comme une anguille et vendrait père et mère pour trois babioles en verre.

– Et les prisonniers, combien sont-ils ?

– Quatre. Deux femmes et deux hommes, plus…

– Plus ?

– … plus l'aide de camp du colonel.

– Bazaan ? Bazaan est prisonnier de Kariakine ? s'exclame Bolchakov.

– Qui est ce Bazaan ? Et pourquoi Kariakine l'a-t-il fait prisonnier ?

L'homme va répondre quand on frappe de nouveau à la porte du bureau.

– Quoi, encore ? s'énerve le commissaire.

Le même soldat passe la même tête dans l'entrebâillement.

– Un homme demande à te voir, camarade commissaire.

– Qui ?

– C'est à propos des voleurs de chevaux.

Kaminski se tourne vers Bolchakov.

– Tu t'en occupes et tu reviens au plus vite. Tu prends trente hommes et deux camions et tu vas récupérer Kariakine.

39

... son corps fatigué savoure.

D'abord, là où un esprit mérite d'être honoré, on plante un grand poteau à la verticale dans la steppe. Symbole du lien indestructible entre le ciel et la terre. On empile quelques pierres blanches tout autour, et ensuite, chaque nomade de passage, chaque voyageur, chaque pèlerin, chaque âme égarée y apporte la sienne. Et c'est un *ovoo*. Quand il est assez haut et étayé, on force dans ses pierres blanches des branches, des pieux et des bâtons, auxquels on accroche des rubans bleus et blancs comme un ciel bienveillant. Des os de mouton aussi. Des offrandes, des bouts de laine et du crin de cheval. Le chien jaune, lui, s'affaire à fureter de sa truffe entre les pierres à la recherche de quelques reliefs d'oboles. C'est ainsi, petit frère, qu'on jalonne notre steppe et nos montagnes. Ces cairns balisent le chemin de nos pas autant que celui de nos âmes. Ils font des esprits de la nature nos compagnons de route et les gardiens de nos croyances. J'ai choisi ce lieu pour cette raison. Facile à reconnaître et protégé par les esprits.

J'y suis passée bien avant que Kariakine le rejoigne.

Je me suis inclinée en silence. J'ai fait le tour de l'*ovoo*, trois fois, dans le sens contraire des ombres. Et j'ai attaché un ruban de satin bleu pour que les esprits me pardonnent la vengeance à venir. Je sais que tous, sauf Kariakine et ses hommes bien sûr, comprendront en découvrant l'*ovoo*. Bazaan aussi, peut-être, s'il a gardé assez de sang touvan en lui. Je l'espère.

Après avoir marqué mon respect pour l'esprit-maître des lieux, et même si ce n'est pas vraiment le sens de la tradition, je lui demande sa protection. Pas pour mon chemin, qui s'arrête là, mais pour les miens. Pour Tumur, dont je n'ai pas de nouvelles. Pour Bazaan, mon fils quand même. Pour Tsuyann, Olygbay, et Chuluum aussi. Je ne demande rien pour Gombo. Au contraire, je sollicite son aide et celui de ses *èèren.*

Quand je repars au galop, le chien jaune, indifférent, assis sur son séant, me regarde m'éloigner vers l'horizon. Avant de me rejoindre ventre à terre en jappant de joie.

– Nous y sommes, dit Fat Sandjay en apercevant l'*ovoo*.

Kariakine parcourt du regard le paysage immense. Les montagnes, à l'horizon, ne sont qu'un bourrelet tout au bout de la plaine. Il regarde l'*ovoo*. Je sais ce que les autres pensent. S'il le brûle, comme il l'a fait avec le totem, ils le tuent. Le colonel doit s'en rendre compte et décide d'établir le campement un peu à l'écart. Aucun regard pour ceux qui rendent hommage aux esprits et tournent trois fois autour du cairn. Kariakine les ignore quand ils déposent des offrandes. Les méprise en silence quand ils accrochent des rubans. Laisse chacun installer son bivouac comme il le veut, sous la surveillance des deux gardes, mal à l'aise et que toutes ces croyances mystérieuses inquiètent et fascinent à la fois. Lui pose ses affaires et la selle de son cheval plus loin, et ordonne à Fat Sandjay de lui allumer un feu. Tsuyann et Olygbay s'occupent du repas des autres. Kariakine a ses propres vivres laissés par Argaan, mais ne mange pas tout de suite. Il réfléchit à ce qui va advenir. À ce qu'il lui reste à faire. À son choix pour Bazaan. Pour les autres, sa décision est prise.

Quand un ciel rubescent éteint peu à peu le jour, un calme vespéral glisse et s'étend sur la steppe. Le colonel n'aime pas ces silences nomades. Il regarde ses prisonniers se rouler sous leur couverture sans aucune inquiétude apparente. Kariakine déteste cette inertie suicidaire des peuples vagabonds. Quelquefois même, elle lui fait peur. Non pas qu'il les craigne, mais pour ce qu'elle suppose de confiance dans toutes leurs bondieuseries, toutes ces autres vies mystiques auxquelles ils croient. Dans la tranquillité de son campement, il reconnaît que, de temps en temps, dans des vertiges inattendus, cette incapacité à croire en quelque chose de plus grand que lui laisse dans son âme solitaire un vide démesuré. Qu'il comble par sa foi sans faille en la supériorité de la révolution, à laquelle il ne croit que pour donner un sens à sa vie.

Quand tous s'endorment, sous la surveillance du soldat de garde, Kariakine mange et reconnaît à contrecœur que le *khorkhog* et le sang brûlant d'Argaan sont délicieux. Il n'a fait confiance à personne, surtout pas à Fat Sandjay, et les a réchauffés lui-même. Après un si copieux repas et dix heures de cheval, il ne s'aperçoit même pas qu'il s'endort. Le sommeil lui vient comme une torpeur. Une sorte d'abandon, un lâcher-prise dont il n'a pas le temps de s'étonner et que son corps fatigué savoure.

40

... piétiné son âme.

Quelque chose de mouillé sur son visage. Rond et froid. Mou. Autre chose ensuite. Humide et râpeux cette fois. Un souffle aussi. Haletant. Fétide. Il émerge de son sommeil sans aucun souvenir d'y avoir succombé. L'aube n'est encore qu'un flamboiement en contre-jour de l'horizon. Il lui faut du temps avant de se situer dans le temps et dans l'espace.

La steppe, l'*ovoo*, le bivouac. Et les autres... Où sont les autres ? Kariakine se redresse d'un brusque mouvement. Plus personne. Ni prisonniers ni chevaux. Plus de soldats. Plus de Bazaan. Plus de Fat Sandjay. Et ce chien jaune... ?

– J'ai tout repris, je lui dis. C'était notre accord, non ?

La tête de Kariakine quand il me voit, petit frère. Sa stupeur, son effarement. Il me regarde, hébété, incertain, avant de réagir enfin pour dégainer son arme. Qu'il ne trouve pas.

– Je l'ai prise aussi, dis-je en montrant son Tokarev à ma ceinture.

– Où sont-ils tous ?

– À l'abri.

– Et mon cheval ?

– Il viendra, quand j'y serai moi aussi.

– Comment as-tu fait ?

– Argaan, la femme nomade qui a cuisiné ta marmotte et ton sang brûlant.

– Elle m'a drogué ?

– Oui, elle et ma mère aussi. Celle que tu as donnée à violer à tes soldats en demandant à Bobrovitch de l'achever. Elle a cueilli les herbes qu'il fallait avant de quitter notre *aal*.

– Quand ? Je vous ai toujours tous surveillés.

– Quand tu es allé à la rivière pour te laver, souviens-toi. Et Gombo aussi.

– Quoi, Gombo aussi ?

– Il a donné à Argaan un peu de ses remèdes et de ses médications. Surtout celles pour calmer les transes. Et Bobrovitch aussi.

– Bobrovitch est mort.

– Je sais, j'étais là, souviens-toi. Je t'ai vu forcer un de tes pauvres soldats à l'exécuter. Mais Bazaan a récupéré sur son cadavre les pilules qui lui permettaient de dormir un peu, malgré les cauchemars que tu lui infligeais. Il en a pilé quelques-unes pour la sauce.

– Bazaan ! soupire Kariakine. Finalement, ce renégat est bien le bâtard de la putain touvane que tu es.

Sa colère m'amuse, petit frère. Elle est celle de l'impuissance. Il écume, il rage, il marche dans tous les sens et soudain se penche pour ramasser un caillou.

– Je vais te lapider, je te tuerai à coups de pierres. Je vais te massacrer, écrabouiller ta face d'Asiate fourbe et traîtresse.

Mais comme il brandit la pierre, le soleil se hisse au-dessus de l'horizon et dessine l'ombre longue des véhicules sur la steppe.

– Qu'est-ce que… ?

Aveuglé par le soleil levant, il sort ses jumelles. À deux cents mètres, Bolchakov et ses hommes. Deux camions pleins. Une quarantaine de soldats.

– Par ici ! Par ici ! hurle Kariakine. Je suis là !

Aucun militaire ne bouge. Tous le regardent pourtant. Bolchakov lui-même le surveille depuis sa jeep, à travers des jumelles lui aussi. Les soldats se sont déployés. Je comprends que Kariakine n'a pas encore remarqué les autres. Dans la violence du matin, ce ne sont que des silhouettes corrodées par l'éclat du soleil. Mais ça va venir. Il va les voir. Il finira par comprendre.

– Mais…

Ça y est. Il sait maintenant. À l'écart, ces deux formes de femmes. Cette vieille avec cette gamine. Et ce géant large d'épaules à côté du chamane dont il reconnaît la silhouette. Et celui-là encore. Bazaan. Ce traître, ce fourbe de Bazaan.

Je jubile à le voir grimacer dans la lumière pour deviner enfin ce qui se passe. Mais il se trompe, petit frère. Il croit que les renforts sont arrivés et qu'ils ont arrêté tout le monde. Toute cette racaille de sauvages et ce déserteur de Bazaan. Il exulte, il rit, aux soldats qui ne bougent toujours pas il fait signe de le rejoindre.

– Tu n'as décidément rien compris, Kariakine, ils sont libres, tous, ma mère, Bazaan et les autres. C'est fini pour nous. Et toi, comme je te l'ai promis, tu n'as plus qu'à attendre ton cheval. Alors je te laisse.

D'abord il n'y croit pas, mais le comportement de Bolchakov et de ses hommes est sans équivoque. Alors il hurle. Il vocifère. Petit être ridicule dans la vaste steppe que le soleil inonde maintenant. Il en appelle aux soldats, à Bolchakov.

– C'est la voleuse, arrêtez-la ! C'est un ordre. Bolchakov ! Je suis Kariakine, obéis à mes ordres !

Personne ne bouge et il enrage encore plus. Il ordonne à la troupe de tirer à volonté. Qu'on m'abatte, qu'on me fusille, qu'on m'exécute.

Moi, petit frère, je ne me retourne pas. Je l'écoute s'égosiller de toute sa haine. J'ai compris. Ce n'est pas ce que j'avais prévu et je me doute bien que Tumur y est pour quelque chose. J'en tremble un peu. Je ne sais pas où il est. Je ne sais pas ce dont il est convenu, ni avec qui.

Je revois la scène, petit frère. Je surveille de loin le bivouac. Kariakine qui ne se réveille pas, comme il fallait s'y attendre. Les deux soldats qui paniquent. Fat Sandjay qui en profite pour s'éclipser.

Soudain le convoi surgit. Une jeep et deux camions. Des dizaines de soldats et j'ai peur. Je pense aux renforts demandés par Kariakine. À un piège. À un traquenard. Je vois la jeep filer droit jusqu'au bivouac. Un homme en descend et s'adresse aux soldats. Je reconnais Bolchakov. Il parle longtemps avec Bazaan, puis ordonne aux deux gardes de baisser leur arme. Son attitude ne me laisse bientôt plus aucun doute. Il ordonne la libération des otages. Tsuyann et Olygbay montent dans sa jeep et il les ramène vers la troupe. Bazaan, Chuluum et Gombo les suivent à pied. Personne ne s'occupe de Kariakine. De temps en temps, Bazaan se retourne et s'en inquiète. Moi aussi. Pourquoi Bolchakov abandonne-t-il le colonel au sommeil dans lequel nous l'avons plongé ?

Tu penses à Tumur, comme moi, petit frère. Ça ne peut être que ça. Tumur a parlé à Bolchakov. Il lui a rapporté les crimes de Kariakine. Ceux d'hier comme ceux d'aujourd'hui. Ceux qui justifient ma soif de vengeance. Le vol de l'Akhal-Teke pour pousser Kariakine à me poursuivre. L'attirer sur les lieux de son crime. Quand Kariakine se prive d'un de ses trois soldats pour aller chercher du renfort, il n'a aucune idée précise du lieu de la rencontre. Moi mise à part, seul Fat Sandjay le savait. Et Tumur aussi, bien sûr. Si Bolchakov et ses soldats sont au point de rendez-vous, seul Tumur peut leur avoir indiqué où et quand Kariakine devait me rejoindre.

Et je comprends, petit frère. C'est évident tout à coup. Tellement russe. Tellement soviétique ! Ils me laissent Kariakine. Ils me l'abandonnent. Il est à moi, à moi toute seule. À ma colère et à ma vengeance. Et ils ne restent là que pour me voir l'accomplir. Alors je m'y refuse. C'est ma vengeance, pas la leur. S'ils veulent se débarrasser de leur colonel encombrant, qu'ils le fassent. Tsuyann m'est revenue, Gombo est sauvé, Chuluum aussi, je garde Olygbay comme amie et Tumur comme amour, pourquoi devrais-je devenir meurtrière à mon tour ? Pour Chechek et les autres victimes de Kariakine ? Bien sûr, petit frère, mais c'était l'époque soviétique, et la disgrâce de Kariakine ne signifie rien d'autre que sa mort, à plus ou moins brève échéance. Alors à quoi bon, maintenant ?

Je laisse le colonel derrière moi et pousse mon cheval au trot vers les soldats. Bolchakov les a déployés en travers de la steppe. C'est moi qui leur abandonne leur colonel de malheur. Je le leur rends. Après tout, s'il a pu survivre plus de vingt-cinq ans dans leurs rangs malgré ce qu'il a fait, c'est qu'ils l'ont bien voulu. Qu'ils s'en sont arrangés. Il avait bien fallu un chef pour décider de notre « pacification », et une armée pour l'organiser. Ce que Kariakine a fait à ma famille, petit frère, d'autres Russes, d'autres Soviétiques l'ont fait à des milliers d'autres nomades.

Et s'il nous a été interdit d'en parler pendant tout ce temps, nul ne pouvait l'ignorer. Ni parmi nous ni parmi eux. Alors qu'ils reprennent leur sbire, leur nervi. Leur assassin.

Moi, je reprends ma vie avec les miens.

C'est en voyant le chien jaune partir à la poursuite de la louve bleue, surgie de nulle part et qui me dépasse, que je me doute de quelque chose. Ils jouent plus qu'ils ne se pourchassent, et plusieurs fois se retournent pour m'inviter à les suivre. À les rejoindre. Une ombre plonge alors du ciel et me frôle. L'aigle. Il plane devant moi au ras de l'herbe et en deux coups d'aile remonte au ciel, dans la même direction que la louve et le chien. C'est un message, et il est clair…

J'espère, petit frère, que tu t'aventures encore dans nos déserts. Celui des dunes chantantes du Khongor, hautes de trois cents mètres. Ceux de caillasses brunes du Gobi et de leurs horizons de pierres. Ou ceux de n'importe quelle steppe. Toutes ces étendues qu'on croit planes et lisses, et qui sont en fait plissées comme ma peau de vieille. Seule une illusion nous fait croire à l'uniformité de ces espaces infinis. Il faut avoir vu jaillir de la pierraille un troupeau de saïgas pour comprendre, petit frère. D'un faux pli invisible de la terre, surgir trente ou quarante de ces antilopes couleur de roche qui fuient en sautant, leurs gros naseaux biscornus dressés vers le ciel. Ou apparaître entre deux ourlets de dune une caravane de chameaux de Bactriane, élégants et indifférents, comme sortie du sable même. Ou bondir, d'une ondulation de la steppe et de la préhistoire, une harde de chevaux de Prjevalski.

C'est ainsi qu'ils accourent, petit frère, loin derrière moi. Du néant, de l'infini, du cosmos pourquoi pas ? D'abord le bruit de leur cavalcade. Le martèlement de leurs sabots. La poussière d'ambre qu'ils soulèvent et qui s'embrase dans le soleil rasant. Puis les premières crinières, et enfin les chevaux, groupés et puissants, l'Akhal-Teke en tête. Kariakine se retourne, les voit fondre sur lui, et panique aussitôt.

– Abattez-les ! hurle-t-il au soldat. Abattez-les !

Il tente de fuir. Il court après moi. Vers les soldats déployés devant nous. Derrière, c'est une harde magnifique de chevaux ivres de liberté. Les muscles de leurs épaules roulent sous leur poil luisant. Il est évident, petit frère, que rien ne les arrêtera.

– Tirez ! Mais tirez, putain, c'est un ordre ! Bolchakov, qu'est-ce que tu fiches là-bas, fais tirer tes hommes !

Pas un soldat n'arme son fusil. Bolchakov ne donne aucun ordre. Debout dans sa jeep, il regarde les chevaux, hypnotisé par leur fougue et ce qu'il devine de leur volonté.

– Viens là, toi ! me hurle Kariakine. Donne-moi ton cheval ! Laisse-moi monter en croupe ou je te tue.

Il est pitoyable. Ce n'est plus qu'un homme paniqué par la peur de la mort. Il court en trébuchant, le cou tordu pour surveiller les chevaux.

– Putain, je t'en prie ! Je regrette. Je m'excuse. Je te demande pardon. Salope !

Mais plus rien ne dépend de moi, petit frère. Les chevaux rattrapent Kariakine, l'Akhal-Teke à leur tête, crinière au vent. Soudain il baisse la tête, bouscule Kariakine et le jette à terre loin devant lui. Le colonel roule dans la poussière, la tête entre ses bras et je le vois disparaître sous les cinquante chevaux au grand galop.

Aujourd'hui encore, je suis incapable de dire si Kariakine a hurlé. S'il a crié sa peur ou sa colère. Je n'ai souvenir que du cheval blanc qui le piétine et de son corps désarticulé qui s'écroule sous les sabots des autres. Le sol tremble et la harde ne s'arrête pas. Dix, vingt, trente, quarante, cinquante chevaux furieux. Dans un boucan de train d'enfer, ils foncent vers moi. Je ne maîtrise plus mon cheval. Il se cabre et détale pour obéir à la harde. Il prend leur folle allure, se colle à l'Akhal-Teke et rythme son galop sur le sien. Nous traversons la ligne des soldats pétrifiés, sans en toucher un seul et, à ce qu'on m'a raconté plus tard, nous nous évanouissons dans la lumière incendiaire du levant, à travers la poussière.

Gombo l'avait dit : le sortilège ne nous épargnerait que lorsque l'ombre du cheval aurait piétiné son âme.

41

... promesse d'abondance.

– Ils vous ont arrêtés ? s'indigne l'étudiant.

– Oui, petit frère. À quoi t'attendais-tu ? Soviétiques un jour, Soviétiques toujours, tu sais.

– Et tu as vraiment été jetée en prison ?

– Tumur et moi, oui. Tous les deux.

– Que s'est-il passé ensuite, raconte-moi ?

– Petit frère, j'ai cent six ans, ne l'oublie pas, ce n'est plus vraiment l'âge de chevaucher ses souvenirs au grand galop pendant des heures. Ne m'en veux pas, mais je suis un peu fatiguée, maintenant. Et puis, comme ils disent, ma légende s'arrête là. Au-delà, c'est celle de Tumur qui commence.

– La légende de Tumur ?

– Oui, mais si tu le veux bien, et que l'esprit du Ciel Bleu me prête vie, je te la raconterai un autre jour.

– Oui, pardon, excuse-moi, grand-mère. Je te laisse te reposer. J'ai bien plus d'informations pour mon devoir que ce que j'espérais. Veux-tu que je te raccompagne à l'intérieur ?

– Tu es gentil, petit frère, mais je vais profiter encore un peu de ce soleil de printemps.

– Tu es sûre ? Si tu as besoin de quelque chose, surtout n'hésite pas. Un thé au beurre salé, un gâteau de lait caillé…

– Je te remercie encore, petit frère, mais mon fils va venir s'occuper de moi.

– Ton fils ? Bazaan est vivant, il va venir ?

– Non, Bazaan est mort en mars 1969, malheureusement, lors de l'attaque chinoise contre l'île Damanski, sur la rivière Oussouri.

– Je suis désolée, grand-mère, je ne savais pas. Pourquoi était-il en garnison à la frontière chinoise ?

– Pour la même raison que nous sommes allés en prison, petit frère, les Soviétiques, comme les Russes, ne pardonnent jamais. Bazaan avait été l'aide de camp de Kariakine, il fallait le punir. Son affectation n'a été qu'une sorte de déportation déguisée.

– Quand même, il n'a pas eu de chance. Ce conflit a fait si peu de victimes en fait, non ? Une soixantaine chez nous, je crois.

– Quand comprendras-tu, petit frère ? Soixante morts, c'était le chiffre du Parti. Quel que soit le conflit, l'Union soviétique n'a jamais voulu admettre ses pertes. Regarde, c'est toujours et encore la même chose avec les Russes d'aujourd'hui.

– L'incident de Damanski a fait plus de soixante morts ?

– Un incident ? Les chiffres communément admis aujourd'hui sont de vingt à vingt-cinq mille morts, petit frère. Même si le seul qui m'importe, comme toutes les autres mères, c'est celui qui était mon premier fils. Bazaan.

– Mais dans ton récit tu ne m'as jamais parlé d'un autre fils. C'est un enfant de Tumur ? Il est né quand ? Quel âge a-t-il ? Est-ce que…

Aysuun s'est endormie. L'étudiant, interdit, regarde son visage plissé par la vie. Paisible. Calme. Il la devine dans un profond repos, les yeux clos. Peut-être chevauche-t-elle ses rêves, à présent ? Il s'assure quand même qu'elle respire, et sourit quand il en est certain. Il range le téléphone avec lequel il enregistrait sa légende quand une ombre se glisse entre le soleil et lui. Il lève la tête et l'homme est là. Massif. Minéral. Granitique. Le visage marqué par une vie déjà longue et, de toute évidence, tumultueuse. Mais le regard bon. Celui d'un homme épuisé et revenu de tout, sans amertume. La force tranquille d'une montagne. Il se glisse derrière le fauteuil roulant d'Aysuun. Il la domine, sa carrure comme une falaise au-dessus d'elle. Il pose ses mains puissantes comme des battoirs sur ses fragiles épaules. Les yeux clos, depuis son sommeil évadé, de là où les chevauchées de ses rêves l'ont emportée, elle le devine et lui sourit. Son visage s'illumine d'un bonheur aussi ample et profond que la force de l'homme est calme et sereine.

Une montagne qui protège une rivière.

– Je m'occupe de ma mère maintenant, petit frère, merci de lui avoir tenu compagnie.

Une voix qui commande et remercie à la fois. Une voix à laquelle on obéit.

– Tu es l'autre fils d'Aysuun, grand-père ?

Le sourire, dans son visage défait, est une réponse à lui tout seul. Aysuun, sans ouvrir les yeux, pose ses mains sur celles de son fils et son visage s'illumine.

– Mon fils, dit-elle dans un murmure de bonheur.

– Il est né après la fin de ta légende, alors ?

Le sourire de cette si vieille légende vivante est doux et apaisé comme une aube à l'horizon.

– Il était en moi quand j'ai disparu avec la harde. Je l'ai fait naître loin des autres et des Soviétiques. Quand les soldats nous ont retrouvés, il a survécu grâce à Gombo.

– Comment ça ?

C'est l'homme qui répond, pour qu'Aysuun puisse se reposer.

– Quand je suis né, les Soviétiques ont recommencé à s'en prendre aux nomades. Ils capturaient les enfants et les envoyaient en ville, loin de la steppe, pour les embrigader dans des sortes d'orphelinats et d'organisations de jeunesse. Comme dans beaucoup d'autres familles, mes parents m'ont confié à des moines pour leur échapper.

– Je croyais que les moines avaient tous été massacrés ?

– Il en restait quelques-uns. Gombo m'a confié à ceux du Septième Monastère.

L'étudiant sourit.

– On croirait entendre le nom d'une organisation secrète.

– C'était un peu ça. C'est un monastère secret fondé par un ancien officier mongol formé par les moines-soldats de Shaolin. Leur seul monastère hors de Chine.

– Incroyable ! Tu as été élevé par des ninjas de Shaolin ?

– Oui.

– Et tu es devenu moine-soldat toi aussi ?

– On peut dire ça comme ça.

– Ça veut dire quoi ?

– Ça veut dire que je suis devenu flic. J'ai été flic toute ma vie, petit frère. Bon, il faut vraiment qu'elle rentre se reposer, maintenant. Sois gentil, prends le fauteuil.

Il se penche sur sa vieille mère, l'enlace et la soulève comme une brassée de fleurs avec son *deel* bariolé, heureuse à en pleurer d'être dans ses bras.

– Oui, murmure-t-elle, il est devenu l'homme qui a affronté tous les malheurs du monde sans jamais rompre sa promesse.

– Quelle promesse, grand-mère ? s'étonne l'étudiant.

– Comment t'appelles-tu, petit frère ? demande-t-elle sans répondre à sa question.

– Alexander, pourquoi ?

– Ton prénom mongol, je veux dire.

– Je n'en ai pas, avoue-t-il. Moi, c'est Alexander, juste Alexander.

– Alors tu ne peux pas comprendre…

– Pourquoi ?

– Parce que chaque prénom mongol est une espérance, petit frère, chacun porte un sens. Tumur et moi avons appelé notre fils Yeruldelgger : promesse d'abondance.

DU MÊME AUTEUR

Aux éditions Albin Michel

YERULDELGGER, 2013, Grand Prix des lectrices de *Elle*, prix Quais du Polar/20 minutes, prix SNCF du polar

LES TEMPS SAUVAGES, 2015

LA MORT NOMADE, 2016

MATO GROSSO, 2017

HEIMAEY, 2018

ASKJA, 2019

L'OISEAU BLEU D'ERZEROUM, 2021

LE CHANT D'HAÏGANOUCH, 2022

Chez Paulsen

À ISLANDE !, 2021

RAVAGE, 2023

Chez Hugo (sous le pseudonyme Roy Braverman)

LES BERTIGNAC, 2012

HUNTER, 2018

CROW, 2019

FREEMAN, 2020

MANHATTAN SUNSET, 2021

PASAKUKOO, 2021

LE CAS CHAKKAMUK, 2022

LE PREMIER FILS, 2023

AFFAIRES SPÉCIALES, 2022 (sous le pseudonyme Hugo Tosi)

Chez Transboréal (sous le nom de Patrick Manoukian)

LE TEMPS DU VOYAGE, 2011

Chez M+ Éditions (sous le pseudonyme Page Comann, écrits à quatre mains avec Gérard Coquet)

SOUVIENS-TOI DE SARAH, 2022

OUTAOUAIS, 2023

Composition Nord Compo
Impression CPI Firmin-Didot en octobre 2023
Éditions Albin Michel
22, rue Huyghens, 75014 Paris
www.albin-michel.fr
ISBN 978-2-226-47502-2
N° d'édition : 25030/03 – N° d'impression : 177399
Dépôt légal : novembre 2023
Imprimé en France